HEYNE

n

jährige Lucia Holley lebt mit ihrem Vater, der 17-jäh- Tochter Beatrice und dem 15-jährigen Sohn David in einem Dorf an der Ostküste der USA. Mit Mühe versucht sie ihre Rolle als Hausfrau und Mutter zu meistern, denn Tom, ihr Ehemann, ist Marineoffizier und seit zwei Jahren unterwegs im Pazifik. Sie schreibt ihm regelmäßig Briefe, dass alles gut läuft, doch insgeheim fühlt sie sich einsam und überfordert. Als sie dahinter kommt, dass ihre Tochter eine Beziehung zu einem zwielichtigen, zudem verheirateten Mann mittleren Alters hat, meint sie, eingreifen zu müssen – ohne Erfolg. Am nächsten Morgen liegt der Mann tot in ihrem Bootshaus, ein Unfall, doch für Außenstehende wird es wie Mord aussehen. Was wird ihr Mann sagen, was werden die Nachbarn denken, wie wird sie das ihren Kindern und ihrem Vater beibringen? Kurzerhand beschließt sie, die Leiche verschwinden zu lassen. Anschließend versucht sie, zum Tagesgeschehen überzugehen, doch ihre Nerven liegen blank, als nicht nur die Polizei ihre Nachforschungen anstellt, sondern sie plötzlich auch von zwei Männern heimgesucht wird, die sie erpressen. Die Ereignisse überstürzen sich …

Der Roman aus dem Jahre 1947 wurde 1949 von Max Ophüls erstmals verfilmt und 2001 von den Regisseuren Scott McGehee und David Siegel für eine Kinoadaption mit Tilda Swinton (Orlando, The Beach) und Goran Visnjic (Peacemaker, Emergency Room) in den Hauptrollen neu umgesetzt.

Die Autorin

Elisabeth Sanxay Holding wurde 1889 in Brooklyn, New York geboren. Sie war eine der führenden Krimi-Autorinnen ihrer Zeit. Von 1920 bis zu ihrem Tod 1955 veröffentlichte sie über zwei Dutzend Romane und zahlreiche Kurzgeschichten. Alfred Hitchcock persönlich wählte mehrere ihrer Geschichten, darunter auch den vorliegenden Roman, für seine Klassiker-Anthologien aus.

ELISABETH SANXAY HOLDING

THE DEEP END – TRÜGERISCHE STILLE

Roman

Aus dem Amerikanischen
von Uschi Gnade

WILHELM HEYNE VERLAG
MÜNCHEN

HEYNE ALLGEMEINE REIHE
Nr. 01/20097

Die Originalausgabe
THE BLANK WALL
erschien 1991 bei Academy Chicago Publishers

Umwelthinweis:
Das Buch wurde auf
chlor- und säurefreiem Papier gedruckt.

Redaktion: Michaela Breit

Deutsche Erstausgabe 01/2002

Printed in Germany 2002
Umschlagillustration: Bavaria Bildagentur/Jeffrey Myers
Umschlaggestaltung: Nele Schütz Design, München
Satz: Pinkuin Satz und Datentechnik, Berlin
Druck und Bindung: Ebner, Ulm

ISBN 3-453-21240-1

http://www.heyne.de

Für L.W.

1.

Lucia Holley schrieb jeden Abend an ihren Mann, der sich irgendwo im Pazifik aufhielt. Es waren sehr langweilige Briefe, das war ihr selbst klar; sie vermittelten Commander Holley ein Bild von einem ruhigen Leben, so friedlich und lauschig wie ein kleiner Bergsee.

»Lieber Tom«, schrieb sie, »heute Abend regnet es in Strömen.«

Sie strich den Satz durch, saß einen Moment lang still da und blickte zum Fenster, an dessen Scheibe die Regentropfen silbern herunterrannen. Es hat keinen Zweck, ihm das zu berichten, sagte sie sich. Es könnte allzu trostlos klingen. »Die ersten Krokusse sprießen gerade«, schrieb sie und hielt wieder inne. Das ist jetzt schon das dritte Jahr, in dem die Krokusse sprießen und du nicht da bist und sie sehen kannst. Und deine Tochter, deine vergötterte kleine Bee, ist ohne dich groß geworden. Ich brauche dich, Tom. Ich fürchte mich, Tom.

Eines ihrer kleinen Täuschungsmanöver sich selbst gegenüber bestand darin, so zu tun, als schmeckte ihr der Tabak nicht mehr. Zigaretten waren nur mit Mühe zu beschaffen. Es war schon schwierig genug, ihren Vater damit zu versorgen. Sie saß dabei, wenn er rauchte, aber sie weigerte sich, eine Zigarette von ihm anzunehmen. Nein danke, Vater, ich scheine mir wirklich nichts mehr daraus zu machen.

Und doch bewahrte sie, sorgsam in ihrem eigenen Zimmer versteckt, stets ein paar Zigaretten für besondere Augenblicke auf. Jetzt holte sie eine hervor, zündete sie an und lehnte sich auf ihrem Stuhl zurück. Sie war eine große, schmale Frau, fast schon mager, mit einem ernsten Gesicht und wunderschönen dunklen Augen, und für ihre achtunddreißig Jahre nahm sie sich sehr jung aus. Eine ausgesprochen hübsche Frau, wenn man es sich recht überlegte, doch sie persönlich hatte das nahezu vergessen und jede Spur von Koketterie abgelegt.

In dieser regnerischen Nacht war es sehr still im Haus. Ihr Sohn David war früh zu Bett gegangen und der alte Mr. Harper, ihr Vater, saß im Wohnzimmer und las. Sibyl, das Dienstmädchen, hatte aufgehört, auf den knarrenden Dielen über ihrem Kopf umherzugehen.

Bee war in ihrem Zimmer eingeschlossen, rebellisch und aufgebracht – vielleicht weinte sie. Ich gehe nicht richtig mit ihr um, dachte Lucia Holley. Wäre ich doch bloß eine dieser klugen, humorvollen, toleranten Mütter, die wir aus Theaterstücken und Büchern kennen. Aber ich habe mich nicht klug angestellt und was diesen Mann angeht, bin ich nicht tolerant. Ich hasse ihn.

Wenn Tom hier wäre, dachte sie, würde er uns diesen Unhold vom Hals schaffen. Wenn David älter wäre … Oder wenn Vater jünger wäre … Aber mir steht niemand bei. Ich muss allein damit fertig werden. Und ich mache meine Sache gar nicht gut.

Mit schwerem Herzen erinnerte sie sich an den Aufenthalt in New York, an ihren Besuch in dem schäbigen kleinen Hotel im Zentrum, in dem Ted Darby wohnte. Sie erinnerte sich, wie ihr zu Mute gewesen war und welchen Anblick sie geboten hatte, als sie am Empfangsschalter gestanden und den blassen, hochnäsigen Angestellten aufgefordert hatte, Mr. Darby mitzuteilen, eine Dame wünschte ihn zu sprechen. In ihrem alten Tweedmantel, den grauen Baumwollhandschuhen und dem runden Filzhut war sie als offenkundige Landpomeranze bereits in diesem Moment im Nachteil gewesen. Sie machte nicht im Entferntesten den Eindruck der klugen, humorvollen Mutter, der Frau von Welt, die sie so gern gewesen wäre.

»Mr. Darby kommt gleich«, war die Antwort des Hotelangestellten gewesen.

Sie hatte sich auf eine Bank gesetzt, die mit grünem

Plüsch bezogen war, und endlos und ewig in dem düsteren kleinen Foyer gewartet. Im nächsten Moment, als sich der livrierte Portier neben sie setzte, war ihr klar geworden, dass die Bank für ihn und seine Kollegen bestimmt war. Er war schon ein älterer Mann und sie glaubte, sie könnte möglicherweise seine Gefühle verletzen, wenn sie allzu schnell wieder aufstand und sich entfernte, und daher saß sie immer noch neben ihm, als Ted Darby aus einem der beiden Aufzüge trat.

Er war geradewegs auf sie zugekommen und hatte ihr seine Hand hingehalten.

»Sie müssen Bees Mutter sein«, hatte er gesagt.

Sie hatte ihm die Hand gedrückt, und das war ein Fehler gewesen. Nur war ihr bisher noch nie in den Sinn gekommen, eine ausgestreckte Hand zurückzuweisen; sie hatte gehandelt, ohne vorher nachzudenken.

»Was halten Sie davon, in die Cocktail Lounge zu gehen?«, hatte er vorgeschlagen. »Um diese Tageszeit ist es dort ruhig.«

Es handelte sich um einen sehr kleinen Raum mit schummriger Beleuchtung und es roch nach Bier und Möbelpolitur. Sie hatten sich an einen Tisch in einer Ecke gesetzt und nach einem schnellen besorgten und eingehenden Blick auf ihn, hatte sie geschwiegen. Er war noch viel schlimmer, als sie erwartet hatte, ein dünner blonder Kerl mit einem amüsierten Lächeln. Armselig, dachte sie, und mit einer Art theatralischer Nonchalance gekleidet: Er trug ein taubenblaues Jackett und eine Flanellhose in einem dunkleren Blauton und dazu Mokassins aus Wildleder.

Sie hatte abgelehnt, etwas zu trinken, und er hatte sich einen Roggenwhiskey bestellt und sich damit einen weiteren Vorteil ihr gegenüber verschafft. Er war entspannt und locker gewesen und sie hatte sich elend gefühlt.

»Ich will nicht, dass meine Tochter sich weiterhin mit Ihnen trifft, Mr. Darby«, hatte sie schließlich gesagt.

»Gnädige Frau, sollte diese Entscheidung nicht bei Bee liegen?«, war seine Entgegnung gewesen.

»Nein«, hatte Lucia gesagt. »Sie ist noch ein Kind. Sie ist erst siebzehn.«

»Meines Wissens wird sie nächsten Monat achtzehn.«

»Das spielt keine Rolle, Mr. Darby. Wenn Sie den Kontakt mit Beatrice nicht abbrechen, werde ich diese Angelegenheit meinem Anwalt übergeben müssen.«

»Aber welche Angelegenheit denn, gnädige Frau?«

»Soweit ich weiß, sind Sie verheiratet«, hatte sie gesagt.

»Und was, gnädige Frau«, hatte er lachend erwidert, »wird Ihr Anwalt daraufhin unternehmen? Schließlich ist das doch kein Verbrechen.«

»Es gehört sich ganz und gar nicht, dass Sie sich mit Beatrice treffen.«

»Also wirklich«, protestierte er. »Die arme Kleine erzählt mir, dass ihr Leben beklagenswert langweilig ist. Sie zieht gern durch die Gegend und lernt interessante Menschen kennen, und ich führe sie mit dem größten Vergnügen aus. Sie weiß, dass ich in Scheidung lebe, aber ihrer Ansicht nach ist das kein Grund, sich nicht mehr mit mir treffen zu wollen.«

Ihr Besuch war nicht nur absolut zwecklos gewesen, sondern zudem noch schädlich. Ted hatte Bee davon erzählt, und sie war fuchsteufelswild geworden.

»Ted ist so gutmütig, dass er nur darüber gelacht hat«, hatte sie ihrer Mutter mitgeteilt. »Aber ich finde es gar nicht zum Lachen. Etwas so Demütigendes und Peinliches ist mir in meinem ganzen Leben noch nicht zugestoßen.«

»Bee«, hatte Lucia gesagt, »wenn du mir nicht versprichst, ihn nicht wieder zu sehen, wirst du die Kunstschule in Zukunft nicht mehr besuchen dürfen.«

»Ich denke gar nicht daran, die Kunstschule aufzugeben, und ich verspreche dir gar nichts.«

»Bee«, hatte Lucia gesagt, »mein Liebling, warum vertraust du mir nicht? Ich habe doch nur dein Bestes im Sinn.«

»Und warum vertraust du mir nicht?«, hatte Bee ausgerufen. »Ted ist der interessanteste Mensch, der mir je begegnet ist. Er kennt die verschiedensten Leute, Künstler und Schauspieler, eben alle möglichen Leute. Und ich habe keine schmutzige Affäre mit ihm.«

»Das weiß ich doch selbst«, hatte Lucia gesagt. »Aber du musst mir glauben. Mit einem Mann von seiner Sorte solltest du dich nicht abgeben. Er ist nicht der richtige Umgang für dich.«

»Ich glaube dir aber nicht«, hatte Bee gesagt. »Du bildest dir zwar ein, dass du dich auskennst, aber in Wirklichkeit bist du schrecklich altmodisch. Jemanden wie Ted zu verstehen, ist dir nicht möglich.«

Daraufhin hatte Lucia Holley mit enormem Widerwillen ihre letzte Waffe zum Einsatz gebracht.

»Bee, wenn du mir nicht versprichst, ihn nicht wieder zu sehen, bekommst du von mir kein Fahrgeld mehr. Ich streiche dir jedes Taschengeld.«

»Das kannst du nicht tun!«, hatte Bee ausgerufen.

»Es gibt nichts, was ich nicht täte, um diese Geschichte zu unterbinden«, hatte Lucia erwidert.

Es war ihr ernst damit. Vor einer Woche hatte sie einen Anruf von ihrer Cousine Vera Ridgewood bekommen.

»Lucia, mein Engel, ich frage mich, ob du eigentlich weißt, dass sich dein kleiner Goldschatz mit einem Kerl herumtreibt, der einen *reichlich* finsteren Eindruck macht. Zweimal habe ich sie zusammen in Marino's Bar gesehen und heute haben sie gemeinsam einen Schuppen in der Madison Avenue betreten.«

Das hat nichts zu bedeuten, hatte sich Lucia gesagt, und sie war so gut wie gar nicht besorgt gewesen, als sie Bee darauf angesprochen hatte.

»Bee, mein Schätzchen, gibt es in der Kunstschule jemanden, mit dem du gelegentlich die eine oder andere Bar besuchst?«

»Das ist Ted Darby«, hatte Bee geantwortet. »Er geht nicht in die Kunstschule. Er ist beim Theater.«

»Ich sähe es lieber, wenn du keine Bars besuchen würdest.«

»Ich bestelle immer nur Ginger Ale.«

»Aber es gefällt mir nicht, dass du dich in Bars herumtreibst, Liebes. Du könntest dich mit diesem Jungen doch in eine Eisdiele setzen.«

»Er ist kein Junge«, hatte Bee gesagt. »Er ist fünfunddreißig.«

Jetzt war Lucias Sorge erwacht.

»Lade ihn zu uns nach Hause ein, Bee«, hatte sie gesagt.

»Ich würde ihn nicht unter Vorspiegelung falscher Tatsachen einladen«, hatte Bee erwidert. »Und er käme auch gar nicht erst, wenn er dir etwas vormachen müsste. Wir haben darüber geredet und ich habe ihm klipp und klar gesagt, wenn du wüsstest, dass er verheiratet ist, würdest du ihn niemals dein Haus betreten lassen.«

Ich habe nicht die richtigen Worte gefunden, dachte Lucia und beobachtete den Regen, der gegen die Fensterscheibe peitschte. Ich habe bei Bee so viele Fehler gemacht, schon als sie noch ein kleines Mädchen war. Ich habe ihre Freunde beanstandet. Ich war aufgebracht, wenn sie Ihre Meinung geändert hat. Bei David habe ich meine Sache viel besser gemacht. Wenn Tom hier wäre, wüsste er ganz genau, wie er mit Bee zu reden hat. Jetzt hör mir mal zu, mein kleines Küken! Früher hat sie tatsächlich wie ein kleines gelbes Küken ausgesehen, von Kopf bis Fuß zerzaust …

Sie stand auf und trat ans Fenster, rastlos und bedrückt. Der Regen lief an der Scheibe hinunter, farbig schillernd, und die Bäume wankten ein wenig. Am Ende des Gehwegs war der seltsame längliche Umriss des Bootshauses zu erkennen und dahinter erstreckte sich das Wasser.

Wir leben hier zu abgeschieden, dachte sie. Es war ein Fehler, aufs Land zu ziehen. Hier gibt es nicht genug junge Leute. David macht das nicht viel aus, aber wenn Bee ein paar nette Jungen kennen gelernt hätte, wäre es vielleicht nicht dazu gekommen. Vielleicht.

Im Bootshaus war jemand. Sie sah ein kleines Flämmchen emporschnellen, sich zur Seite neigen und erlöschen, dann ein weiteres, das einen Moment lang stetig brannte. Jemand zündete dort Streichhölzer an. Ein Landstreicher?, dachte sie. Ein Betrunkener, der das Häuschen in Brand setzen wird? Ich sollte wohl besser …

Nein, ich werde Vater nichts davon sagen und David auch nicht. Sonst begeben sie sich noch in Gefahr. Und ich gehe auch nicht hin, um nachzusehen. Falls er das Bootshaus tatsächlich anzündet, wird der Regen das Feuer längst gelöscht haben, ehe es sich bis hierher ausbreiten könnte. Solange niemand ins Haus kann …

Sie wollte nachsehen, ob alle Türen abgeschlossen und sämtliche Fenster verriegelt waren. Mit Pantoffeln an den Füßen verließ sie ihr Zimmer und lief mit flinken Schritten durch den Flur zur Treppe. Und dort sah sie Bee, die im unteren Korridor behutsam die Sicherheitskette an der Tür löste. Sie rannte die Treppe hinunter.

»Bee«, sagte sie mit gesenkter Stimme. »Wohin gehst du?«

»Raus«, antwortete Bee.

Sie trug einen transparenten hellblauen Regenmantel; ihr hellblondes Haar, das seitlich gescheitelt war, fiel ihr offen bis auf die Schultern, ihre blauen Augen waren zusammengekniffen und ihr Mund war hämisch verzogen. Schön und doch furchtbar sah sie aus, fand Lucia.

»Es regnet. Ich will nicht, dass du aus dem Haus gehst.«

»Tut mir Leid, aber ich gehe«, sagte Bee.

Das war unmissverständlich.

»Nein«, sagte Lucia. »Das kommt gar nicht infrage.«

Bee begann den Türgriff umzudrehen, aber Lucia hielt ihr Handgelenk fest.

»Bee, du willst dich mit diesem Mann treffen.«

»Also gut, ich treffe mich mit Ted«, sagte Bee. »Du lässt mich nicht mehr nach New York fahren, aber ich habe ihn angerufen und gesagt, er soll herkommen. Ich werde es ihm wenigstens erklären.«

»Was geht hier vor? Was geht hier vor?«, rief der alte Mr. Harper aus der Wohnzimmertür.

Niemand antwortete ihm. Hager und militärisch stand er da, mit seinem gepflegten weißen Schnurrbart und seinen klaren blauen Augen, ein aufgeschlagenes Buch in einer Hand.

»Was hat das zu bedeuten?«, fragte er noch einmal.

»Mutter weigert sich, mich aus dem Haus gehen zu lassen«, sagte Bee.

»Deine Mutter hat Recht, Beatrice. Es ist schon spät, und es regnet in Strömen.«

»Großpapa«, sagte Bee, »ich habe einen ganz speziellen Grund dafür, jetzt aus dem Haus zu gehen, und Mutter weiß es.«

Lucia konnte deutlich erkennen, welcher Taktik sich ihr Kind bedienen würde. Bee setzte auf die immense Nachsicht, die ihr Großvater mit ihr hatte. Sie hoffte, diese gegen ihre Mutter ausspielen zu können.

»Du wirst den Rat deiner Mutter annehmen, Beatrice«, sagte er. »Das ist das Beste.«

»Nein, eben nicht! Sie begreift überhaupt nichts. Sie setzt kein Vertrauen in mich. Sie hält mich für einen jugendlichen Nichtsnutz oder etwas in der Art.«

»Schluss jetzt!«, sagte Mr. Harper.

»Wenn es aber doch wahr ist! Ted hat den weiten Weg hierher zurückgelegt und das nur, um mich zu sehen.«

»Ein Mann?«, fragte Mr. Harper. »Wo steckt er?«

»Im Bootshaus. Ich möchte ein paar Minuten mit ihm zusammen sein.«

»Deine Mutter hat vollkommen Recht, Beatrice. Wenn du diesen Kerl sehen willst, dann sag ihm, er soll ins Haus kommen.«

»Ausgeschlossen. Nicht, nachdem Mutter ihn so behandelt hat.«

»Beatrice, wenn deine Mutter nichts von diesem Kerl hält, dann gibt es dafür gute Gründe, das kann ich dir versichern.«

»Nein!«, rief Bee aus. »Ich habe ihn gebeten herzukommen, und ich werde ihn sehen, nur ein paar Minuten.«

»Ich fürchte, daraus wird nichts, Schätzchen.«

Bee, mein Schatz, schau doch nicht so!, rief Lucia in ihrem tiefsten Innern aus. Als ob wir Feinde wären … Im Licht der Deckenlampe schimmerte das helle Haar des Kindes und der blaue Regenmantel glänzte. Bee sah wunderschön aus. Sie wirkte so grazil und so verzweifelt.

»Soll das heißen«, sagte Bee bedächtig, »dass ihr beide, du und Mutter, mich gewaltsam davon abhalten würdet, das zu tun, was ich für richtig halte?«

»Soweit wird es nicht kommen, Liebchen«, sagte er. »Du wirst ein vernünftiges Mädchen sein und deiner Mutter keine Sorgen bereiten. Du weißt doch, dass sie nur dein Bestes …«

»Hör mir bloß damit auf!«, schrie Bee und stampfte mit dem Fuß auf. »Ich denke gar nicht daran … ich denke gar nicht daran …«

Sie fing an zu weinen und schüttelte heftig den Kopf, als versetzten die Tränen ihr Stiche; dann machte sie kehrt und rannte die Treppe hinauf. Ihre Tür schlug zu.

Ich hoffe, sie weckt David nicht, dachte Lucia. Es wäre mir gar nicht recht, wenn er etwas davon erfährt.

»Tja«, sagte ihr Vater. Er legte ihr eine Hand auf die Schulter und sie fühlte sich sofort enorm getröstet. »Hast du ein schönes Buch, Lucia, etwas zum Lesen, was dir gut tut?«

»Ich schreibe gerade an Tom, Vater.«

»Lauf los und schreib deinen Brief zu Ende, meine Liebe«, sagte er. »Ich bleibe hier unten und sorge für Ordnung.«

Ihr war klar, was mit diesen Worten gemeint war. Er würde sich ins Wohnzimmer setzen, seinen Sessel an einen Platz rücken, von dem aus er die Treppe im Auge behalten konnte, und er würde die ganze Nacht dort bleiben, falls er es für nötig hielt. Sie vertraute ihm ebenso sehr wie ihrem eigenen Herzen. Sogar auf seine Gedanken konnte sie sich verlassen. Er würde dieses arme, leichtsinnige, aufbrausende Kind nicht falsch einschätzen.

Sie drückte ihm einen Kuss auf die Wange. »Gute Nacht,

Vater«, sagte sie und stieg die Treppe zu ihrem Zimmer hinauf.

Lieber Tom,
David schickt dir ein paar Schnappschüsse, die er von diesem Haus gemacht hat, damit du es dir besser vorstellen kannst. Es ist wirklich sehr schön. Der Gemüsegarten gedeiht allerdings nicht besonders gut. Der Boden ist zu sandig. Aber die Tomaten machen sich leidlich ...

Sie hatte eine kleine und saubere Handschrift. Es bedurfte so vieler Worte, um eine vorgegebene Feldpostseite zu füllen. Ich bin ja so schwer von Begriff, dachte sie. Ich bin dumm. Ich habe bei Bee so viel falsch gemacht.

Der Wind hatte sich gelegt und der Regen fiel jetzt senkrecht und prasselte auf das Dach. Eine Tür fiel ins Schloss. Das ist die Haustür!, dachte sie. Ted hat sich Einlass verschafft!

Sie eilte in den Flur hinaus, und vom oberen Ende der Treppe sah sie, wie ihr Vater seinen Mantel auszog. Sie rannte die Stufen hinunter.

»Ich war im Bootshaus«, sagte er. »Ich habe ein paar Worte mit diesem Kerl gewechselt. Ein äußerst unangenehmer Zeitgenosse, würde ich sagen. Spielt wohl gerne den Störenfried. Als ich ihn aufgefordert habe, das Grundstück zu verlassen, hat er sich geweigert. Aber ich habe mich seiner angenommen. Um dir die Wahrheit zu sagen, ich habe ihn ins Wasser gestoßen.«

Er war zufrieden mit sich.

»Tiefer als einen Meter zwanzig ist das Wasser dort nicht«, sagte er. »Nicht einmal ein Kind könnte darin ertrinken. Dem Kerl wird es schon nichts schaden. Es wird ihm sogar gut tun. Er wird sich abregen.«

Er tätschelte ihre Schulter.

»Ja«, sagte er. »Dem habe ich ordentlich heimgeleuchtet.«

2.

Lucia Holley bereitete es immenses Vergnügen, morgens besonders früh wach zu werden. Es vermittelte ihr ein köstliches Gefühl von Freiheit und einer Privatsphäre, in der sie von niemandem gestört wurde. Sie konnte tun, was ihr behagte, während alle anderen noch schliefen.

An jenem Morgen erwachte sie um fünf Uhr. Einen Moment lang blieb sie noch liegen und dachte schweren Herzens über Bee nach, doch sie war so voll Energie und Tatendrang, dass sie nicht im Bett bleiben konnte. Sie stand auf, zog einen Badeanzug aus schwarzer Wolle an und setzte eine weiße Gummikappe auf. Ihre Riemchensandalen nahm sie in die Hand und lief barfuß die Treppe hinunter. David veranstaltete einen solchen Wirbel darum, dass sie allein schwimmen ging.

»Keiner, der das Meer kennt«, sagte er streng, »täte das.«

»Ich kenne das Meer. Ich bin eine echte Wasserratte«, sagte Lucia. »Ich habe schon als Baby schwimmen gelernt.«

»Niemand sollte ganz allein schwimmen gehen«, sagte er. »Und überhaupt ist das Wasser Anfang Mai zu kalt. Mir wäre es lieber, du würdest es bleiben lassen.«

Sie bedauerte es, Dinge zu tun, die David Sorgen bereiten könnten. Aber er wacht nie vor halb acht auf oder sogar erst um acht, sagte sie sich, und bis dahin bin ich längst wieder trocken und habe mich angezogen. Er wird nie etwas davon erfahren und es ist eine so wunderbare Tageszeit.

Sie löste die Kette an der Haustür und trat ins Freie, setzte sich auf die Stufen und zog ihre Sandalen an. Der Morgen war grau, aber frisch und irgendwie viel versprechend, nicht wie der Beginn eines regnerischen Tages. Ich werde ein wenig hinausrudern, dachte sie. Und sie sagte sich, wenn sie in diesem grauen Wasser unter dem sanften Himmel schwamm, würde ihr bestimmt etwas dazu einfallen, wie sie besser mit Bee reden konnte.

Ich muss ihr etwas anderes bieten, dachte sie. Wenn ich das arme Kind nicht mehr in die Kunstschule gehen lasse, was soll das Mädchen dann überhaupt mit sich anfangen? Ich muss das Angebot erweitern. Um Bees willen werde ich hier Kontakte knüpfen müssen. Dabei liegt mir das ganz und gar nicht. Es ist so schwer ohne Tom.

Sie hatte mit achtzehn geheiratet und nie war sie irgendwo ohne Tom gewesen, hatte es nie auch nur in Erwägung gezogen. Und vor ihrer Ehe hatte sie bei ihrer Mutter und ihrem Vater gewohnt, die ein ruhiges, zufriedenes, häusliches Leben führten und nur sehr selten ausgingen. Sie war von Natur aus freundlich und unkritisch, aber sie war sehr zurückhaltend. Sie besaß keine Begabung für den gesellschaftlichen Umgang und hatte auch nicht den Wunsch danach.

Und genau da mache ich etwas falsch, sagte sie sich. Mit einer Tochter in Bees Alter ist es meine *Pflicht*, etwas zu unternehmen. Vielleicht könnte ich Vater dazu bringen, dass er mit mir durch die Gegend zieht und Leute besucht. Vielleicht könnten Vater und ich dem hiesigen Jachtclub beitreten.

Das Bootshaus war ein seltsam anmutendes Gebilde, ein langer hölzerner Tunnel über einem zementierten Becken, in dem die Boote vertäut lagen, und an dem Ende, das dem Land zugewandt war, erhob sich ein kleines zweistöckiges Häuschen mit einer Veranda. Ideal für einen Chauffeur oder ein Hausmeisterehepaar, hatte der Immobilienmakler gesagt, nur hatte Lucia keinen Chauffeur und auch kein Hausmeisterehepaar, sondern nur Sibyl, die keinerlei Wert darauf legte, hier draußen zu wohnen.

Der hölzerne Tunnel führte zu einer Öffnung mit einer Rampe. Durch diesen Schlauch lief sie jetzt in das Halbdunkel hinein, in der das Ruderboot, das Kanu und das

Motorboot an Eisenhaken vertäut waren. Im Gefolge der Ebbe waren alle Boote bis ans Ende ihrer Taue hinausgetrieben. Lucia begann, das Ruderboot näher an die Rampe heranzuziehen. Es schien fast so, als widersetzte es sich jedem Ruck und als sie hineinsprang – sah sie die Gestalt.

Es war ein Mann, der bäuchlings im Motorboot lag, in einer befremdlichen und grauenhaften Haltung, die Beine über die Sitzbank gestreckt, Kopf und Schultern seltsam hochgereckt, wie von irgendetwas abgestützt. Sie konnte sein Gesicht nicht sehen, aber etwas an ihm, vielleicht die Kopfform, ließ sie vermuten, dass es sich um Ted Darby handelte. Und sie war auch so gut wie sicher, dass er tot war.

Lucia stieg in das Motorboot und es war tatsächlich Ted Darby und er war tot. Er war auf einen Reserveanker gefallen, der fast hochkant auf der Ruderbank lag und seine Kehle durchbohrt hatte.

Das ist Vaters Werk, dachte sie.

In ihrem weißen Bademantel stand sie groß und langbeinig in dem sanft schaukelnden Boot, mit gespreizten Beinen, um das Gleichgewicht zu halten. Natürlich heißt das, dass die Polizei kommt, dachte sie. Dann wird Vater erfahren müssen, was er angerichtet hat. Sie werden herausfinden, warum Ted hergekommen ist, und Bee wird in die ganze Geschichte hineingezogen werden. Und ich werde es Tom nicht verschweigen können. Ausgeschlossen. Die Regenbogenpresse wird darüber berichten.

Es wird ganz schrecklich werden, dachte sie. Für die arme kleine Bee. Für Tom. Für David. Aber am schlimmsten wird es für Vater werden. Sie werden ihn vor Gericht stellen. Sie werden ihm die Schuld daran geben. Er wird ja so schockiert sein, so gedemütigt.

Wenn ich es fertig brächte, uns Ted vom Hals zu schaffen, dachte sie, dann täte ich es. Wenn mir eine Möglichkeit einfiele, uns alle zu retten …

Es ließe sich machen, dachte sie, wenn ich ihn vom Anker hieven könnte.

Als sie dastand und in dem schaukelnden Boot ein wenig schwankte, wusste sie, dass sie ihn durchaus hochziehen konnte. Sie besaß die Findigkeit, die jeder Mutter zu Eigen ist, jeder Frau, die einem Haushalt vorsteht und an unvorhergesehene Ereignisse gewohnt ist. Immer wieder hatte sie sich mit Unfällen, plötzlich auftretenden Krankheiten und Zusammenbrüchen befassen müssen. Jahrelang war sie diejenige gewesen, die im Notfall verantwortlich war. Sie war körperlich stark genug für diese Aufgabe. Woran es ihr mangelte, das war die nötige Entschlossenheit. Ich könnte ihn beim besten Willen nicht anrühren, dachte sie.

Das ist Unsinn, sagte sie sich. Ich habe nicht für möglich gehalten, dass ich den alten Tiger mit Gas töten könnte. Aber ich habe es getan. Als diese Wäscherin einen Anfall hatte und wir ganz allein im Haus waren, habe ich etwas unternommen. Als David die Kellertreppe hinuntergestürzt ist und mit Blut im ganzen Gesicht dagelegen hat … Nein, ich kann es nicht tun.

Es war sehr schwierig, denn die Leichenstarre hatte bereits eingesetzt. Es war absolut grauenhaft. Als sie Ted schließlich auf die Bootsplanken sinken ließ, klangen ihre Atemzüge wie ein Schluchzen. Sie holte eine Plane aus einem Spind und breitete sie über ihn; dann machte sie das Boot los und ließ den Motor an.

Der Lärm war gewaltig und in diesem fast geschlossenen Raum, vor allem in der frühmorgendlichen Stille, beängstigend. Außerdem hatte sie Schwierigkeiten. Der Motor sprang an, stotterte, setzte aus und sprang wieder an. Das werden sie im Haus hören und jemand wird kommen, dachte sie. Der Lärm war selbst, als sie bereits unterwegs war, noch furchtbar.

Sie steuerte durch den schmalen Wasserlauf und das Schilf in die Meerenge und auf die offene See hinaus, in eine graue, liebliche und stille Welt. Kein anderes Boot war in Sicht. Sie hatte den Entschluss gefasst, Ted zu Simm's Island zu bringen, und überlegt, welche Stelle sich am besten eignete. Auf der Seite der kleinen Insel, die dem Festland zugewandt war, gab es eine Reihe von weiß getünchten kleinen Sommerbungalows, die ihres Wissens alle leer standen. Aber ich werde ihnen nicht zu nahe kommen, dachte sie.

Sie, David und Bee waren vor einer Woche dort gewesen und hatten sich nach einem schönen Platz für ein Picknick umgesehen. Jetzt hielt sie nach einer Stelle Ausschau, an die sie sich noch vage erinnern konnte, eine Stelle, die derart unwirtlich war, dass es höchst unwahrscheinlich war, dass sich jemand dorthin begeben könnte. Es wäre grässlich, wenn ein Kind ihn fände, dachte sie.

Hier war die Stelle, ein schmaler Streifen Sand und dahinter ausgedehntes Marschland, ein Morast, in dem sich die hohen Schilfgräser in der Brise bewegten. Sie stellte den Motor ab und warf den Anker aus. Dann holte sie tief Atem und machte sich ans Werk.

Ted war eher schmächtig, trotzdem fiel es ihr reichlich schwer, ihn aus dem Boot zu heben. Sie packte ihn unter den Schultern und zerrte ihn zum Sumpf, ein gutes Stück in das hohe Schilf hinein. Mit gespreizten Armen und Beinen sah er grotesk und schrecklich aus; sie versuchte, ihn geradezubiegen, und als es ihr nicht gelang, fing sie an zu weinen. Dort lag er jetzt und blickte starr zum Himmel hinauf.

So kann ich ihn nicht liegen lassen, dachte sie. In der Tasche ihres Frotteebademantels steckte ein großes blaues Halstuch. Sie zog es heraus, trocknete sich die Augen damit und breitete es über sein Gesicht. Aber die Brise wehte es augenblicklich fort. Hier gab es keine Steine, um das Tuch zu beschweren. Stirnrunzelnd kniete sie sich neben ihn. Sie weinte immer noch. Dann riss sie mit ihren kräftigen Zähnen das Tuch in Streifen und band es, diagonal über seinem Gesicht geknotet, an zwei Schilfrohren fest.

Besser als gar nichts, dachte sie, und lief zum Boot zurück. Diesmal sprang der Motor problemlos an. Als sie draußen auf offener See war, schaltete sie ihn wieder aus und säuberte mit einem öligen Lappen die Planken. Es war so gut wie kein Blut zu sehen. Ich hoffe, es ist schnell gegangen, dachte sie. Ich hoffe, er hat nicht lange dort gelegen – allein …

Sie schnürte den Bademantel eng um ihre Taille und schlug das Revers auf ihrer Brust um, da ihr die Brise jetzt kühl erschien. Sie ließ den Motor an und machte sich auf den Heimweg. Das wäre geschafft, sagte sie sich. Ich werde es aus meinen Gedanken verdrängen. Aber plötzlich fiel ihr das Halstuch wieder ein. Nun, das konnte keiner identifizieren, dachte sie. Eines von denen, die ich vor ewigen Zeiten im Ramschladen gekauft habe. Von der Sorte muss es Tausende und Abertausende geben, die ganz genauso aussehen. Fingerabdrücke? Ich glaube nicht, dass man von Stoff Fingerabdrücke nehmen kann. Ich könnte ohnehin behaupten, ich hätte das Halstuch an dem Tag auf der Insel liegen lassen, an dem wir das Picknick veranstaltet haben.

Jetzt ist so oder so nichts mehr zu machen. Der Fall ist erledigt. Ich werde nicht ins Grübeln kommen. Ich werde überhaupt nicht mehr daran denken.

Als sie sich dem Bootshaus näherte, bekam sie im ersten Moment einen Schrecken, denn sie sah David dastehen, mager und in seiner gewohnt schlechten Haltung, mit hängenden Schultern. Er trug eine blaue Badehose und eine khakifarbene Windjacke. Aber sie fing sich sofort wieder. Umso besser, wenn sie sich gleich zusammenreißen musste, dachte sie.

»Hallo, David«, sagte sie munter.

»Hallo«, antwortete er mit ernster Miene.

Als das Boot in den Tunnel glitt, trat er an die Rampe vor und wartete dort, um ihr beim Aussteigen zu helfen.

»Ich habe meinen Ohren nicht getraut«, sagte er, »als ich gehört habe, dass der Motor angesprungen ist. Ich dachte, jemand stiehlt das Boot, und ich bin so schnell wie möglich hergekommen. Ich habe dich gerade noch losflitzen sehen.«

»Ich mag den frühen Morgen«, sagte sie.

»Dagegen ist nichts einzuwenden«, sagte David. »Aber warum hast du nicht das Ruderboot genommen, wie du es sonst immer tust?«

»Tja, ich dachte mir, ich hätte zur Abwechslung mal Lust, das Motorboot zu nehmen.«

»Ich bitte dich, das nicht noch einmal zu tun«, sagte David. »Es ist gefährlich. Du verstehst nicht das Geringste von diesem verflixten Motor. Wenn er dir abstirbt oder auch nur die kleinste Kleinigkeit schief geht, wärest du absolut hilflos.«

»Ich bin nicht weit hinausgefahren.«

»Ich bitte dich, tu das nicht mehr«, sagte David. »Und überhaupt ist das eine ziemlich verrückte Idee.«

»So schrecklich ist es nun auch wieder nicht, ab und zu mal eine verrückte Idee zu haben«, meinte Lucia.

»Mir persönlich«, sagte David, »würde es jedenfalls nicht gefallen, wenn dich einer der Jungen, die ich hier draußen kenne, um halb sechs morgens in einem Motorboot rumflitzen sähe.«

David ist wie Vater, dachte Lucia. Aber mit diesen dichten rötlichen Wimpern und diesen bezaubernden grünen Augen sieht er aus wie Tom. Er ist erst fünfzehn. Noch ein Kind. Aber in ein paar Jahren …

Sie schlang ihre Arme um seine schmalen Schultern.

»Ich bin ganz sicher, dass mich keiner deiner Freunde gesehen hat«, sagte sie. »Aber ich werde es nicht wieder tun, wenn es dir Sorgen bereitet.«

»Das höre ich gern«, sagte er.

»Lass uns zum Haus zurücklaufen und einen Happen frühstücken.«

»Sibyl wird noch nicht unten sein.«

»Ich komme allein zurecht«, sagte Lucia.

Sie nahm ihre Arme von seinen Schultern und sie liefen nebeneinander her zum Haus.

»Was ist mit Bee los?«, fragte er.

»Wie meinst du das?«

»Es muss dir doch bestimmt aufgefallen sein«, sagte er. »Natürlich ist das meiste nur gespielt. Sie spielt laufend Theater. Aber in der letzten Zeit bedrückt sie wohl wirklich etwas.«

»Redet sie denn über gar nichts Persönliches mit dir, David? Früher habt ihr alles miteinander besprochen.«

»Ich ermuntere sie nicht dazu«, sagte David.

»Es tut den Menschen gut, über ihre Sorgen zu reden, vor allem mit jemandem ...«

»Aber mir tut das Zuhören nicht gut«, sagte er mit unerwartetem Ungestüm. »Ich kann diesen ganzen dämlichen, gefühlvollen Kram und all dieses Zeug nicht leiden und in so was will ich mich nicht hineinziehen lassen. Weder jetzt noch zu irgendeinem anderen Zeitpunkt.«

Er hielt ihr die Tür auf und ließ ihr den Vortritt. Als sie in Sibyls schöner Küche stand, brach die Sonne durch die Wolken; ein Lichtstrahl fiel auf den grün und weiß gemusterten Linoleumboden. Es war ein herrliches Gefühl, David das Frühstück zuzubereiten.

3.

»Wir könnten an sich bis morgen warten«, sagte Sibyl. »Aber Hühner gibt es nur heute, an keinem anderen Wochentag.«

»Dann bestelle ich dir eben ein Taxi«, schlug Lucia vor.

»Es ist besser, Sie fahren hin, Ma'am«, sagte Sibyl, die mit ausdruckslosem Gesicht groß und korpulent am Küchentisch stand.

»Du stellst dich beim Marktgang aber viel geschickter an als ich«, sagte Lucia.

»Dafür bin ich schließlich zuständig«, antwortete Sibyl mit ruhiger Stimme. »Aber der Hühnermann kann Farbige nicht leiden. Und er nimmt kein Blatt vor den Mund.«

»War er zu dir schon mal pampig, Sibyl?«

»Ja, Ma'am«, sagte Sibyl.

»Wir kaufen ihm in Zukunft nichts mehr ab«, bestimmte Lucia.

»Er ist der Einzige, der Hühner hat«, sagte Sibyl.

»Dann werden wir eben für den Rest des Sommers ohne Hühner auskommen.«

Sibyl lächelte sanft und unendlich liebevoll.

»Nein, Ma'am«, sagte sie. »Wenn Sie hingehen, könnten Sie uns vielleicht zwei leckere Brathähnchen besorgen. Die gibt es dann am Samstag und am Sonntag mache ich Hühnersalat. Ich gebe Ihnen den Einkaufszettel, Ma'am.«

Seit acht Jahren verbrachten sie Tag für Tag in vollendeter Harmonie miteinander. Sibyl wusste, dass Lucia nicht die besonnene, sparsame Hausfrau war, für die sie von der Familie gehalten wurde. Sibyl dachte an die Dinge, die Lucia vergaß, sie fand die Dinge, die Lucia verlegt hatte, sie vertuschte Lucias Geistesabwesenheit, sie erteilte ihr Ratschläge und Warnungen. Sie hatte Lucia sogar schon

Geld geliehen, um zu verheimlichen, mit welcher schockierenden Unachtsamkeit sie das Haushaltsgeld überzogen hatte, und sie war damals persönlich zur Polizei gegangen, um den kriminellen Chauffeur anzuzeigen, weil sich Lucia nicht dazu durchringen konnte.

Niemand kannte Lucia so gut wie sie. Lucia dagegen wusste erstaunlich wenig über Sibyl. Sie kannte Sibyls Alter nicht und wusste auch nicht, wo sie geboren war, ob sie Familie hatte und wer ihre Freunde waren. Sie hatte keine Ahnung, wo Sibyl ihre freien Nachmittage verbrachte oder was sie mit ihrer Zeit anfing. Es verhielt sich ganz einfach so, dass sie Sibyl vorbehaltlos liebte und ihr uneingeschränktes Vertrauen entgegenbrachte.

»Tja, vielleicht kann ich mal mit dem Hühnermann reden«, sagte sie.

»Nein, Ma'am«, sagte Sibyl. »Man kann diese Welt nicht verändern.«

Von dort aus, wo sie stand, konnte Lucia ihren Vater sehen, der gerade im Esszimmer sein Frühstück zu sich nahm. Aus dem weichen Kragen seines blauen Hemds schaute der hagere alte Hals heraus. Er trug das schwarzweiß karierte Jackett, das er vor Jahren in London gekauft hatte und an dem er so sehr hing, dass er es nicht nur immer wieder flicken ließ, sondern er hatte sogar das Futter erneuern lassen. Ein richtig anständiges Jackett wie dieses, auch wenn es ein wenig abgetragen war, sei ihm immer noch lieber als ein schäbiger, billiger neuer Fetzen, sagte er oft.

Er hätte sich ohne weiteres ein neues Jackett zulegen können, und zwar eines, das alles andere als billig und schäbig war, doch darauf wies ihn seine Tochter niemals hin. Er hält abgetragene Sachen für englischer, dachte sie, und weshalb sollte er das nicht glauben, wenn es ihm Spaß macht?

Ich bin ja so froh, dass es mir gelungen ist, Ted fortzuschaffen, dachte sie. Ganz gleich, was passiert, ich wüsste nicht, wie Vater je dahinter kommen könnte, was er letzte

Nacht angerichtet hat, oder wie man ihn damit in Verbindung bringen könnte. Niemand wird es je erfahren.

Sie ging ins Esszimmer und drückte einen Kuss auf seinen gepflegten weißen Schopf.

»Vater«, sagte sie, »ich halte es für besser, wenn Bee nicht erfährt, dass du den Mann letzte Nacht gesehen hast.«

»Ich habe ihn doch gar nicht gesehen«, sagte Mr. Harper.

»Aber, Vater!«

»Es war zu dunkel«, sagte er und freute sich über seinen eigenen Scherz. »Mach dir keine Sorgen, meine Liebe. Ich werde es Beatrice nicht erzählen. Und ich glaube auch nicht, dass der junge Herr uns noch einmal belästigt.«

Bee kam gerade die Treppe hinunter. Sie begab sich schnurstracks in die Küche.

»Guten Morgen, Mutter«, sagte sie. »Guten Morgen, Sibyl. Ist mein Orangensaft im Kühlschrank?«

»Ja, Miss Bee.«

Bee holte das Gefäß heraus, das einen guten halben Liter einer Mischung aus Orangensaft und Zitronensaft enthielt, ein wesentlicher Bestandteil ihrer neuen Vitabelle-Diät, und trug es ins Esszimmer.

»Guten Morgen, Großpapa«, sagte sie.

Höflich, unterkühlt und distanziert; das war offenbar die Haltung, die sie einzunehmen gedachte. Sie hatte kein Lächeln für ihre Unterdrücker übrig.

»Fährst du heute nicht in die Stadt? Hast du keine Schule?«, fragte Mr. Harper, denn ihre Aufmachung in einem blauen Overall mit einer weißen Bluse überraschte ihn.

»Ich darf nicht mehr hingehen«, antwortete Bee laut und deutlich.

»Oh, ich verstehe!«, sagte er. »Hier in der Gegend gibt es ziemlich viele reizvolle Landschaften, die du malen könntest, würde ich meinen.«

Sie bedachte ihn mit jenem Lächeln, das Lucia, die aus der Küche zusah, an ihr verhasst war. Mit dem feinen, hellen Haar, der zarten Haut und den entzückend geschnittenen Gesichtszügen war das Kind so hübsch, aber es schminkte sich den Mund zu kantig, und dieses Lächeln, bei dem die Lippen nahezu geschlossen blieben und die Augen sich zusammenkniffen, ließ das Mädchen fast hässlich wirken.

Aus einem Mann wie Ted kann sie sich nicht wirklich allzu viel gemacht haben, dachte Lucia. Natürlich wird sie schrecklich durcheinander sein, wenn sie erfährt, dass er tot ist, aber sie wird schon darüber hinwegkommen. Sie ist ja noch so jung. Arme Bee. Ich muss mir überlegen, wie ich ihr mehr bieten kann. Ich muss neue Freunde für sie finden. Und jetzt besteht auch kein Anlass mehr dafür, dass sie die Kunstschule nicht weiterhin besuchen sollte, nur kann ich ihr das natürlich nicht sagen. Kann ich schlichtweg behaupten, ich hätte es mir anders überlegt? Oder sollte ich lieber warten, bis die Zeitungen über Ted berichten?

Sie bestellte telefonisch ein Taxi und zog sich für ihre Einkäufe im Dorf angemessen an: ein blauweiß kariertes Kattunkleid mit einem blauen Gürtel, blaue Sandalen und ein breitkrempiger schwarzer Strohhut. Sibyl hatte den Einkaufszettel für sie bereitliegen, und als das Taxi kam, brach sie mit der großen grünen Köpertasche zum Markt auf.

Heute Nachmittag werde ich Bee sagen, dass ich es mir anders überlegt habe, dachte sie. Dann kann sie morgen wieder in ihre Schule gehen. Es könnte eine ganze Weile dauern, bis die Zeitungen über Ted berichten, und es gibt keinen Grund, weshalb sie zu Hause bleiben sollte, das arme Kind. Wird es ihr sehr viel ausmachen, wenn sie es erfährt? Es ist so schwer zu verstehen, wie sie sich aus einem solchen Mann auch nur das Geringste gemacht haben kann. So ein mieser Kerl, und so höhnisch …

Der Vormittag bescherte ihr einen Misserfolg nach dem anderen. Der Hühnermann wollte ihr die zwei Hühner nicht verkaufen, sondern nur eines, und noch dazu ein mickriges. Margarine und Zucker waren ausverkauft. Sie konnte keine Seifenflocken von der Marke auftreiben, auf die Sibyl speziellen Wert legte. Die Kartoffeln waren alt und weich und hatten Triebe. Die Zigarettensorte, die zu bekommen war, mochte sie nicht.

Sie konnte die Zahnpasta nicht auftreiben, die ihr Vater haben wollte. Sie bekam die Zeitschriften nicht, um die David sie gebeten hatte. Bees Schuhe, die ihr der Schuster für letzte Woche fest zugesagt hatte, standen immer noch unangetastet auf einem Regal. Sie zog von einem Geschäft zum anderen, und die Tasche wurde zusehends schwerer. Sie war erhitzt, ihr Gesicht war gerötet, und sie war ermattet, doch sie strahlte weiterhin ernste Höflichkeit aus. Geduldig stand sie an Theken Schlange und ließ sich von anderen Hausfrauen in Gespräche verwickeln. Als sie fertig war, hatte sie zusätzlich zu der Einkaufstasche noch eine große Papiertüte im Arm. Im Bus würden sie mich ziemlich hassen, wenn ich derart vollbepackt einsteige, dachte sie und überquerte, von der schweren Tasche geschwächt, die Hauptstraße des Dorfs zum Bahnhof, vor dem drei Taxis bereitstanden.

»Ich muss auf den Zug warten«, sagte der erste Fahrer.

Er konnte drei oder sogar vier Fahrgäste gleichzeitig in seinen Wagen zwängen; an einem einfachen Fahrpreis hatte er kein Interesse.

»Wenn ich Sie nach Plattsville rausfahre«, sagte der zweite, »muss ich den weiten Weg leer zurückfahren. Das lohnt sich nicht für mich.«

»Tja, also angenommen, ich lege etwas drauf?«, sagte Lucia matt und erhitzt.

»Also«, sagte der Fahrer, »das dürfen wir eigentlich nicht tun. Ich müsste Ihnen zwanzig Dollar dafür berechnen.«

Das war ein unerhörter Preis. Einen Moment lang spielte sie mit dem Gedanken, ihr Glück bei dem dritten Taxifahrer zu versuchen, doch dem würde klar sein, dass er ihre letzte Zuflucht war, und diesen Umstand könnte er ausnutzen. Eventuell würde er ihr ein noch schlechteres Angebot machen.

»Also gut«, sagte sie und stieg in das Taxi.

In dem Moment fuhr der Zug ein. Eine kleine Schar von Menschen kam die Stufen hinab; die beiden anderen Taxis fuhren vor, um ihre Fahrt anzutreten, und ein Mann kam gemächlich und zielstrebig auf Lucias Taxi zu. Er war beleibt und trug einen grauen Anzug mit offenem Jackett. Sein Gang war gewissermaßen wiegend, und seinen stattlichen Bauch schob er stolz vor sich her.

»Wissen Sie, wo hier in der Gegend Leute namens Holley wohnen?«, fragte er den Fahrer.

»Nee«, sagte der Fahrer. »Sie könnten sich am Fahrkartenschalter erkundigen.«

»*Sie* werden jetzt brav loslaufen und am Schalter fragen«, sagte der beleibte Mann.

Lucia musterte ihn mit einer Bestürzung, die sie sich selbst nicht erklären konnte. Seine Augen, sagte sie sich. Es waren auffallend helle Augen, unter dünnen Wimpern und von einer eigentümlichen Ausdruckslosigkeit, ganz so, als sei er blind. Er ist Kriminalbeamter, dachte sie, und er ist wegen Ted hier.

»Ich habe einen Fahrgast«, sagte der Fahrer. »Die anderen Taxis kommen gleich zurück.«

»Sie laufen jetzt los und finden für mich heraus, wo die Holleys wohnen«, sagte der korpulente Mann mit derselben ruhigen, teilnahmslosen Stimme, und Lucias Entsetzen nahm zu, als sie sah, dass der keineswegs entgegenkommende junge Fahrer sich anschickte, der Anweisung Folge zu leisten. Jeder würde tun, was dieser Mann ihm vorschrieb.

»Ich bin auf dem Weg dorthin«, sagte sie.

Der beleibte Mann warf einen Blick auf sie und musterte sie gründlich von Kopf bis Fuß.

»Sie haben mir gesagt, Sie wollten zu den Maxwells rausfahren«, rief der Fahrer überrascht und gekränkt aus.

»Ich weiß«, sagte Lucia. »Aber wir haben das Haus von ihnen gemietet.«

Der beleibte Mann öffnete die Wagentür und stieg ein.

Er setzte sich mit gespreizten Knien neben Lucia und brauchte reichlich viel Platz.

»Fahr los, Junge«, sagte er.

Er ist einer von diesen widerlichen Kriminalbeamten, wie man sie aus Filmen kennt, dachte Lucia. Er ist ... Das Wort stand plötzlich in Leuchtbuchstaben vor ihrem geistigen Auge. Er ist gnadenlos, dachte sie. Er wird gnadenlos mit Vater umspringen.

»Sie heißen Holley?«, fragte er.

»Ja.«

»Haben Sie eine Schwester oder eine Tochter namens Beatrice?«

»Ja«, antwortete sie wieder.

»Zu der will ich«, sagte er.

»Äh ... und weshalb?«

»Das werde ich ihr selbst mitteilen«, sagte er.

»Es wäre mir lieber, wenn Sie das nicht täten«, sagte Lucia. »Ich bin ihre Mutter. Ich kann Ihnen alles sagen, was sie Ihnen sagen könnte.«

»Sie ist diejenige, derentwegen ich hergekommen bin«, sagte er. »Beatrice Holley.«

»Sie können ebenso gut mir erzählen, weshalb Sie meine Tochter sprechen wollen. Sie wird es mir hinterher ja doch sagen.«

»So, meinen Sie?«

»Ja, das weiß ich ganz genau. Ich wünschte, Sie würden nicht mit ihr sprechen. Wenn Sie so freundlich wären, stattdessen mit mir zu reden?«

»Ich will Beatrice Holley und sonst niemanden sprechen«, sagte er.

Lucia wurde von einer Art Panik gepackt. Er wird Bee erzählen, dass sie Ted gefunden haben, dachte sie. Das muss es sein. Was könnte ihn sonst hierher führen? Er wird ihr Fragen über Fragen stellen und sie wird ihm Dinge erzählen, die dann in den Zeitungen abgedruckt werden. Ich darf nicht zulassen, dass sie sich mit diesem Mann unterhält. Und schon gar nicht allein.

»Meine Tochter ist minderjährig«, sagte sie. »Tut mir Leid, aber ich kann nicht zulassen, dass Sie mit ihr reden.«

Er drehte den Kopf zu ihr um und musterte sie erneut. Seine dünnen Wimpern flatterten. Dann wandte er sich wieder ab.

»Damit kommen Sie nicht durch«, sagte er.

Ihr war die Vorstellung unerträglich, Bee müsse das über sich ergehen lassen.

»Ich werde meinen Anwalt verständigen«, sagte Lucia.

Er machte sich nicht die Mühe, darauf zu antworten; sein Doppelkinn ruhte auf seiner Brust, als er dasaß, starr vor sich hin sah und seinen eigenen Gedanken nachhing. An Lucia hatte er nicht das geringste Interesse.

Jetzt kam das Haus in Sicht. David schlenderte über das struppige Gras des Rasens; als er das Taxi sah, blieb er stehen und wartete.

»Was kostet die Fahrt?«, fragte der korpulente Mann.

»Zehn Dollar«, sagte der Fahrer, und der beleibte Mann gab ihm genau zehn Dollar, kein Trinkgeld. Er öffnete die Wagentür und stieg aus, ohne auch nur einen Blick auf Lucia zu werfen. Er sprach bereits mit David, ehe sie das Geld aus ihrem Portemonnaie gezogen hatte.

»Zwanzig Dollar war als Fahrpreis abgemacht«, sagte der Fahrer.

Sie gab ihm das Geld und stieg mit ihren beiden großen Taschen aus. Der korpulente Mann stand jetzt vor dem Haus.

»Wenn Sie mit meiner Tochter reden, werde ich ebenfalls anwesend sein«, sagte sie.

Er gab ihr keine Antwort. Sie stand hilflos und verloren mit den Taschen da und hatte keine Ahnung, was sie tun sollte, aber sie war wild entschlossen, Bee nach Kräften in Schutz zu nehmen. Die Küchentür öffnete sich und Bee kam aus dem Haus. Sie sah die beiden, die auf dem Rasen standen, mit einem verwunderten Stirnrunzeln an und lief die Stufen herunter.

»Sie wollten mich sprechen?«, fragte sie.

»Sie sind Beatrice Holley?«

»Bee«, setzte Lucia an. »Sag kein Wort.«

»Es ist nichts weiter, es hat mit der Schule zu tun, Mutter«, sagte Bee.

»Hat es nicht!«, sagte Lucia.

»Hat es nicht«, sagte der Mann. »Das habe ich nur dem Jungen erzählt. Um es mir leichter zu machen. Nein. Ich bin gekommen, um mich nach meinem lieben Freund Ted Darby zu erkundigen.«

»Tja, und wer sind Sie?«, fragte Bee.

»Ich heiße Nagle.«

»Also, was wollen Sie von mir wissen?«

»Bee!«, beschwörte sie Lucia. »Sag kein Wort!«

Er ist kein Kriminalbeamter, dachte sie. Er ist … ich weiß es nicht … ein Gauner, ein Gangster, irgendetwas Fürchterliches.

»Ted ist gestern Abend rausgefahren, um dich zu treffen«, sagte Nagle.

»Und was ist, wenn es so wäre?«, fragte Bee.

»Er ist nicht zurückgekommen«, sagte Nagle.

Lucia empfand diese Nachricht als schockierend. Und beängstigend. Aber Bee war gänzlich unbesorgt.

»Sie meinen, er ist nicht direkt in sein Hotel zurückgekehrt?«, sagte sie. »Dann ist er wahrscheinlich bei jemandem zu Besuch. Er hat jede Menge Freunde.«

»Hat er dir erzählt, er wollte noch jemanden besuchen?«

»Meine Tochter hat ihn gestern Abend nicht gesehen«, sagte Lucia.

»Sie haben ihn gesehen?«

»Nein. Niemand hat ihn gesehen.«

»Wollen Sie damit etwa sagen, er sei nicht hergekommen?«

»Ich weiß nicht, ob er hier war oder nicht. Ich sage nur, dass keiner von uns ihn gesehen hat.«

Er wandte sich an Bee.

»Du hast ihn angerufen«, sagte er. »Du hast ihn gebeten, letzte Nacht zu dir rauszukommen. Also, was ist?«

»Was soll schon sein?«, erwiderte Bee. »Ich wüsste nicht, welches Recht Sie haben, hier aufzukreuzen und mir Fragen zu stellen.«

Sie fürchtete sich kein bisschen vor Nagle. Sie sah ihm fest in die blassen Augen.

»Warum hast du dich nicht mit ihm getroffen?«, fragte Nagle.

»Das ist meine Privatangelegenheit«, sagte sie. »Komm rein, Mutter, lass uns …«

»Warte!«, sagte Nagle. »So leicht kommst du mir bestimmt nicht davon. Du wirst mir jetzt alles sagen, was du über meinen lieben Freund Ted Darby weißt. Ich will die Namen von allen seinen Freunden, die er dir gegenüber erwähnt hat.«

»Ich werde Ihnen überhaupt nichts sagen«, ließ Bee ihn abblitzen. »Warten Sie doch, bis er zurückkommt, und fragen Sie ihn selbst.«

»Falls du weißt, wo er steckt«, sagte Nagle, »dann solltest du es mir besser gleich sagen.«

»Ich trage die Taschen ins Haus, Ma'am«, ließ sich Sibyls Stimme hinter Lucias Rücken vernehmen.

Sie schnappte sich die Taschen und entfernte sich, stattlich und mit aufrechter Haltung.

»Ich werde Ihnen gar nichts sagen«, sagte Bee.

»Das ist wirklich ein Jammer«, sagte Nagle. »Ein solcher Jammer für Ted.«

»Was soll das heißen?«, erkundigte sich Bee. »Wollen Sie ihm drohen?«

»Ich stelle Fragen«, sagte Nagle. »Ich gebe keine Antworten.«

»Dasselbe gilt auch für mich«, entgegnete Bee.

Sie ist ganz schön … hartgesotten, dachte Lucia verblüfft. Dieses schlanke Mädchen in Hosen, dem das helle Haar auf die Schultern fiel, dieses Kind, das sein Leben lang zu Hause gewohnt hatte und behütet und umsorgt aufgewachsen war, redete jetzt wie eine dieser abgebrühten Gören im Film, und mit den zusammengekniffenen

Augen und dem fein geschnittenen Mund, der hämisch verzogen war, sah sie auch aus wie eine von denen.

»Okay! Okay!«, sagte Nagle und wandte sich ab.

Lucia stand da und sah ihm nach; reglos vor Grauen und Bestürzung. Er wird wiederkommen, dachte sie. Das ist erst der Anfang …

4.

»Lieber Tom«, schrieb Lucia, »es hat mich ja so sehr gefreut, heute Nachmittag einen Luftpostbrief von dir zu erhalten, und noch dazu einen Brief, in dem du mir Einzelheiten über dein Leben und deine Freunde und die Männer berichtest, die dir unterstellt sind. Derlei Dinge bringen dich mir so viel näher, Tom.«

Nur verhielt es sich in Wirklichkeit gar nicht so. Ich besitze nicht viel Fantasie, dachte sie kläglich. Ich kann mir Tom nicht als Marineoffizier vorstellen. Ich sehe ihn so vor mir, wie er war, ehe er fortgegangen ist vor mehr als zwei Jahren und wahrscheinlich ist er gar nicht mehr so. Nein, er wird sich verändert haben und ich werde immer noch dieselbe sein.

Sie machte sich wieder an ihren langweiligen, ernsten und liebevollen Brief. Dem Himmel sei Dank, dass Tom nichts Großartiges von mir erwartet, dachte sie. Er weiß, woran er mit mir ist. Er weiß, dass ich keine wunderbare Frau bin. Als Tom ihre Bekanntschaft gemacht hatte, war sie siebzehn gewesen und noch zur Schule gegangen, eine sehr ernsthafte Schülerin, die sich jedoch auf keinem Gebiet hervortat und in keiner Hinsicht in Führung lag. Sie mochte alle und interessierte sich für keinen. Kein anderes Mädchen auf Erden macht es einem Mann so schwer, mit ihr zu schlafen, hatte Tom einmal zu ihr gesagt. Du bist eben so verdammt nett.

Als sie achtzehn war, wurden sie getraut. Als sie neunzehn war, war Bee geboren worden, und das war es dann auch schon. Sie war immer ein wenig enttäuscht von sich gewesen, enttäuscht in der Schule, weil sie nichts Herausragendes geleistet hatte, enttäuscht nach der Hochzeit, weil aus ihr nicht die perfekte Hausfrau geworden war, und am meisten hatte sie sich selbst als Mutter enttäuscht. Jedes Mal, wenn sie sich in der Schule blicken ließ, die ihre Kinder besuchten, kam sie sich unter den anderen Müttern seltsam unbeholfen vor. Irgendwie *unwirklich,* dachte sie.

Ich bin den meisten Dingen nicht gewachsen. Dieser Nagle … Bee hat sich überhaupt nicht vor ihm gefürchtet. Aber ich. Und ich fürchte mich auch jetzt noch. Angenommen, er informiert die Polizei darüber, dass Ted herkommen wollte? Nun, dann werde ich eben sagen, dass er nicht hier war. Aber wenn sie anfangen, Vater Fragen zu stellen … Ich bin ziemlich sicher, dass er Teds Namen nie gehört hat. Aber er würde sagen: Ja, da war ein Mann, und ich habe ihm ordentlich heimgeleuchtet.

Wenn Vater wüsste, dass er Ted getötet hat, würde er es der Polizei unumwunden sagen. So ist er nun mal. Ich weiß genau, wie er mit denen reden würde: Mein Lieber, ich bin immer bereit, für meine Taten einzustehen. Bis zur letzten Konsequenz. Und dann würde natürlich Bee in die ganze Geschichte hineingezogen werden. Und Tom würde es erfahren müssen. Warum kann ich nicht auf meine eigene Tochter aufpassen?

Als sie im Dunkeln im Bett lag, überkam sie ein nahezu panischer Tatendrang, doch sie bezwang ihn augenblicklich. Bloß keine Hektik, sagte sie sich. Eines nach dem anderen. Sieh zu, wie du den jeweiligen Tag überstehst. Nimm die Dinge, wie sie kommen.

Sie stand auf und zündete sich eine Zigarette an. Als sie die Zigarette aufgeraucht hatte, drückte sie den Stummel behutsam aus und schloss die Augen. Ich werde um fünf Uhr wach werden, schärfte sie sich ein.

So kam es dann auch. Der Morgen brachte böigen Wind und Regen mit sich. Bei diesem Wetter würde ich liebend gern eine Runde schwimmen, dachte sie, aber David würde sich zu große Sorgen um mich machen. Nein. Ich werde außerhalb der Sichtweite des Hauses einen kleinen Spaziergang unternehmen.

Die Vorstellung, sie müsse über das Haus wachen und dessen Bewohner beschützen, ließ sie nicht los. Sie zog einen alten blauen Flanellrock, einen schwarzen Pullover und Tennisschuhe an, band sich ein weißes Kopftuch um das Haar und schlich sich verstohlen die Treppe hinunter und aus dem Haus.

Und draußen im Regen und im rauen Wind vergaß sie ihre Ängste und ihre Sorgen. Sie lief die Auffahrt hinunter zur Schnellstraße und spazierte dort auf und ab, als sei sie auf Patrouille. Der Wind presste den Rock an ihre langen Beine, und ihr dunkles Gesicht war nass und glühte.

»Wie eine Zigeunerin siehst du aus«, sagte ihr Vater wohl wollend, als sie ins Haus zurückkam.

Die morgendliche Routine begann und der Alltag nahm seinen Lauf. Die Zeitung kam und es stand nichts über Ted darin. Der alte Mr. Harper ging aus dem Haus, um seinen Gesundheitsspaziergang zu machen. David fuhr mit dem Motorboot los, um Leute zu besuchen, mit denen er sich angefreundet hatte. Bee hatte sich in ihr Zimmer zurückgezogen. Und Lucia erledigte die Dinge, die für den Donnerstag vorgesehen waren. Sie zog sämtliche Betten ab und füllte die Wäscheliste aus. Im Wohnzimmer räumte sie auf und staubte die Möbel ab, und sie putzte das Bad, das sie gemeinsam mit Bee benutzte. In einer blauen Baumwollschürze erweckte sie den Eindruck, mit Ernst und Effizienz ans Werk zu gehen; niemand hätte gemerkt, dass all das einzig und allein von Sibyl organisiert worden war.

Vor dem Mittagessen klopfte sie an Bees Tür.

»Herein!«, rief Bee.

Sie saß in einem bonbonfarbenen geringelten Hausanzug an einem Tisch vor dem Fenster und zeichnete. Das seidige Haar hatte sie sich aus der Stirn gestrichen.

»Bee«, sagte Lucia. »Ich habe es mir noch einmal durch den Kopf gehen lassen. Ich kann den Gedanken nicht ertragen, dich von deiner Kunstschule fern zu halten. Geh morgen wieder hin, Liebes, und ich vertraue auf dein …«

»Falls du dir einbilden solltest, wenn du sagst, du ›vertraust mir‹, hält mich das davon ab, Ted zu sehen«, sagte Bee, »dann irrst du dich.«

»Du brauchst nicht so feindselig zu sein, Bee. Jedenfalls nicht mir gegenüber.«

»Mutter«, fing Bee an und schwieg eine Zeit lang. »Ich weiß, dass du mich schrecklich gern hast. Ich weiß, dass du glaubst, alles, was du tust, sei nur zu meinem Besten. Aber ich bin in *keinem* Punkt deiner Meinung.«

»Aber sicher, Bee!«

»Nein. Ich mache mir nichts vor, was Ted angeht. Mir ist klar, dass er keiner von uns ist. Unsereiner gibt sich gewöhnlich nicht mit solchen Leuten ab. Daddy wäre er auch nicht lieber als dir. Aber ich möchte alle möglichen Leute kennen lernen. Ich möchte draußen in der weiten Welt leben. Lieber wäre ich *tot*, als ein Leben wie deines zu führen.«

»Bee!«, sagte Lucia verblüfft, ja, sogar bestürzt. »Ich habe alles, was auf Erden besonders erstrebenswert ist.«

»Ich finde dein Leben *grässlich*«, sagte Bee. »Lieber würde ich ...«

»Mittagessen!«, rief David aus dem Flur, und Bee erhob sich prompt.

»Tut mir Leid, Mutter«, fuhr Bee mit einer Art finsterem Bedauern fort. »Aber ich bin nicht wie du. Ich werde mein Leben nicht so führen wie du. Falls man es ein Leben nennen kann. Mit achtzehn heiraten, frisch von der Schule weg. Nie wirklich etwas sehen oder unternehmen. Kein Abenteuer, ein farbloses Dasein. Ich nehme an, du fühlst dich gern geborgen. Also, *ich* will keine Geborgenheit.«

»Komm schon, Mutter!«, rief David.

Er reagierte immer ein wenig gereizt auf die Gespräche, die Lucia mit seiner Schwester führte. Er suchte nie ein Gespräch unter vier Augen. Er war bereit, mit jedem über alles zu reden. Als der Geistliche ihnen seine Aufwartung gemacht hatte, wollte er gleich anfangen, mit ihm über Religion zu diskutieren, und Lucia hatte ihn nur mit Mühe zurückhalten können.

Beim Mittagessen diskutierte er mit seinem Großvater über Politik, während Bee stumm dasaß; sie wirkte gelangweilt und doch ein klein wenig amüsiert. Ich glaube, er ist sehr intelligent, sagte sich Lucia. Mir gefällt es, wie Männer miteinander reden.

Als sie gerade vom Tisch aufstehen wollten, tauchte Sibyl in der Tür auf.

»Der Kühlschrank ist wieder mal defekt, Ma'am«, verkündete sie mit ruhiger Stimme.

»Ich weiß nicht, was ihr andauernd mit diesem Eisschrank anstellt«, sagte Mr. Harper stirnrunzelnd.

Es herrschte eine unverbrüchliche Übereinkunft darüber, dass niemand außer Mr. Harper genug Sorgfalt besaß, um das Gas abzustellen, wenn der Kühlschrank defekt war. Das tat er jetzt, und das war auch schon alles, was er tun konnte. Er besaß überhaupt kein handwerkliches Geschick. Das galt auch für David, der sich durch seine unverhohlene Gleichgültigkeit diesen Dingen gegenüber als noch untauglicher erwies.

»Weshalb die Aufregung?«, sagte er. »Früher hatten die Leute auch keine neumodischen Eisschränke und sie sind ohne diese Geräte ausgekommen.«

»Damals hatten sie Eisbarren«, sagte Lucia.

»Nein«, wandte David berechtigt ein. »Großpapa hat mir schon oft erzählt, dass sie in seiner Kindheit in England *nie* Eis hatten. Wenn sie es für einen speziellen Zweck brauchten, wenn jemand krank war oder so, dann mussten sie es vom Fischhändler holen.«

»Aber dort herrscht ein anderes Klima«, sagte Lucia.

»Im Moment haben wir hier nur fünfzehn Grad«, antwortete David. »Da kann von einer Affenhitze wohl kaum die Rede sein.«

Er verzog sich. Mr. Harper war bereits gegangen.

»Ich rufe die Firma an«, versprach Lucia.

»Ja, Ma'am«, sagte Sibyl in einem ebenso zweifelnden wie bedrückten Tonfall.

Der immer wieder auftretende Ärger mit dem Kühlschrank war eine Katastrophe, vor der ihnen beiden graute. Lucia machte den Anruf und dieses Mädchen, das jedes Mal am Apparat war, nahm ab.

»Holley?«, sagte das Mädchen. »Geht in Ordnung. Ich notiere es.«

»Was glauben Sie, wann der Mann kommen wird?«

»Ich habe keine Ahnung«, sagte das Mädchen. »Er nimmt alle Reparaturen der Reihe nach vor. Sie werden eben warten müssen, bis Sie dran sind.«

»Selbstverständlich«, sagte Lucia kühl. »Ich wollte lediglich wissen, ob sie mir eine ungefähre Vorstellung davon geben könnten, wann ...«

»Er kommt, wenn Sie an der Reihe sind«, sagte das Mädchen. »Bei dieser Firma wird keiner bevorzugt.«

»Der Teufel soll dich holen«, fluchte Lucia, aber nicht ins Telefon. Dann ging sie wieder in die Küche. »Sie wollen sich nicht festlegen, wann er kommt«, teilte sie Sibyl mit. »Vermutlich sollten wir heute Abend den Fisch essen?«

»Das wäre das Beste«, sagte Sibyl. »Es wird ihnen zwar überhaupt nicht passen, wenn ich ihnen zwei Tage hintereinander Fisch auftische, aber wenn dieser Mann heute Nachmittag nicht kommt ...«

Sie wussten beide, dass er an diesem Nachmittag nicht kommen würde.

»Nun, solange er vor dem Wochenende kommt ...«, sagte Lucia und schwieg einen Moment lang, während sie darüber nachdachte. »Ich glaube, ich halte jetzt meinen Mittagsschlaf«, sagte sie resigniert. »Aber ruf mich, falls sich etwas tut.«

»Ja, Ma'am«, sagte Sibyl nachsichtig. Sie billigte Lucias Angewohnheit, einen Mittagsschlaf zu halten.

Aber heute brauchte Lucia länger als sonst, um einzuschlafen. Wenn dieser Nagle zurückkommt, dachte sie, will ich nicht, dass Bee ihn alleine sieht. Ich will, dass Vater ihn überhaupt nicht erst zu sehen bekommt. Und zwar zu keinem Zeitpunkt. Vielleicht sollte ich wach bleiben, nur für den Fall, dass etwas passiert ...

Schließlich lief es darauf hinaus, dass ihre Schläfrigkeit sie übermannte. Sie lag lang ausgestreckt da, in einem Morgenmantel aus grauem Flanell, der in der Wäsche eingegangen war, die Hände über dem Kopf gefaltet.

»Mrs. Holley, Ma'am!«, sagte Sibyls Stimme eindringlich.

»Ja?«, sagte Lucia und setzte sich auf.

Sibyl trat zur Seite, würdevoll und ungerührt.

»Da ist ein Mann, der Sie sprechen will«, sagte sie.

»Was für ein Mann, Sibyl?«

»Er wollte seinen Namen nicht nennen. Er hat nur gesagt, er wollte Sie in einer persönlichen Angelegenheit sprechen.«

Sie sahen einander lange in die Augen.

»Sibyl … Was für einen Eindruck macht er?«

Sie sahen einander immer noch fest an, und Sibyls dunkle Augen mit den Bernsteinsprenkeln bekamen einen Anflug von Sorge. Sie war eine schweigsame Frau. Es fiel ihr schwer, Gedanken in Worte zu fassen.

»Er sieht nicht aus wie jemand, mit dem Sie gern bekannt wären«, sagte sie.

Es ist Nagle, dachte Lucia. Ich wusste gleich, dass er zurückkommen wird.

»Er steht auf der Veranda«, fuhr Sibyl fort. »Ich kann ihn fortschicken.«

»Ich sollte ihn besser doch empfangen«, stellte Lucia fest und stand auf. Sie richtete sich auf ihren nackten Füßen zu ihrer vollen Größe auf.

»Sie brauchen ihn nicht zu empfangen, Ma'am«, sagte Sibyl. »Ich habe ihm gesagt, ich wüsste nicht, ob Sie zu Hause sind.«

»Nein. Ich sollte ihn besser doch empfangen«, wiederholte Lucia. »Sag ihm bitte, dass ich gleich nach unten komme.«

»Soll ich ihn ins Haus lassen?«, fragte Sibyl und wieder trafen sich ihre Blicke.

»Ja. Ja, bitte«, sagte Lucia.

Sie musste ihm Einlass in ihr Haus gewähren, denn sie wagte es nicht, ihn draußen stehen zu lassen. Sie rührte sich nicht, bis sie hörte, wie sich die Haustür schloss, und dann begann sie sich flink und nachlässig anzukleiden. Sie schlüpfte in das karierte Kattunkleid, das inzwischen verknittert war. Er ist hier drinnen, sagte sie sich. Er ist im Haus.

Sie lief die Treppe hinunter und ging ins Wohnzimmer. Aber der Mann, der dort stand, war nicht Nagle.

»Mrs. Holley?«, fragte er.

Er war groß und breitschultrig, hatte schmale Hüften und war sehr gut gekleidet. Er trug einen dunklen Anzug und eine teure Krawatte in gedeckten Farben. Er war ein gut aussehender Mann. Oder er hätte es sein können. Oder er war es früher einmal gewesen. Aber er hatte etwas Verschwommenes an sich, wie eine Zeichnung mit einem feinen Stift, die teilweise ausradiert worden ist. Sein grobknochiges Gesicht wirkte müde. Seine dunkelblauen Augen wirkten irgendwie trüb.

»Mein Name ist Donnelly«, stellte er sich vor, und seine Stimme war gedämpft.

»Ja?«, sagte Lucia mit ruhiger Stimme.

Vielleicht geht es um gar nichts weiter, sagte sie sich. Vielleicht dreht es sich nur um die Versicherung. Oder um den Verkauf von Wertpapieren. Oder um etwas ganz Gewöhnliches.

Aber sie konnte es nicht glauben. Er kam aus einer anderen Welt, der Welt von Ted Darby und Nagle, die ihr so fremd und unbekannt war wie die Ufer der Lethe.

»Ich würde mich gern einen Moment mit Ihnen unterhalten«, sagte er und wies mit einer Kopfbewegung auf die offene Tür hinter ihr.

»So, und worüber?«, fragte sie und bemühte sich, herausfordernd zu wirken.

Er bewegte sich leichtfüßig, langte mit einem Arm um sie herum und schloss die Tür.

»Sie werden diese Briefe an sich bringen wollen«, sagte er.

»Welche Briefe?«

Sie standen dicht voreinander und sahen sich ins Gesicht; sie blickte zu ihm auf und bemühte sich immer noch, ihm Widerstand entgegenzusetzen, und er sah sie geistesabwesend an.

»Die Briefe, die Ihre Tochter an Ted Darby geschrieben hat«, sagte er. »Der Preis beträgt fünftausend Dollar. In bar.«

5.

Sie nahm wahr, dass sie eigentlich überhaupt nicht nachdachte. Noch nicht.

»Nehmen Sie doch bitte Platz«, sagte sie.

Er wartete, bis sie sich gesetzt hatte, und erst dann zog er einen Sessel heran, stellte ihn ihr gegenüber und setzte sich, wobei er sorgfältig seine Hosenbeine hochzog. Er war auffallend elegant. Das dunkle Haar war ordentlich frisiert, die großen Hände waren gepflegt und seine Schuhe auf Hochglanz gebracht. Er war auf eine ganz eigentümliche und schreckliche Weise teilnahmslos, saß einfach nur da. Und wartete wortlos. Ein Erpresser, dachte sie. Das ist eine Erpressung.

»Meine Tochter …«, sagte sie. »In ihren Briefen steht nichts.«

»Möchten Sie vielleicht einen ihrer Briefe sehen?«, fragte er.

Er zog eine edle, schweinslederne Brieftasche aus einer Innentasche seines Jacketts, nahm etliche zusammengefaltete Blätter heraus und sah sie durch. Nachdem er einen Brief ausgewählt hatte, reichte er ihr das Blatt.

Ted,
bevor ich dir begegnet bin, war ich nicht wirklich am Leben. Aber du bist erschienen wie ein frischer Wind, der durch ein stickiges Zimmer weht. Ich weiß nicht, Ted, ob ich mich dazu aufraffen kann, das zu tun, worum du mich gestern gebeten hast. Aber allein schon die Tatsache, dass du mich dazu aufgefordert und geglaubt hast, ich hätte den Mut, ein solches Wagnis einzugehen, erfüllt mich mit Stolz.
Ted, ich werde es mir überlegen. Ich bin nicht sentimental, das weißt du selbst. Trotzdem ist es schwer, restlos mit der Vergangenheit zu

brechen, sich gegen alle zu stellen und gegen alles zu verstoßen, was man gelernt hat.
Bis Freitag, Ted, und vielleicht habe ich mich bis dahin zu einem Entschluss durchgerungen.

Beatrice

Die klaren, schönen Druckbuchstaben, ließen die Wörter besonders karg erscheinen.

»Das hat nichts zu bedeuten«, sagte Lucia. »Sie ist noch ein Kind. Das besagt überhaupt nichts.«

»Es sieht aber ganz so aus, als hätte es etwas zu bedeuten«, entgegnete er und streckte seine Hand nach dem Brief aus.

»Nein!«, sagte sie und hielt ihn hinter ihren Rücken. »Ich gebe Ihnen den Brief nicht zurück. Die Polizei wird Sie dazu bringen, mir diese Briefe auszuhändigen.«

Er machte sich nicht die Mühe, darauf zu antworten. Er saß leicht vorgebeugt da und hielt die elegante Brieftasche aufgeklappt auf seinem Knie. Und wartete wortlos.

»Ich werde diese Angelegenheit meinem Anwalt übergeben«, sagte Lucia. Sie sah Albert Hendry vor sich, Toms unsäglich distinguierten Anwalt, wie er sich die Geschichte von Bees katastrophaler Torheit anhörte.

»Warum bezahlen Sie nicht einfach das Geld und vergessen die ganze Geschichte?«, fragte Donnelly. »Etwas anderes bleibt Ihnen ohnehin nicht übrig.«

»Nein!«, sagte Lucia. »Ich lasse mich nicht erpressen. Niemals!«

»Es gibt jemand anderen, der dafür bezahlen wird«, versetzte er.

»Und wer soll das sein?«

»Vielleicht Ihr Vater.«

»Nein!«, rief sie aus. »Nein! Das können Sie nicht tun … Nein!«

Sie riss sich zusammen. Sie bemühte sich, gleichmäßig zu atmen. Sie versuchte nachzudenken.

»Wie sind *Sie* überhaupt an diese Briefe gekommen?«, fragte sie.

»Darby wollte mich anpumpen«, sagte Donnelly, »und er hat mir die Briefe überlassen, bis er mir das Geld zurückzahlt.«

»Soll das heißen, *er* …«

»Natürlich hat er mit dem Gedanken gespielt, das Mädchen für die Briefe blechen zu lassen«, sagte Donnelly.

Sein Tonfall klang überhaupt nicht drohend. Er strahlte keine Spur von Gewalttätigkeit aus. Aber gerade die Nüchternheit, mit der er über diese abscheuliche Niedertracht sprach und kriminelle Forderungen stellte, erschien ihr weitaus alarmierender als jede Gewalttätigkeit, und es fiel ihr unendlich viel schwerer, damit umzugehen. An dem Wort ›erpressen‹ nahm er überhaupt keinen Anstoß.

»Jetzt hat Darby mich im Stich gelassen«, fuhr er fort, als ginge es darum, geschäftliche Angelegenheiten zu erklären. »Er ist ohne ein Wort verschwunden. Und ich kann es mir nicht leisten, den Betrag zu verlieren, den ich ihm geliehen habe.«

Er weiß nicht, was Ted zugestoßen ist, dachte sie. Wenn er es herausfindet, wird sich dann etwas ändern? Wird sich die Lage zum Besseren wenden? Oder zum Schlechteren? Wenn ich diesen Gedanken doch bloß zu Ende denken könnte!

Der Regen trommelte an die Fensterscheibe. Das Zimmer, von grauem Licht erfüllt, erschien ihr bedrückend. Hier saß sie jetzt mit diesem Mann, diesem Kriminellen, der ausgesprochen gut gekleidet war und keineswegs laut oder unwirsch wurde …

»Ich brauche Zeit, um darüber nachzudenken«, sagte sie kühl.

»Ich will nach Montreal«, sagte er, und wieder sprach er so vernünftig mit ihr, als wollte er ihr die Lage ganz sachlich erklären. »Ich brauche das Geld vor meiner Abreise.«

»Ich habe keine fünftausend Dollar«, antwortete sie.

»Sie werden sich etwas einfallen lassen, um an das Geld zu kommen.«

»Nein … nein. Wenn Sie diesen Betrag erst einmal haben, werden Sie mehr verlangen.«

»Das täte ich nicht«, sagte er schlicht und einfach.

»Nein! In diesen Briefen steht nichts. Es ist nichts an ihnen auszusetzen.«

»Es sieht aber ganz so aus«, sagte er.

»Ihnen ist nicht klar …«, setzte sie an, als die Tür aufging und der alte Mr. Harper eintrat.

»Oh«, sagte er, »tut mir Leid, meine Liebe. Ich wusste nicht … ich dachte mir nur, wir trinken um diese Zeit Tee …«

Donnelly hatte sich erhoben. Er stand da wie ein beliebiger höflicher Fremder, der darauf wartet, vorgestellt zu werden.

»Vater«, sagte sie, »das ist Mr. Donnelly.«

»Guten Tag, Sir, störe ich?«, fragte Mr. Harper und gab sich mit der Antwort nicht zufrieden. Er wollte natürlich wissen, wer Mr. Donnelly war und weshalb er hier war.

»Von Toms Dienststelle«, sagte Lucia in ihrer Verzweiflung.

»Ha! Von Toms Dienststelle«, sagte Mr. Harper und hielt Donnelly die Hand zur Begrüßung hin. »Freut mich, Sie zu sehen, Sir. Setzen Sie sich! So setzen Sie sich doch!«

Nein! Nein! Nein!, schrie Lucia innerlich auf.

»Mr. Donnelly wollte gerade gehen, Vater«, sagte sie.

»Auf eine Tasse Tee können Sie doch sicher noch bleiben, was, Donnelly? Oder auf ein Glas Whiskey?«

»Vielen Dank, Sir«, sagte Donnelly und setzte sich wieder.

»Was tut sich im Büro?«, fragte Mr. Harper.

»Das kann ich Ihnen nicht sagen«, antwortete Donnelly. »Ich bin nämlich schon vor drei Jahren weggegangen. Im Auftrag der Regierung.«

»Ich verstehe!«, sagte Mr. Harper. »Lucia, glaubst du, du

könntest Sibyl bitten, den Tee zu servieren? Oder ziehen Sie einen Whiskey mit Soda vor, Donnelly?«

»Eine Tasse Tee wäre mir lieber«, sagte Donnelly.

Es gab keine Klingeln im Haus und daher konnte sie nicht läuten. Lucia stand also auf und ging in die Küche. Als sie die Schwingtür aufstieß, sah sie Sibyl an einem Tisch unter dem Fenster stehen und rohe Karotten in kleine Blumen schneiden. Im Profil wirkte ihr dunkles Gesicht stolz und melancholisch. Sie drehte sich um, als sie Lucias Schritte hörte.

»Sibyl«, sagte Lucia, doch weiter kam sie nicht. Diese Katastrophe hatte sie überwältigt und zermalmt.

»Was ist passiert, Ma'am?«, fragte Sibyl. In ihren Augen stand Mitgefühl.

»Er bleibt«, antwortete Lucia.

»Dieser Mann?«

»Ja. Vater hat ihn zum Tee eingeladen.«

Auch Sibyl schwieg einen Moment lang.

»Dann müssen wir eben tun, was wir können, und das Beste daraus machen«, sagte Sibyl. »Regen Sie sich nicht auf, Ma'am.«

»Aber er ist ...«

»Ja, Ma'am«, sagte Sibyl. »Ich weiß.«

Sie wandte sich ab und ließ die Karotten in eine Schüssel mit kaltem Wasser gleiten.

»Sie gehen jetzt wieder ins Wohnzimmer, Ma'am. Ich bringe den Tee. Keine Sorge, Ma'am. Manchmal hat man in diesem Leben auch Glück. Es kann nicht schaden, auf einen Glücksfall zu hoffen.«

Das war eine Sprache, die Lucia verstehen konnte. Solche Worte bekam sie von ihrem Vater und von ihrem Mann nie zu hören. Selbst in den finstersten Zeiten des Krieges hatte der alte Mr. Harper nie den geringsten Zweifel an Englands Sieg gehegt; er sah Zweifel als eine Form von Verrat an. Und Tom hatte denselben beherzten Optimismus besessen, als er fortgegangen war.

»Ich werde es gut überstehen«, hatte er gesagt und in

ihr blasses, abgewandtes Gesicht geschaut. »Wenn man Hoffnung hat, Lucia«, hatte er gesagt, »ist die Schlacht schon halb gewonnen. Man muss nur sicher sein, dass man Glück haben wird.«

Daran glaubte sie nicht. Sie glaubte, dass eine Granate oder eine Kugel einen tapferen und hoffnungsvollen Mann ebenso leicht treffen konnte wie einen armseligen Tropf, der sich elend fühlte. Sie glaubte nicht, dass die Schuldigen immer bestraft wurden. Und auch nicht daran, dass die Unschuldigen immer verschont wurden. Wie Sibyl glaubte auch sie, dass das Leben unberechenbar war und dass einen nur Mut vor Ungerechtigkeit bewahren konnte.

Mut besaß sie.

»In Ordnung, Sibyl«, sagte sie und wandte sich ab.

Der alte Mr. Harper amüsierte sich blendend. Er redete mit Donnelly über den Krieg; anscheinend hatte Donnelly daran teilgenommen. In Frankreich und Belgien hatte er einige jener englischen Regimenter gesehen, deren grandiose Namen dem alten Mann nahezu heilig waren. Donnelly war alles andere als beredt, doch seine wenigen Worte stellten Mr. Harper voll und ganz zufrieden.

»Waren Sie jemals in England, Donnelly?«

»Ich bin fast ein Jahr lang regelmäßig in Liverpool gewesen, Sir.«

»Liverpool«, sagte Mr. Harper und tat diese Stadt mit einer höflichen Bemerkung ab. »Ich bin selbst nie dort gewesen. Aber London … Waren Sie jemals in London, Donnelly?«

»Ja, Sir. Eine prachtvolle Stadt.«

»Ich kann mir vorstellen, dass sie sich inzwischen sehr verändert hat, Donnelly?«

»Das ist das Recht jeder Stadt«, sagte Donnelly feierlich.

Lucia saß auf dem Sofa und schenkte Tee ein; wenn ihr Vater zwischendurch daran dachte, sie in das Gespräch einzubeziehen, ging sie eilig mit einem strahlenden Lächeln darauf ein. Wenn ich doch bloß aus dem Haus gehen und einen Spaziergang machen könnte, dachte sie, dann wäre ich bestimmt in der Lage nachzudenken. Ich muss dringend nachdenken. Ich muss einen Ausweg finden. Es muss Schluss damit sein, dass ich mich so dumm anstelle und derart benommen bin.

Und dann kam Bee die Treppe herunter, um den Albtraum komplett zu machen.

»Ach!«, sagte sie, als sie in der Tür stand. Sie tat so, als sei sie überrascht, einen Fremden hier zu sehen.

Lucia fiel jedoch auf, dass sie sich wesentlich sorgsamer zurechtgemacht hatte als sonst an einem ganz gewöhnlichen Nachmittag, den sie im Haus verbrachte. Sie trug eine zitronengelbe Organdybluse und einen schwarzen Rock, die Wimpern hatte sie mit blauem Mascara eingefärbt, und ihre Lippen waren frisch geschminkt.

Geh weg!, schrie Lucia innerlich auf. Komm bloß nicht ins Zimmer!

Mr. Harper wartete, doch seine Tochter trank mit gesenktem Blick Tee.

»Das ist Mr. Donnelly, Beatrice«, sagte er. »Von der Dienststelle deines Vaters. Donnelly, das ist meine Enkelin.«

Donnelly erhob sich.

»Guten Tag, das ist aber eine nette Überraschung«, sagte Bee, und er deutete eine Verbeugung an.

Sie setzte sich neben ihre Mutter auf das Sofa und zündete sich eine Zigarette an.

»Nein, danke, Mutter, keinen Tee. Haben wir Traubensaft im Haus?«

»Nein«, sagte Lucia.

»Könnte ich dann ein Glas Eistee haben?«

»Tut mir Leid, aber wir haben kein Eis. Der Kühlschrank ist defekt.«

»Was für ein Leben!«, sagte Bee lachend.

Sie wollte die Aufmerksamkeit dieses Fremden auf sich lenken. David wäre erbost gewesen, aber Lucia brach es das Herz. Sie sah, wie Donnelly einen Blick auf ihr hübsches Kind warf, einen unergründlichen Blick und sich dann wieder abwandte, um dem alten Mr. Harper zuzuhören, und in ihr regte sich eine glühende, verzweifelte Auflehnung.

Ich habe ihn ins Haus gelassen, dachte sie. Da sitzt er jetzt, mit Bees Briefen in der Tasche, und versucht mich zu erpressen. Irgendwie werde ich diese Briefe an mich bringen. Ich werde etwas unternehmen.

Donnelly stand auf.

»Ich muss jetzt gehen«, sagte er, »aber ich werde noch ein Weilchen in der Gegend sein.«

»Ach, Sie machen hier Zwischenstation?«

»Rein geschäftlich«, sagte Donnelly. »Mrs. Holley, dürfte ich morgen vielleicht gegen elf Uhr mit meinem Wagen hier vorbeikommen und Sie zu dem alten Haus fahren, über das wir gesprochen haben, damit Sie es sich ansehen können?«

Seine Unverschämtheit war einfach unglaublich. Hier, unter ihrem eigenen Dach und in Gegenwart ihres Vaters und ihrer Tochter, wagte er, ihr diese Zusammenkunft vorzuschlagen. Aber sie hatte ihm Zutritt zu ihrem Haus gewährt und jetzt war sie hier nicht mehr sicher.

Nun gut, dachte sie. Nun gut! Sie blickte auf und sah ihm fest ins Gesicht. In ihre Wangen war eine heftige Röte gestiegen, und in ihrem Herzen machte sich Auflehnung breit.

»Gern. Das wäre sehr nett von Ihnen«, sagte sie.

Mit dir rechne ich noch ab, dachte sie. Ich werde mir etwas einfallen lassen. Warte nur, du wirst es ja selbst sehen.

6.

Nun gut!, dachte Lucia. Soll er doch mit seinen Briefen zu Vater gehen und sehen, was passiert. Von mir aus soll er ruhig versuchen, Vater zu erpressen.

Für Bee wird es hart sein. Aber Vater wird begreifen, dass in Wirklichkeit gar nichts an diesen Briefen dran ist. Ganz gleich, wie sie sich anhören. Mit diesen Gedanken legte sie sich trotzig und entschlossen schlafen.

Aber als sie am frühen Morgen erwachte, war jede Zuversicht verschwunden. Ich kann Vater beim besten Willen nicht trauen, dachte sie. Er ist so rechtschaffen. Wahrscheinlich würde er die Polizei verständigen wollen: Da müssen wir durch, meine Liebe. Und dann würde die Polizei Bee mit Ted in Verbindung bringen, und wenn sie Ted fanden …

Nein. Ich werde Donnelly hinhalten. Ich werde so tun, als wollte ich das Geld für ihn besorgen. Damit gewinne ich etwas mehr Zeit.

Und was würde sie mit dieser Zeit anfangen? Sich etwas einfallen lassen. Etwas unternehmen.

Es war ein lieblicher, lauer Morgen mit bleichem Sonnenschein. Sie dachte reumütig an David, als sie in ihren Badeanzug schlüpfte, leise das Haus verließ und zum Bootshaus hinunterlief. Diesmal nahm sie das Ruderboot und gelangte durch den schmalen Wasserlauf und das Schilf auf die offene See. Etwas Schöneres gibt es nicht!, dachte sie, als sie die Ruder auf den Boden legte und sich ins Wasser gleiten ließ.

»Huh!«, rief sie laut aus, weil das Wasser so kalt war. Aber im nächsten Moment, als sie losschwamm, fühlte sich das Wasser nicht mehr kalt an, sondern erschien ihr nur noch köstlich erfrischend. Über ihrem Kopf flogen

Möwen, und sie drehte sich auf den Rücken und ließ sich treiben, um sie zu beobachten. Einer der Vögel stieß so tief herab, dass sie sein Gesicht sehen konnte.

Sie trieb auf dem funkelnden Wasser und blickte mit halb geschlossenen Augen zu den Möwen und den kleinen Wölkchen am lieblichen blauen Himmel auf. Dann drehte sie sich auf den Bauch, schwamm zweimal um das Boot herum und kostete den geschmeidigen Rhythmus ihrer Muskeln aus. Lediglich zur Übung schwamm sie unter dem Boot hindurch, versank einen Moment lang in dem kalten Schatten und tauchte wieder in der Sonne auf.

Irgendwo war ein Motorboot angelassen worden. Ist das David, der mir gefolgt ist?, fragte sie sich und kletterte hastig wieder in das Ruderboot. Aber das Motorboot war jetzt hinter ihr. Es kam von der Insel. Als sie die Ruder vom Boden aufhob, sah sie es. Am Steuer stand ein Polizist in Uniform, und im Heck saß ein weiterer Polizist und neben ihm ein junger Mann in einem grauen Anzug, ein großer, kräftiger junger Mann mit abstehenden Ohren und einer großen, knochigen Nase. Während sie regungslos dasaß und die Männer beobachtete, drehte der junge Mann seinen Kopf zu ihr um und sah sie an; als sie an ihr vorbeifuhren, sah sie in seine Augen, die dunkel und sanft waren und ein wenig traurig wirkten.

Dann waren sie an ihr vorübergefahren. Das Ruderboot schaukelte heftig in der Dünung. Sie haben Ted gefunden, dachte sie. Was wird *jetzt* wohl passieren?

Sie machte sich daran, nach Hause zu rudern. Also gut. Ich werde die Dinge so nehmen, wie sie kommen. Eins nach dem anderen. Ich werde mir keine Sorgen machen. Ich werde mir keinen unnötigen Ärger einhandeln. Ich werde schon zurechtkommen. Sie zog ihre Badekappe ab und ließ ihr dunkles Haar im Wind flattern. Sie ruderte langsam und ließ ihren Badeanzug von der Sonne trocknen.

Und wenn die Polizei kommt und nach Ted fragt, werde ich behaupten, er sei nie hier gewesen. Vater weiß nicht, mit wem er gesprochen hat. Am besten rede ich gleich heute Morgen mit ihm.

Sie erreichte ihr Zimmer, ohne von David gehört zu werden. Sie zog sich an und setzte sich ans offene Fenster. Wenn jetzt einer kommt, bin ich bereit, dachte sie. Mir ist egal, was ich sage. Mir ist egal, wie viele Lügen ich verbreite.

Sie hörte Sibyls Schritte auf den knarrenden Treppenstufen und wenige Momente später folgte sie ihr nach unten.

»Ich kann nur hoffen, dass dieser Mann von der Wäscherei heute kommt«, sagte Sibyl. »Ich weiß nicht, wie Mr. Harper mit nur einem einzigen sauberen Hemd eine ganze Woche lang über die Runden kommen soll.«

Es war, als griffen Zahnrädchen ineinander. So begann der Tag. Das war das Leben.

»Ich sollte besser nach New York fahren und noch einmal versuchen, ein paar neue Hemden für ihn zu besorgen«, sagte sie. »Und für David auch. Aber Hemden sind so rar. Und so teuer.«

»Wir kämen ja ohne weiteres zurecht«, sagte Sibyl, »wenn der Mann von der Wäscherei sich an das hielte, was er uns zugesagt hat. Aber jetzt sind schon fast zwei Wochen vergangen, seit er das letzte Mal hier war. Er bringt die Sachen, die er abholt, nicht zurück. Und die Sachen, die wir für ihn bereitliegen haben, holt er nicht ab.«

»Wenn er heute nicht kommt, sollte ich vermutlich bei ihm anrufen?«, sagte Lucia.

»Das wäre wohl das Beste, Ma'am«, sagte Sibyl.

Sie trank eine Tasse Kaffee in der Küche und wartete unruhig und angespannt darauf, dass der alte Mr. Harper nach unten kommen würde. Sie fing ihn im Flur ab.

»Vater«, sagte sie, »du erinnerst dich doch an den Mann, der vorgestern Abend im Bootshaus war? Ich dachte, ich sollte dir besser etwas über ihn erzählen.«

»Nicht nötig, meine Liebe. Es sei denn, er kommt wieder, und das halte ich für unwahrscheinlich. Nein, ich glaube nicht, dass er so schnell wieder herkommt. Ich habe ihn …«

»Ja, ich weiß, was du mit ihm getan hast, Vater. Er heißt Stanley Schmidt.«

»Schmidt, na, so was! Ein deutscher Name.«

»Er *ist* Deutscher. Dieser Mann ist ein äußerst fragwürdiger, zwielichtiger Kerl, Vater, und es wäre mir gar nicht lieb, wenn jemals herauskäme, dass Bee etwas mit ihm zu tun gehabt hat.«

»Was soll das heißen, Lucia? Inwiefern ist er zwielichtig?«

»Ich glaube, er ist ein Agent«, sagte Lucia prompt.

»Was! Na, so was! Dann sollte er angezeigt werden.«

»Das habe ich bereits getan. Ich habe einen anonymen Brief an das FBI geschickt«, sagte Lucia. »Aber du siehst doch sicher ein, dass wir Bee unmöglich in diese Geschichte hineinziehen können.«

»Gewiss. Nein, das kommt gar nicht infrage. Hast du ihr gesagt, was du von diesem Kerl hältst, Lucia?«

»Es erschien mir ratsam, meine Meinung für mich zu behalten«, sagte Lucia in einem ganz speziellen Tonfall, leise und äußerst bedeutsam.

Diesen Tonfall hatte sie auch bei Tom gelegentlich eingesetzt. Darin schwang die Andeutung mit, dass sie, und nur sie allein, das geheimnisvolle Herz eines jungen Mädchens verstehen konnte. Tom hatte dieser Tonfall stets Unbehagen eingeflößt und dieselbe Wirkung hatte er jetzt auch auf Mr. Harper.

»Nun … wahrscheinlich weißt du das am besten«, sagte er.

Jetzt kam David die Treppe herunter und wenige Minuten später folgte ihm seine Schwester. Sie setzten sich alle gemeinsam an den Tisch; eine stete Brise wehte durch die offenen Fenster ins Zimmer; die Sonne ließ die Gläser und das Silber funkeln. Lucia warf einen Blick auf das silbrige Haar ihres Vaters, auf Bees zarte, helle Mähne und auf Davids rotblondes Haar, das struppig von seinem sturen Schädel abstand. Lasst sie in Ruhe!, schrie sie innerlich. Lasst sie in Ruhe!

»Da kommt der Postbote!«, sagte David und stieß seinen Stuhl zurück. »Sehen wir doch mal nach, ob er uns etwas von Dad bringt.«

Er ging aus dem Haus, ließ die Schwingtür hinter sich zuschlagen und kam mit der Post zurück.

»Vier Briefe«, kündigte er an. »Zwei für dich, Mutter, einen für Bee und einen für mich. Alles Feldpost. Die Zeitung für Großpapa und einen Brief für Sibyl, dann noch ein paar Rechnungen und solches Zeug.«

Er und Bee öffneten ihre Post auf der Stelle, aber Lucia wollte ihren Brief erst lesen, wenn sie allein war. Der alte Mr. Harper schlug seine New Yorker Tageszeitung auf.

»Es soll schön werden und vor allem wärmer«, sagte er. »Das war aber auch höchste Zeit. Das Wetter, das wir in der letzten Zeit hatten, war absolut nicht der Jahreszeit gemäß. Dann wollen wir doch mal sehen ... In Europa sieht die Lage sehr viel versprechend aus. Was haben wir denn da? Ha! Leiche eines ermordeten Kunsthändlers auf Simm's Island gefunden.«

»Lies weiter!«, sagte David und blickte auf.

»Die Polizei von Horton County lässt verlauten, gestern sei in einem abgelegenen Morast auf Simm's Island die Leiche von Ted Darby, 34, entdeckt worden, dessen Name ...«

»Gib her!«, schrie Bee.

»Was?«, sagte Mr. Harper.

»Gib mir sofort die Zeitung!«, schrie sie noch einmal.

»Die will ich selbst lesen«, setzte er an, doch sie riss sie ihm aus der Hand und lief aus dem Zimmer und die Treppe hinauf.

»Was ist bloß in sie gefahren?«, fragte Mr. Harper.

»Wahrscheinlich ist es jemand, von dem sie schon gehört hat«, sagte David. »Sie kennt doch viele von diesen Kunstfritzen.«

»Deshalb hätte sie mir noch lange nicht die Zeitung aus den Händen reißen müssen«, sagte Mr. Harper.

»Jetzt wird sie ihren Spaß haben«, sagte David. »Sie

wird sich ans Telefon hängen und der Reihe nach alle Mädchen anrufen, die sie kennt. Hast du schon davon gehört? Was diesem Wie-heißt-er-schnell-noch-mal zugestoßen ist?«

»Trotzdem«, sagte Mr. Harper, »hätte sie ein paar Minuten warten können.«

»Ach, du weißt doch, wie Mädchen sind, wenn es pikante Neuigkeiten zu bequatschen gibt«, sagte David von Mann zu Mann zu seinem Großvater.

Weiß er etwas?, fragte sich Lucia. Oder hält er nur zu Bee?

Sie gestattete sich nicht, Ungeduld oder Hast an den Tag zu legen, doch sowie sie das Frühstück beendet hatten, ging sie nach oben und klopfte an Bees Tür.

»Ich bin es, Bee. Lass mich rein, Liebes.«

Der Schlüssel drehte sich im Schloss, und Bee öffnete die Tür.

»Du hast also gewonnen«, sagte sie mit diesem Hohnlächeln.

Lucia trat ein und schloss die Tür hinter sich.

»Ich will nicht ›gewinnen‹«, sagte sie. »Es ist nur so, dass ...«

»Du hast aber gewonnen«, sagte Bee. »Ich bin erledigt.«

»Das stimmt doch gar nicht, Bee! Jedem kann mal ein Fehler unterlaufen.«

»Aber kein so großer Fehler. Ich nehme an, was in der Zeitung steht, ist wahr«.

»Ich habe es noch nicht gelesen.«

»Er ist verhaftet worden, direkt vor dem Krieg. Er hatte eine kleine Galerie, in der er obszöne Bilder verkauft hat. Die Polizei hat die Galerie geschlossen, aber irgendwie hat er sich vor der Verhandlung noch einmal Zutritt verschafft und sämtliche Bilder bis zur Unkenntlichkeit verschmiert. Amüsant, nicht wahr? Dazu kommt noch, dass er schon einmal geschieden ist und seine erste Frau ihn beschuldigt, sie um ihr gesamtes Geld betrogen zu haben. Aber ich nehme an, das wusstest du alles.«

»Nein, ich hatte keine Ahnung, wirklich Bee. Ich wusste nichts über ihn.«

»Woher hast du dann gewusst, dass er so abscheulich war?«

»Ich wusste es, sowie ich ihn gesehen habe, Bee.«

»Und woher wusstest du das?«

»Nun, ich habe …«, sagte Lucia.

»Aber wie kommt das? Ich habe Ted oft gesehen und ich hätte nie geglaubt, dass er so ist. Ich meine, er war so lebenslustig. Und er hat einen so unbekümmerten Eindruck gemacht. Er hat auf mich nicht gewirkt wie jemand, der etwas ausheckt … Mutter, ich wüsste wirklich gern, wie es kommt, dass du ihn durchschaut hast und *ich* nichts gemerkt habe?«

»Bee, ich bin schließlich viel älter als du …«

»Aber du bist nie irgendwo gewesen. Du hast nie etwas vom Leben gesehen.«

»Sei nicht albern. Ich bin verheiratet und ich habe zwei Kinder.«

»Na und?«, sagte Bee. »Du hast mir selbst erzählt, wie du Daddy kennen gelernt hast, als du noch zur Schule gegangen bist. Ich glaube kaum, dass du jemals auch nur an einen anderen Mann *gedacht* hast. Du hast dich mit siebzehn verlobt.«

»Du bist selbst erst siebzehn«, sagte Lucia.

»Wir leben in einer anderen Zeit. Mädchen sind heute anders. Sie wachsen nicht mehr so behütet auf.« Sie unterbrach sich. »Ich will von hier fortgehen«, sagte sie.

»Was soll das heißen?«

»Ich könnte es nicht *ertragen*, hier zu bleiben!«, rief Bee aus. »Ich will niemanden sehen, den ich kenne. Ich werde mich nie mehr in dieser Kunstschule blicken lassen.«

»Bee, du hast doch niemandem etwas von Ted erzählt, oder doch?«

»Nein, ich habe seinen Namen nicht genannt. Aber alle wussten, dass ich einen Verehrer habe. Ich habe immer wieder durchblicken lassen, wo wir miteinander waren –

solche Dinge eben. Mein Gott! Wenn jemals herauskommt, dass ich auf einen Kerl wie Ted reingefallen bin, dann … ich weiß nicht, was ich dann tue. Lieber wäre ich *tot*.«

»Sag das nicht, Bee.«

»Zufällig trifft es aber haargenau, wie mir zumute ist. Himmel Herrgott noch mal!«

»Du sollst nicht fluchen, Liebes.«

»Ach, was für eine Rolle spielt denn das jetzt noch? Wenn ich daran denke, dass ich ihm erlaubt habe, mich zu küssen – und zwar oft, *sehr* oft sogar … Ich sage dir, lieber wäre ich *tot*, als dass sich das herumspricht.«

In ihrem schneeweißen Gesicht wirkten die blauen Augen dunkel. Der Schmerz und die Schande versetzten ihr enorme Stiche und trieben sie in die Verzweiflung.

»Ich will von hier fortgehen!«, sagte sie.

»Bee«, sagte Lucia. »Mein Schatz, man kommt nur weiter, wenn man sich dem Leben stellt, für seine Taten einsteht und die Konsequenzen auf sich nimmt.«

»Du redest schon genau wie *Großpapa!*«

Ich komme mir auch vor wie er, dachte Lucia.

»Ich nehme an, du hast Großpapa von Ted erzählt?«

»Ich habe niemandem etwas davon erzählt. Ich hatte auch nie die Absicht. Das solltest du eigentlich selbst wissen, Bee.«

»Ich weiß es aber nicht! Ich weiß doch nicht, welche Vorstellungen du hast. Du könntest es für deine Pflicht halten, Großpapa und Daddy einzuweihen. Um mir eine Lektion zu erteilen. Oder etwas in dieser Art.«

»Wenn du das glaubst …«, sagte Lucia.

»Ich weiß, dass du immer nur das tust, was deiner Meinung nach das *Beste* für mich ist«, sagte Bee. »Aber du verstehst mich nicht.«

Lucia sagte nichts.

»Hilfst du mir, von hier wegzukommen?«, fragte Bee eindringlich.

»Ja«, sagte Lucia. »Lass mich mal in die Zeitung schauen.«

»Du hilfst mir, von hier zu verschwinden – auf der Stelle?«

»Ja. Wir reden später darüber. Und jetzt möchte ich gern die Zeitung sehen, Bee.«

Sie nahm die Zeitung in ihr Zimmer mit und setzte sich auf die Kante ihres ungemachten Bettes. Die Einzelheiten über Ted Darbys Vergangenheit interessierten sie nicht. Sie hielt nach etwas anderem Ausschau.

Die Leiche wurde gestern Nachmittag von Henry Peters, 42, einem Elektriker aus Rockview, Connecticut, gefunden. Während eines Strandspaziergangs wurde Mr. Peters von dem unermüdlichen Gebell seines Hundes in das Marschland gelockt ...
Lieutenant Levy von der zuständigen Polizeidienststelle in Horton County hat als Todesursache eine Wunde im Hals angegeben, verursacht durch einen spitzen Gegenstand, und verlauten lassen, der Zeitpunkt des Todes ließe sich auf vierundzwanzig bis sechsunddreißig Stunden vor der Entdeckung bestimmen. Die Polizei geht derzeit etlichen Hinweisen nach.

Was für Hinweise?, dachte Lucia. Wenn sie die Spuren zu mir und zu Vater zurückverfolgen, dann ist Bee rettungslos verloren. Und diese Briefe? Diese Briefe! Könnte ich doch bloß irgendwie fünftausend Dollar auftreiben! Aber nichts würde den Erpresser davon abhalten, mehr zu verlangen, zu einem späteren Zeitpunkt. Er könnte einige der Briefe zurückbehalten. Ich würde es nicht merken.

Sie ließ die Zeitung auf dem Bett liegen und trat ans Fenster. Vielleicht war das Lieutenant Levy, den ich heute Morgen in der Barkasse gesehen habe, dachte sie. Er hat einen ziemlich netten Eindruck gemacht. Angenommen, ich gehe zu ihm und erzähle ihm die ganze Geschichte? Schließlich hat keiner von uns etwas verbrochen. Wahrscheinlich war es gesetzwidrig, Ted einfach fortzuschaffen, aber ich wollte damit kein Verbrechen vertuschen, sondern lediglich einen Unfall. Für Vater wäre es grässlich, ein harter Schlag, aber er kann das verkraften.

Im Gegensatz zu Bee. Sie sah Bee vor sich, wie sie in einem Gerichtssaal stand und abgebrüht und hämisch wirkte. Und dabei war sie doch in ihrem Innern so verzweifelt und fühlte sich so elend. Miss Holley, Sie haben diesen Mann aufgefordert, sich mit Ihnen im Bootshaus zu treffen? Sie haben diesen Mann in seinem Hotel besucht?

Nein!, sagte sich Lucia. Ich will einfach nicht, dass Bee dem Leben die Stirn bietet, für ihre Taten einsteht und die Konsequenzen auf sich nimmt. Ich werde sie von hier fortschaffen, sie irgendwo unterbringen. Bei Angela in Montreal? Es sei denn, man braucht irgendwelche speziellen Papiere, um nach Kanada einzureisen … Also, gut, dann wäre da noch Gracies Sommerlager in Maine. Ich könnte Gracie jetzt gleich anrufen.

Das ging aber nicht. Ihr Vater könnte sie am Telefon hören. Oder David. Es stand ihr nicht frei, ungestört zu telefonieren. Man hatte ihr nie eine Privatsphäre zugestanden, dachte sie verwundert. Mein ganzes Leben lang waren andere Leute über alles informiert, was ich getan habe, und sie wussten stets auf Schritt und Tritt, wohin ich gehe. Ich will damit nicht sagen, dass mir jemals nachspioniert worden ist oder dass jemand argwöhnisch war; es ist nur so, dass ich immer ein gewissermaßen öffentliches Leben geführt habe, vor den Augen aller.

Ich werde ins Dorf fahren und im Drugstore telefonieren. Ich werde …

Sibyl kam die knarrenden Treppenstufen hinauf und seufzte dabei leise vor sich hin. Da es ihr widerstrebte, mit jemandem reden zu müssen, lief Lucia eilig zum Badezimmer, um sich dort zu verstecken, doch die Tür war abgeschlossen.

»Einen kleinen Moment!«, sagte Bee mit einer lauten erstickten Stimme.

Lucia eilte in den Korridor hinaus.

»Ich glaube, ich werde ein Weilchen Unkraut jäten«, sagte sie zu Sibyl.

»Ja, Ma'am«, sagte Sibyl.

Gartenarbeit übte keinen Reiz auf Lucia aus. Im Gemüsegarten jätete sie nur, weil es ihre Staatsbürgerpflicht war. Jetzt setzte sie einen großen rotbraunen Strohhut auf und zog ihre dicken Handschuhe an. Sie nahm den Korb mit den Scheren und dem Pflanzenheber, verließ das Haus durch die Hintertür und ging zu dem ehemaligen Rasenstück, das der Gärtner für sie umgegraben und mit Gemüse bepflanzt hatte.

Sie war sich keineswegs sicher, bei welchen der Gewächse, die dort keimten, es sich um Unkraut handelte. Es ist schon seltsam, dachte sie. Vater, Bee und David setzen als selbstverständlich voraus, dass ich weiß, was ich tue. Nur Sibyl weiß Bescheid. Im Korb befand sich noch ein anderes Gartengerät, eine Art kurzer Rechen mit gebogenen Zinken. Weder der Name noch der Verwendungszweck war ihr bekannt, aber dieses Gerät war ihr das liebste. Damit konnte man nicht viel Unheil anrichten, sagte sie sich, als sie sich in die heiße Sonne kniete und sachte in der Erde scharrte.

Mr. Donnelly kann vor dem Drugstore anhalten, sagte sie sich. Ich springe nur schnell rein, um Gracie anzurufen und mit ihr zu regeln, dass Bee sofort zu ihr fahren kann. Vater und David werde ich sagen, Gracie hätte plötzlich dringend eine weitere Hilfskraft gebraucht. Sibyl kann auf die Schnelle zwei oder drei pflegeleichte, waschbare Kleider für Bee nähen, und für die Zugfahrt kann sie meinen grauen Mantel haben. Das übrige Gepäck können wir ihr nachschicken. Ich habe genug Bargeld.

»Mutter«, sagte David.

Sie blickte zu ihm auf, und sah, dass er die Stirn in Falten gelegt hatte.

»Da ist ein Mann, der sich Donnelly nennt«, sagte er. »Er behauptet, er sei gekommen, um dich zu einer Spazierfahrt abzuholen.«

»Ach ja, richtig«, sagte Lucia und stand auf.

»Soll das etwa heißen, du fährst *allein* mit ihm spazieren?«

»Warum nicht?«, sagte Lucia. »Er war gestern Nachmittag zum Tee da.«

»Das habe ich bereits gehört«, sagte David. »Tu, was dir passt. Aber ich halte es für einen Fehler.«

Sie hatte jetzt keine Zeit, sich mit David zu streiten. Lucia rannte die Treppe hinauf, um sich zu waschen und ihr Kleid zu wechseln. Ein Hut, dachte sie, das macht sich besser, und sie setzte den neuen Hut auf, zu dessen Kauf Bee sie in New York überredet hatte, eine Art Matrosenmütze mit einer Borte aus Lochstickerei auf der Krempe. Dann zog sie noch weiße Handschuhe an und warf einen Blick in den Spiegel. Es schien ihr, als sähe sie durch und durch korrekt und respektabel aus.

»Für wie viel Uhr soll ich das Mittagessen richten, Ma'am?«, fragte Sibyl, als sie die Treppe herunterkam.

»Ach … für ein Uhr, wie üblich, Sibyl«, antwortete Lucia. »Ich werde nicht lange fort sein.«

Ich werde lediglich eine kleine Spazierfahrt mit einem Erpresser unternehmen, dachte sie. Es ist kaum zu fassen.

Donnelly stand in der Auffahrt, mit einem Fuß auf dem Trittbrett eines schnittigen offenen Sportzweisitzers. Er trug ein Jackett aus dunkelgrauem Flanell und dazu eine Hose in einem helleren Grauton. Er sah gut aus, zurückhaltend und vornehm.

»Guten Morgen!«, sagte Lucia.

»Guten Morgen«, antwortete er, ohne sie anzulächeln, und half ihr beim Einsteigen.

Er fuhr los und lenkte den Wagen mit der unbekümmerten Lässigkeit eines geübten Fahrers die Einfahrt hinunter.

»Würde es Ihnen etwas ausmachen, am Drugstore anzuhalten?«, fragte sie. »Wir können unseren Wagen gerade nicht benutzen.«

»Gewiss. Wenn Sie mich lotsen würden?«

»An der nächsten Kreuzung rechts«, sagte sie, »und dann immer geradeaus.«

Ist er denn gar nicht nervös? Wenn er so etwas tut – ein Verbrechen begeht, das ihn für Jahre ins Gefängnis bringen könnte? Schämt er sich denn nicht? Als sie das Dorf erreichten, erhaschte sie in den verspiegelten Scheiben des Möbelgeschäfts einen Blick auf sich selbst und auf ihn, und der Anblick versetzte sie in Erstaunen. Ein großer, elegant gekleideter und gepflegter Mann und neben ihm eine Dame mit Handschuhen und einem modischen Hut. Das würde niemand für möglich halten.

»Dort an der Ecke ist der Drugstore«, sagte sie. »Ich bin gleich wieder da.«

Sie irrte sich. Es dauerte lange, bis sie mit dem Sommerlager in Maine verbunden wurde, und noch länger dauerte es, bis sie Gracie Matthews, die Eigentümerin, am Apparat hatte.

»Ich *glaube*, Miss Matthews ist draußen am See«, sagte die geschliffene, eilfertige Stimme, die den Anruf entgegennahm. »Ich lasse sie holen.«

Es war heiß in der Telefonzelle und es roch äußerst unangenehm. Lucias Hände wurden feucht und auf ihre Stirn und Oberlippe traten Schweißperlen. Oh, bitte, eil dich! So eile dich doch!, rief sie innerlich aus. Ich will ihn nicht damit erzürnen, dass ich ihn so lange warten lasse.

Als Gracie endlich ans Telefon kam, erwies sich das Gespräch mit ihr als äußerst nervenaufreibend.

»Gewiss, Lucia. Ich würde das Kind liebend gern bei mir aufnehmen. Aber nicht heute. Wir könnten sie nicht vom Zug abholen. Der Kombi ist nicht fahrtüchtig. Sagen wir am Montag.«

»Mir wäre es … ihr wäre es sehr lieb, wenn sie gleich heute kommen könnte, Gracie.«

»Aber weshalb denn so eilig, Lucia?«

»Sie hatte plötzlich diesen Einfall.«

»Dann sag ihr eben, dass es am Montag noch genauso schön hier sein wird.«

»Könntest du es nicht morgen irgendwie einrichten, Gracie?«

»Das ginge schon«, sagte Gracie. »Aber wozu? Dann müsste ich die Leute von Camp Weelikeus bitten, sie am Bahnhof abzuholen, und das tue ich äußerst ungern und möchte es lieber vermeiden. Am Montag haben wir unseren eigenen Kombi wieder. Heute ist doch schon Freitag.«

»Du weißt doch, wie es ist, wenn sie noch so jung sind.«

»Nein, das weiß ich eben nicht«, sagte Gracie mit der gewohnten Heftigkeit. »Als *ich* jung war, habe ich nicht von anderen Leuten erwartet, dass sie bereitwillig auf jede meiner Marotten eingehen.«

»Bee geht es in der letzten Zeit nicht besonders gut. Ich glaube nicht, dass ihr dieses Klima …«

»Schick mir das Kind bloß nicht her, wenn ihm etwas fehlt, Lucia. Ich habe hier achtunddreißig Mädchen und keine einzige ausgebildete Krankenschwester. Und außerdem sind mir zwei Hilfskräfte abgesprungen.«

»Bee würde liebend gern als Hilfskraft einspringen, Gracie.«

»Dafür ist sie absolut nicht zu gebrauchen!«, sagte Gracie. »Sie hat keine Ahnung, wie man mit Menschen umgeht. Sie ist zu egozentrisch.«

»Ist sie nicht«, sagte Lucia automatisch. »Also gut, wenn es dir nicht recht ist, dass sie morgen kommt …«

»Okay, von mir aus!«, sagte Gracie. »Schick sie her. Aber das tue ich nur um *deinetwillen*, Lucia. Ich persönlich würde den Launen von Heranwachsenden nicht nachgeben.«

Sie redeten noch ein Weilchen über Zugverbindungen und die erforderliche Ausrüstung.

»Zwei Decken«, sagte Gracie. »Ein Kissen. Und – schreibst du überhaupt mit, Lucia?«

»Ja«, log Lucia skrupellos.

Es war eine lange Liste.

»Und falls sie irgendwelche Hobbys hat, soll sie alles mitbringen – Briefmarkenalben, Skizzenbücher, Strickzeug, Wasserfarben oder dergleichen, sag ihr das.«

»In Ordnung, Gracie. Ich bin dir wirklich sehr dankbar.«

»Ich halte es für eine große Dummheit«, sagte Gracie, »dass du dich derart von deiner Familie tyrannisieren lässt. Ich gebe dir mein Wort darauf, dass deine Angehörigen eine höhere Meinung von dir hätten, wenn du ihnen die Stirn bieten würdest.«

»Vielleicht hast du Recht«, sagte Lucia. »Aber jetzt erst mal ganz herzlichen Dank, Gracie. Ich schreibe dir.«

Sie legte den Hörer auf und öffnete die Tür der Telefonzelle. Das hat eine Ewigkeit gedauert, dachte sie. Und ich wollte ihn nicht verärgern.

Er schien nicht verärgert zu sein. Er stieg höflich aus und war ihr beim Einsteigen behilflich. Dann fuhr er durch das Dorf und auf eine schattige, von Bäumen gesäumte Landstraße hinaus, die ihr gänzlich unbekannt war.

»Haben Sie das Geld?«, fragte er.

»Ich konnte es nicht besorgen«, sagte sie. »Ich konnte nicht einfach in die Stadt fahren und zur Bank gehen, ohne von allen Seiten mit Fragen bestürmt zu werden. Sie müssen mir etwas mehr Zeit lassen.«

Er fuhr eine Zeit lang schweigend weiter.

»Die Lage hat sich verändert«, sagte er. »Durch Darbys Tod.«

»Ja«, sagte sie. »Ja, ich denke, das ist richtig.«

»Das Mädchen steht jetzt noch schlechter da«, sagte er.

»Wohl kaum«, erwiderte Lucia mit ruhiger Stimme. »Schlimmer kann es nicht mehr kommen.«

»Es wird noch schlimmer kommen«, sagte er, »wenn man bedenkt, was die Gerichtsverhandlung alles ans Licht bringen wird.«

»Welche Gerichtsverhandlung?«

»Sie werden den Mann vor Gericht stellen, der Darby umgebracht hat«, sagte Donnelly. »Er hat seine Sache gut gemacht, aber sie werden ihn trotzdem vor Gericht stellen.«

»Falls sie ihn schnappen.«

»Das dürfte nicht weiter schwer sein«, sagte Donnelly. »Es gibt ein Dutzend Leute, die den Mann kennen.«

Mein Gott, nein!, dachte Lucia. Das können sie doch nicht tun! Sie dürfen nicht den falschen Mann verhaften.

»Diese Leute könnten sich irren«, sagte sie.

»Sie meinen, es gibt noch andere, die froh wären, wenn er ihnen nicht mehr im Weg stünde?«, fragte er, und zum ersten Mal sah sie ihn lächeln, ein flüchtiges, freudloses Lächeln.

»Es könnte doch auch ein Unfall gewesen sein«, schlug sie vor.

Er bog in eine Seitenstraße ein und fuhr langsamer.

»Hier gibt es ein Rasthaus«, sagte er. »Es ist sogar recht gut. Ein anständiges, solides Haus. Würden Sie dort mit mir zu Mittag essen?«

»Vielen Dank«, sagte sie verblüfft. »Aber ich muss zum Mittagessen wieder zu Hause sein. Ich sollte mich jetzt wirklich auf den Heimweg machen.«

»Wie Sie wünschen«, erwiderte er zuvorkommend und stieß zur Landstraße zurück. »Werden Sie das Geld morgen haben?«, fragte er.

»Am Montag«, sagte sie. »Vor Montag kann ich nichts tun.«

»Ich würde Sie nicht drängen«, sagte er, »wenn es nur uns beide etwas anginge.«

»Was soll das heißen?«

»Mein Partner macht Druck«, sagte er. »Wenn ich allein entscheiden könnte, würde ich die ganze Angelegenheit unter den Tisch fallen lassen. Ich würde Sie nicht damit belästigen.«

Das ist der älteste Trick auf Erden, sagte sich Lucia. Man gibt vor, einen Partner zu haben, um ihm die Schuld in die Schuhe zu schieben.

»Wenn Sie das Geld nicht auftreiben«, fuhr Donnelly fort, »wird er dahinter her sein und wieder hier auftauchen.«

»Wieder?«, fragte sie. »Wollen Sie damit sagen, es ist Nagle – Mr. Nagle?«

»Sie sind schnell von Begriff«, sagte er. Als er sie von der Seite ansah, war sie erstaunt darüber, wie blau seine Augen waren.

»Ein grässlicher Mensch«, sagte sie.

»So, meinen Sie?«, fragte er. »Er ist mir ein guter Freund gewesen. Er war derjenige, der mir Starthilfe gegeben hat, als ich hier angekommen bin.«

»Sind Sie von drüben gekommen?«

»Aus Irland«, sagte er. »Ich habe mir eine grandiose Vorstellung von diesem Land gemacht, nach allem, was wir dort gehört hatten. Mit fünfzehn bin ich von zu Hause fortgelaufen und habe mich als Kabinensteward anheuern lassen. Es hat mich allerdings fast drei Jahre gekostet, hierher zu kommen. Gleich die erste Überfahrt ging nach Amerika, das stimmt schon, aber der Maat wollte mich nicht an Land gehen lassen. Vielleicht konnte er mir ansehen, dass ich vorhatte abzuspringen. Also stand ich vor der amerikanischen Küste an Deck und habe mir die Freiheitsstatue angesehen.«

Er verstummte und auf seinem Gesicht zeigte sich die Andeutung eines Lächelns.

»Und wie sind Sie dann am Ende hergekommen?«, fragte Lucia.

»Mit dieser Geschichte möchte ich Sie nicht ermüden«, wehrte er bescheiden ab.

»Ich würde sie wirklich gern hören«, sagte sie.

Das entsprach der Wahrheit. Sie wollte wissen, mit was für einer Sorte Mann sie es zu tun hatte, da es ihr den Umgang mit ihm erleichtern könnte.

»Wir sind nach Liverpool zurückgefahren«, sagte er. »Eines Tages habe ich mich unten am Hafen rumgetrieben und mich nach einem Schiff umgesehen, das mich wieder nach Amerika bringt, als ein Mann auf mich zukommt und mich sehr höflich anspricht. Wir reden eine Zeit lang miteinander, und dann sagt er: ›Lass uns ein Glas zusammen trinken.‹ Damals war ich sechzehn, aber ich sah älter aus. Ich hatte noch nie Alkohol angerührt und, um die Wahrheit zu sagen, ich habe mich davor gefürchtet, nach allem, was ich darüber gehört hatte. Trotzdem bin ich mitgegangen, weil ich sehen wollte, was dabei herauskommt. Das nächste, was ich weiß, ist, dass ich mich auf einem Schiff nach Singapur befand. Nach China ging es. Und nach Japan. Bei unserer Rückkehr nach Liverpool schwirrte mir der Kopf von all den Wundern, die ich gesehen hatte, und ich wollte noch mehr erleben. Ich habe auf einem anderen Schiff angeheuert, das nach Osten gesegelt ist, nach Ägypten und Indien …«

Wieder schwieg er eine Zeit lang.

»Es ist ganz eigentümlich«, sagte er. »Als ich das Geld hatte, im großen Stil zu reisen, habe ich all diese Orte wieder aufgesucht. Aber es war nicht dasselbe. Sie waren nicht mehr so wie früher. Nun, vielleicht war das, was gefehlt hat, die Jugend.«

»Aber wie sind Sie schließlich nach New York gekommen?«

»Dazu gibt es nichts zu erzählen«, sagte er. »Ich habe meinen Lohn gespart, bis ich das Geld für die Schiffspassage zusammen hatte, und dann habe ich mir eine Fahrkarte gekauft.«

Und wie hat es sich ergeben, dass Sie heute Erpresser sind?, dachte sie. Er musste ein waghalsiger und romantischer Junge gewesen sein. Wie hatte es soweit mit ihm kommen können?

»Was haben Sie nach Ihrer Ankunft hier getan?«, fragte sie.

»Also, das ist eine Geschichte, die kaum zu glauben ist«, sagte er. »Ich wusste, dass ich einen Cousin in Brooklyn hatte. Das war aber auch schon alles, was ich wusste. Ich hatte keine Adresse, überhaupt nichts außer seinem Namen. Ich dachte mir, ich könnte einfach mal bei ihm vorbeischauen. Also bin ich nach Brooklyn gefahren, in dem Glauben, ich würde ein kleines Städtchen vorfinden. Es ist wirklich nicht zu fassen … Ich bin durch die Straßen gelaufen und habe mich überall nach ihm erkundigt: Haben

Sie je von einem Mr. Mulligan aus County Clare gehört? Nach einer Weile habe ich einen Polizisten gefragt. Ganz in der Nähe gibt es einen Club, sagt er, für die Männer von County Clare. Geh hin, sagt er, vielleicht kannst du etwas in Erfahrung bringen. Tja, mein Cousin war dort bestens bekannt. Jemand hat mich zu der Kneipe geführt, die er aufgemacht hatte, und alle meine Sorgen waren wie weggeblasen, in dem Moment als ich einen Fuß auf amerikanischen Boden gesetzt hatte, gleich am ersten Tag.«

»Haben Sie für Ihren Cousin gearbeitet?«, fragte Lucia.

»Nein«, sagte er. »Ganz so ist es nicht gelaufen. Sehen Sie, er war nebenher Buchmacher.«

»Was ist das?«

»Er hat Wetten auf Rennpferde angenommen«, erklärte Donnelly. »Er hat mich in Belmont Park eingeführt, und dort habe ich viele seiner Freunde kennen gelernt, die immer das eine oder andere für mich zu tun hatten. Dann bin ich bei dem Bezirksvorstand eingeführt worden. Ich habe mich mit allen prächtig verstanden.«

»Aber hatten sie denn keine richtige Arbeit? Keine feste Stellung?«

»Nein«, sagte er mit einem gewissen Stolz. »Seit den drei ersten Reisen, die ich unternommen habe, war ich nie in meinem Leben fest angestellt.«

»Haben Sie sich nie einen sicheren Arbeitsplatz mit einem festen Gehalt gewünscht?«

»Überhaupt nicht«, sagte er. »Das entspricht meinem Charakter nicht.«

Und was entspricht Ihrem Charakter?, dachte sie. Sie konnte ihn beim besten Willen nicht einordnen. Sie konnte sich nicht einmal ausmalen, wie sein Leben verlaufen war oder in was für einer Welt er gelebt haben mochte. Er scheint kein wirklich schlechter Mensch zu sein, dachte sie. Ob wohl die Möglichkeit besteht, dass ich es ihm ausrede?

Aber inzwischen war ihr Haus in Sichtweite. Ihr blieb keine Zeit mehr.

»Ich werde meinen Partner fragen, ob er bereit ist, bis

Montag zu warten«, sagte Donnelly, »aber versprechen kann ich es Ihnen nicht. Sind Sie denn auch ganz sicher, dass Sie das Geld am Montag haben werden?«

»Ja«, sagte Lucia.

Bis dahin würde Bee nicht mehr hier sein. Und ich werde mir etwas einfallen lassen, sagte sie sich. Einen Ausweg finden.

Als sie in die Auffahrt einbogen, stand ein großer Lieferwagen vor dem Haus. Er kam von der Wäscherei Eagle. Der Fahrer war ausgestiegen und Sibyl stand ihm gegenüber auf den Stufen vor dem Haus.

»Er sagt, er kommt nur einmal im Monat«, sagte sie.

»Einmal im *Monat*!«, rief Lucia entrüstet aus. »Aber das lässt sich unmöglich einrichten!«

»Wir tun unser Bestes«, sagte der Fahrer, ein hagerer, dunkelhäutiger junger Mann mit einer Schirmmütze. »Uns fehlt es am Benzin, an den Reifen und an den Männern, um die Wäsche öfter abzuholen.«

»Bevor ich einen Monat warte«, sagte Sibyl aufbrausend, »wasche ich die Wäsche selbst.«

»In Ordnung«, sagte der Fahrer und stieg wieder in seinen Lieferwagen.

Er stieß zurück, wendete und fuhr los. Donnelly stieg aus und öffnete Lucia die Tür.

»Ich werde mich mit Ihnen in Verbindung setzen«, sagte er, als er mit dem Hut in der Hand dastand.

Sie war überrascht, als sie sah, dass er sich lächelnd zu Sibyl umdrehte, um sich mit einer höflichen Geste von ihr zu verabschieden.

7.

»Was denkst du dir eigentlich dabei?«, erkundigte sich Bee unwirsch. »Es sieht dir gar nicht ähnlich, Mutter, mit diesem Mann durch die Gegend zu ziehen.«

»Ich ziehe nicht mit ihm durch die Gegend«, sagte Lucia. »Er wollte mir ein altes Haus zeigen. Ein historisches Gebäude. Wir sollten eine Liste schreiben, was du alles brauchst, Bee. Tante Gracie hat gesagt, du sollst Decken und ein Kissen mitbringen.«

»Das kann ich doch gar nicht alles tragen«, sagte Bee. »Es gibt keine Gepäckträger mehr. Und wie ich Gracie kenne, hat sie bestimmt ein paar Decken und Kissen übrig, so verdammt tüchtig und gut organisiert, wie sie ist.«

»Du sollst nicht fluchen. Du weißt doch, wie sehr es Daddy verhasst ist. Und Tante Gracie auch.«

»Gott sei Dank ist sie nicht meine Tante.«

»Sie findet es ganz bezaubernd, von dir und David ›Tante‹ genannt zu werden.«

»Wir nennen sie schon seit Jahren nicht mehr so. Ich persönlich bin überhaupt nicht auf sie versessen. Wenn ich nicht dringend von hier weg müsste, würde ich mich hüten, auch nur einen Fuß in ihr grausiges Sommerlager zu setzen.«

Lucia saß in Bees Zimmer auf dem Bett und Bee stand in einem eierschalfarbenen Unterrock barfuß vor ihr, so hübsch und so unnahbar. Wie viel sie sich wohl aus Ted Darby gemacht hat?, dachte Lucia. Wie viel bedeutet ihr das alles? Ich weiß es nicht. Sie ist sehr nervös. Sie hat beim Mittagessen nichts gegessen. Ob sie wohl traurig ist?

Ich sollte wirklich wissen, wie ihr zu Mute ist. Ich sollte in der Lage sein, mit meinem eigenen Kind zu reden.

»David hat mich heute Morgen in den Jachtclub mitgenommen«, begann Bee.

»Aber wie konnte er das tun? Wir sind doch keine Mitglieder.«

»Er kennt dort Leute. Wenn es darum geht, Freundschaften zu schließen, stellt er sich recht geschickt an. Die Leute waren nett und einige von ihnen waren im richtigen Alter, nicht nur Kinder. Ich hätte meinen Spaß gehabt, wenn ich mir nicht die ganze Zeit gedacht hätte, nimm nur mal an, einer von denen erfährt jemals etwas von Ted und mir. Wenn ich mir das vorstelle, könnte ich ihn regelrecht *hassen*.«

»Bee! Er ist tot.«

»Ich hasse ihn!«, sagte Bee. »Ich werde ihm nie verzeihen, was er mir angetan hat.«

»Bee, Liebling, was hat er dir denn angetan?«

»Er hat bei mir bewirkt, dass ich nie mehr einem Mann trauen kann.«

»Das stimmt doch gar nicht. Denk nur einmal an deinen Vater und an Großpapa und David.«

»Dir ist nicht klar«, sagte Bee, »wie selten solche Männer sind. Dir ist nicht klar, welches Glück du gehabt hast. Dein Leben mag zwar spießig und langweilig gewesen sein, aber wenigstens hat man dich nie hinters Licht geführt und gedemütigt. Wie ist eigentlich dieser Donnelly?«

»Er ist ein sehr angenehmer Mensch«, sagte Lucia. »Und jetzt lass uns eine Liste für dich schreiben.«

»Er sieht gut aus«, sagte Bee. »Jedenfalls halte *ich* ihn für einen Schürzenjäger.«

»Das spielt jetzt keine Rolle«, sagte Lucia. »Du wirst natürlich deinen Morgenmantel aus Flanell mitnehmen.«

»Die Sache ist nur die, dass *du* gar nicht merken würdest, wenn er ein Schürzenjäger wäre.«

»Natürlich würde ich das merken. Ich bin doch nicht blöd.«

»Mutter, hat dir *jemals* ein Mann einen unsittlichen Antrag gemacht?«

»Wenn es so wäre, würde ich es dir nicht erzählen«, sagte Lucia.

»Und genau da machst du einen Fehler«, sagte Bee. »Indem du dich als Übermensch ausgibst.«

»Ich gebe mich nicht als Übermensch aus.«

»Oh, doch. Als Daddy fortgegangen ist, sollte bloß keiner sehen, dass du auch nur eine einzige Träne vergießt.«

»Warum sollte ich mich von anderen Leuten sehen lassen, wenn ich nicht glücklich bin?«

»Es wäre viel besser, wenn du es zuließest. Wenn du nicht so verflucht verklemmt wärest, könnte ich mit dir *reden.*«

Kannst du denn nicht mit mir reden?, rief Lucia innerlich aus. Ich wünsche es mir so sehr. Ich verstehe viel mehr, als du glaubst.

David sprang die Treppe hinauf.

»Mutter«, sagte er, als er vor der Tür stand. »Jemand möchte dich sprechen.«

Seine Stimme klang Unheil verkündend.

»Ach? Wer denn, David?«

»Er sagt, Mr. Donnelly hätte ihn geschickt. Ich bleibe in der Nähe«, sagte David. »Behalte die Silberlöffel im Auge. Er wartet auf der Veranda.«

»Probier solange meinen braunen Rock an, Bee«, sagte Lucia. »Ich bin gleich wieder da.«

»Was geht hier vor, Mutter?«, fragte Bee. »Wer ist dieser Donnelly überhaupt?«

»Das habe ich dir doch schon gesagt«, erwiderte Lucia. »Ich komme gleich wieder.«

Durch eines der Fenster im Wohnzimmer konnte Lucia den Mann auf der Veranda sehen, und ihr Mut sank. Er war bisher der übelste von allen, bei weitem der übelste, und es war nicht zu übersehen, dass es sich bei ihm tatsächlich um eine zwielichtige und verdächtige Gestalt handelte. Er war noch jung, ein hagerer Knabe in einem hautengen dunkelroten Pullover. Er hatte einen struppigen schwarzen Haarschopf und kleine schwarze Augen, die zu dicht neben einer breiten Nase standen.

Vermutlich ist es eine Bande, dachte sie, eine ganze Horde von Erpressern. Es wird immer so weitergehen, sie werden nicht lockerlassen … Jetzt muss ich zuerst einmal Bee von hier fortschaffen. Dann werde ich weitersehen. Dann werde ich mir Gedanken machen.

Starr vor Entsetzen öffnete sie die Tür und trat auf die Veranda.

»Sie wollten mich sprechen?«, fragte sie.

»Ja«, sagte der Junge. »Regal Snowdrop.«

»Was?«, sagte Lucia.

»Ich komme von Regal Snowdrop«, wiederholte er ungeduldig. »Mr. Donnelly schickt mich. Ich soll bei Ihnen Wäsche abholen.«

»Ach … die Wäsche?«, wiederholte sie.

»Ja. Die Wäsche.«

Sie schwieg und versuchte, die Situation zu begreifen. Es muss eine Art Codewort sein, dachte sie. Er muss gekommen sein, um das Geld zu holen. Oder einen Scheck. Oder was auch immer. Und was ist, wenn er nicht bereit ist, mit leeren Händen wegzugehen?

»Mr. Donnelly hat von morgen gesprochen«, sagte sie vorsichtig.

»Uns hat er aber gesagt, wir sollen heute kommen. Er hat gesagt, wir sollen Sie bevorzugt behandeln. Die Wäsche heute holen und sie am Dienstag zurückbringen.«

»Soll das heißen, hier ist von Wäsche die Rede?«

»Meine Güte, wovon denn sonst? Habe ich das etwa nicht vom ersten Moment an gesagt? Wäsche. Zeug, das gewaschen und gebügelt wird. Wäsche.«

»Mr. Donnelly schickt Sie?«

»Er hat gesagt, Sie hätten da ein Problem.«

»Aber wie wollen Sie die Wäsche transportieren?«

»Ich bin mit dem Wagen da«, sagte er und wies mit dem Kopf nach hinten. Jetzt sah sie ein sehr schäbiges, kleines blaues Coupé, das am Ende der Einfahrt geparkt war. »Hören Sie, Gnädigste!«, sagte er. »Ich habe nicht die ganze Nacht Zeit.«

»Nein, natürlich nicht«, sagte sie. »Ich bringe Ihnen die Wäsche.«

Sie war benommen, als sie in die Küche ging und dort Sibyl vorfand.

»Draußen steht ein Junge, der die Wäsche holen will«, sagte sie. »Am Dienstag wird sie zurückgebracht.«

»Haben Sie eine neue Wäscherei beauftragt?«, fragte Sibyl.

Lucia kam es vor, als sähe Sibyl sie ganz seltsam an.

»Ja«, antwortete sie beiläufig. »Der Junge kommt von Regal Snowdrop. Wenn du ihm die Wäsche bitte geben würdest, Sibyl.«

David wartete im Flur auf sie.

»Was ist?«, fragte er kurz und bündig.

»Nichts. Was soll schon sein?«, antwortete Lucia. »Der Junge kommt von der Wäscherei, das ist alles.«

»Warum ist er nicht mit dem Lieferwagen da?«

»Ich weiß es nicht. Und es interessiert mich auch nicht.«

»Was hat dieser Donnelly mit unserer Wäsche zu tun?«

»Er kannte diese Wäscherei und wollte uns einen Gefallen tun.«

»Mir täte er einen Gefallen, wenn er sich hier nicht mehr blicken lassen würde«, sagte David.

»Sei nicht albern«, sagte Lucia automatisch und ging wieder nach oben.

»Wer war das?«, fragte Bee.

»Nur der Junge, der die Wäsche abholt.«

»Und wieso kommt er von Mr. Donnelly?«

»Er wusste von dieser Wäscherei und er hat uns den Jungen geschickt.«

»Und warum das?«

»Warum denn *nicht*?«, rief Lucia aus. »Ich habe diese endlosen Fragen satt.«

»Mutter!«, sagte Bee schockiert. »So habe ich dich bisher noch nie erlebt.«

»Wie denn?«, fragte Lucia kühl. »Dreh dich um, Bee, damit ich sehen kann, wie dieser Rock von hinten sitzt.«

So geht es nicht weiter, sagte sie sich. Es sieht mir gar nicht ähnlich, derart gereizt zu reagieren. Ich bin aber – ach, was weiß ich. Vermutlich bin ich übermüdet. Aber ich muss mich am Riemen reißen, sonst fällt es allen auf.

Sie stellten alle eine Bedrohung für sie dar – ihr Vater, ihre Tochter und ihr Sohn. Und was war mit Sibyl? Ich weiß es nicht, dachte sie. Aber sie müssen mich in Ruhe lassen, bis ich alles geregelt habe. Ich muss die ganze Geschichte sorgsam durchdenken. Ich werde Bee aus dem Haus schaffen. Und ich wünschte, ich könnte Vater fortschaffen.

Ihr schien es, als könnte sie mühelos mit ihren zunehmend bedrohlicheren Problemen fertig werden, wenn es ihr bloß gelänge, alle anderen zu verstecken, sie irgendwo in Sicherheit zu bringen. Wenn sie fort wären, könnte ich ungestört nachdenken, sagte sie sich, und tief in ihrem Innern wusste sie, dass sie sich bisher keinerlei Gedanken gemacht hatte. Sie hatte überhaupt keinen Plan. Sie hatte nichts weiter als diesen reichlich unnützen, dummen Impuls, die Dinge aufzuschieben, Donnelly und Nagle hinzuhalten und einen weiteren Tag zu gewinnen. Ich kann unmöglich an fünftausend Dollar kommen, dachte sie.

Aber was ist, wenn es sein muss?

Nein, es würde ihr nichts nützen. Erpresser geben niemals Ruhe. Sie würden mir auf keinen Fall alle Briefe zurückgeben. Ich könnte es auch überhaupt nicht beurteilen. Sie saß jetzt in ihrem Zimmer und nähte eine Schärpe an Bees Morgenmantel, ein ganz entzückendes Morgenmäntelchen aus Kunstseide, altrosa und nach Parfum duftend. Am liebsten hätte sie geweint; ihr liefen tatsächlich ein paar Tränen über die Wangen.

Aber dem musste sie Einhalt gebieten. Jemand würde hereinkommen und sie sehen. Es kam immer jemand. Ständig wurde an ihre Tür geklopft. Jeder hatte das Recht, sich an sie zu wenden; dafür war sie da. Das war ihre Funktion, ihre Existenzberechtigung. Es gab nie eine Stunde, die sie ganz für sich allein hatte.

Das erwartete Klopfen kam; es war Sibyl.

»Mr. Harper sitzt mit einem Mann von der Polizei unten im Wohnzimmer, Ma'am«, sagte sie. »Er hat ihn eingeladen, zum Tee zu bleiben.«

»Von der Polizei?«, rief Lucia aus.

»Ja, Ma'am«, sagte Sibyl. »Aber ich glaube, es besteht kein Grund zur Sorge. Er ist direkt an die Hintertür gekommen und hat sich erst mit mir unterhalten. Er sagt, er sucht der Reihe nach alle Leute hier in der Gegend auf, weil die Polizei in Erfahrung bringen muss, ob jemand Mr. Darby gekannt hat.«

Hörte sie Mitgefühl aus Sibyls Stimme heraus? Sah sie Mitgefühl in ihren Augen mit den bernsteinfarbenen Sprenkeln? Wusste Sibyl etwas? Oder gar alles? Frag sie nicht. Versuch nicht, es herauszufinden.

»Ist … wo ist Miss Bee?«, fragte sie.

»Sie ist mit einem jungen Mann spazieren gegangen, Ma'am.«

»Was für ein junger Mann?«, fragte sie alarmiert.

»Ein Junge aus der Nachbarschaft, Ma'am. Er scheint ein *netter* junger Mann zu sein«, sagte Sibyl.

Aus ihrer Stimme war eindeutig Mitgefühl herauszuhören. Aber auch Verständnis.

»Ein *netter* junger Mann«, wiederholte sie.

»Ich komme runter«, sagte Lucia.

»Ja, Ma'am. Mr. Harper freut sich sehr darüber, dass er Gesellschaft hat. Wegen der Polizei macht er sich keine Sorgen, Ma'am. Er hat sich nichts vorzuwerfen.«

Dann weißt du es also?, dachte Lucia. Aber sie konnte ihrer Sache nicht sicher sein und sie wollte es auch gar nicht so genau wissen. Sie wusch sich, bürstete ihr Haar, zog ein frisches Kleid an und eilte hinunter ins Wohnzimmer.

»Ach, Lucia«, sagte ihr Vater. »Das ist Lieutenant Levy, von der Polizeidienststelle Horton County. Lieutenant, das ist meine Tochter, Mrs. Holley.«

Der Lieutenant hatte sich erhoben, ein großer junger

Mann mit großen Füßen und großen Ohren, die auffällig abstanden. Er war nicht uniformiert; in einem adretten grauen Anzug wirkte er nicht furchteinflößend. Sein Lächeln war freundlich, und seine dunklen Augen waren nachdenklich und sanft. Dennoch fürchtete sie sich gewaltig vor ihm.

»Der Lieutenant nimmt Routineuntersuchungen vor«, sagte Mr. Harper. »Er ermittelt in einem Mordfall.«

Und diesen Mord hast *du* begangen, dachte Lucia.

8.

Der Postbote kam, während sie Tee tranken, und er brachte einen Brief von Tom. Lucia behielt ihn ungeöffnet in der Hand. Sie schöpfte Trost aus dem Brief und aus dem Gedanken an Tom, der so unkompliziert war und dessen Haltungen so entschieden waren. Lass nur, darum kümmere ich mich schon, Lucia, hatte er häufig zu ihr gesagt. Und wenn er sah, dass ihre Fehlorganisation grässliche Folgen hatte, wurde er nicht wütend. Er machte ihr keine Vorwürfe, und er wurde auch nicht ungeduldig, sondern sagte nur: Ich glaube, du hast da einen klitzekleinen Fehler gemacht, Lucia …

Sie war sehr dankbar dafür, dass Levy ihr keine Fragen stellte. Er wollte überhaupt nicht über Ted reden. Aber Mr. Harper kam auf ihn zu sprechen.

»Ich habe in den Zeitungen über diesen Fall gelesen«, sagte er. »Ich habe nichts davon erwähnt, weil ich nicht wollte, dass ihr euch Sorgen macht, du und Bee. Zu dicht vor unserer Haustür, was? Aber meiner Meinung nach sieht es ganz danach aus, als hätten wir es hier mit einem dieser Gangstermorde zu tun.«

»Lass uns nicht darüber reden«, sagte Lucia unvermittelt und wesentlich lauter als beabsichtigt.

»Gewiss, gewiss, meine Liebe«, sagte ihr Vater und war augenblicklich zerknirscht.

Es verhielt sich so, wie Sibyl gesagt hatte – er freute sich darüber, dass er beim Tee Gesellschaft hatte. Er fühlt sich einsam, dachte Lucia. Er vermisst sein Büro und seinen Club. Und Tom fehlt ihm so sehr. Die beiden haben oft miteinander geredet. Er ist einsam, und er wird alt …

Er wurde auf eine so reinliche und noble Art alt. Sein

silbernes Haar war kurz geschoren, seine Nägel ordentlich geschnitten, seine Krawatte erst heute Morgen frisch gebügelt worden und ein gelb kariertes ... Ich könnte weinen, dachte sie schockiert.

Levy fragte sie, ob sie ein bestimmtes Buch gelesen hätte, das sich gerade großer Popularität erfreute.

»Nein«, antwortete sie. »Haben Sie es denn gelesen?«

Er hatte es gelesen und sprach ein wenig darüber. Irgendetwas stimmt hier nicht, dachte sie. Mit ihm stimmt etwas nicht. Er wirkt nicht wie ein Polizist. Angenommen, er ist in Wirklichkeit gar keiner? Angenommen, er ist jemand, den Nagle geschickt hat?

Sie drangen in Scharen in ihr Haus ein. Für die Ihren war es kein sicherer Zufluchtsort mehr. Könnte ich Vater doch bloß eine Warnung zukommen lassen, dachte sie, damit er nichts sagt. Aber vielleicht hatte er in seiner Unschuld ja bereits ›etwas‹ gesagt und sich hoffnungslos verraten?

Sie sah Levy immer wieder an und versuchte, in seinem Gesicht zu lesen. Vergeblich. Er wirkte freundlich, sanftmütig und eine Spur betrübt, sonst gar nichts. Wenn er wirklich Polizist war, warum saß er dann endlos und ewig hier herum? Um jemanden in die Falle zu locken.

Er blieb und blieb, und schließlich kam Bee nach Hause. Sie brachte einen Jungen mit, der Lucia unheimlich war, ein dunkler Typ, der nicht lächelte. Seine Schultern waren zu breit und er wirkte kräftig und aggressiv auf sie.

»Mutter«, sagte Bee, »das ist Owen Lloyd.«

Owens Händedruck ließ sie zusammenzucken. Anschließend drückte er Mr. Harper und Lieutenant Levy die Hand.

»Sie befassen sich mit dem Fall drüben auf der Insel, Sir?«, fragte er Levy. »Mit diesem Darby?«

Lucia packte das Entsetzen, als sie sah, wie weiß Bee wurde. Wenn Levy sie *jetzt* ansah, dachte sie.

»Wir gehen nach unserer gewohnten Routine vor«, antwortete Levy. »Wir suchen sämtliche Bewohner in der näheren Umgebung auf, um zu sehen, ob sich etwas herausfinden lässt.«

»Von meiner Mutter können Sie jede Menge erfahren, Sir«, sagte Owen. »Sie wollte mit ihrer Geschichte ohnehin schon zur Polizei gehen. Sie sagt, an jenem Mittwoch hätte sie am frühen Morgen aus dem Fenster geschaut und einen Mann und eine Frau gesehen, die auf halber Strecke zur Insel aufrecht in einem Motorboot standen. Sie hätten miteinander gerungen, behauptet sie. Sie hat sich abgewandt, um ihre Brille zu holen, und als sie endlich mit der dämlichen Brille wieder aus dem Fenster geschaut hat, war der Mann verschwunden, und die Frau hat die Insel angesteuert.«

»Warum ist Ihre Mutter nicht zu uns gekommen, Mr. Lloyd?«

»Mein Vater und ich haben sie davon abgebracht«, sagte Lloyd. »Wir dachten, sie hätte sich vielleicht geirrt, und dann würde sie sich wegen nichts und wieder nichts furchtbar aufregen. Verstehen Sie, sie ist ziemlich leicht erregbar.«

»Ich verstehe«, sagte Levy.

Er trank seine zweite Tasse Tee aus und erhob sich.

»Vielen Dank, Mrs. Holley«, sagte er. »Es war mir eine Freude.«

»Schauen Sie wieder mal bei uns herein«, sagte der alte Mr. Harper. »Es würde mich sehr interessieren, alles über diesen Fall zu hören, worüber Sie offen reden dürfen.«

»Ich komme ganz bestimmt wieder, Mr. Harper«, sagte Levy ernst.

Jetzt war der junge Owen derjenige, der endlos und ewig blieb, und Lucia blieb ebenfalls, bis ihr Vater aus dem Haus ging, um vor dem Abendessen noch seinen gewohnten Spaziergang zu machen. Erst dann zog sie sich in ihr Zimmer zurück. Sie sehnte sich nach dem Trost, den Toms Brief ihr spenden würde.

Aber es war einer seiner ganz seltsamen Briefe, die vor einer nahezu hemmungslosen Ausgelassenheit übersprudelten. Sie hatte bereits zwei oder drei von diesen Briefen bekommen, und war danach zutiefst verstört gewesen. Tom trinkt nie einen über den Durst, dachte sie. Das kann es nicht sein. Sind es die Gefechte, die ihm derart zu Kopf steigen?

Sie versuchte, sich ihren gutmütigen, unbekümmerten Tom in einer Schlacht vorzustellen und dachte an die Schlachten, die sie in den Nachrichten gesehen hatte: Flammen, Rauch und grässlicher Lärm, Dröhnen, Gewimmer, Geschrei und ohrenbetäubender Krach. Es gelingt mir nicht, dachte sie. Es ist zwecklos. Er ist zu weit weg.

Sie saß seltsam apathisch auf einer Truhe am Fenster, bis David anklopfte.

»Sibyl sagt, du hättest einen Brief von Dad bekommen«, sagte er. »Was schreibt er?«

»Eigentlich nichts von Bedeutung«, sagte sie. »Natürlich darf er uns vieles nicht berichten.«

»Owen war im Pazifikgebiet«, sagte David.

Er sah Lucia an und zog die Stirn in Falten.

»Wenn dieser Krieg nicht bald vorbei ist«, sagte er, »dann bin ich an der Reihe.«

Darüber hatte er bisher kein Wort verloren und als er jetzt darauf zu sprechen kam, klang es wie eine Frage, als wollte er von ihr wissen, was das alles sollte. Was soll ich vom Leben, vom Krieg und vom Tod halten?

Er sah so jung aus. Und so schmächtig. Nein!, sagte sie innerlich. Nein!

Und zu wem sagte sie das? Es stand nicht in ihrer Macht, ihre Angehörigen zu beschützen, ihre eigenen Kinder. Die Mauern ihres Hauses stürzten ein; es gab keine Zuflucht mehr.

»Hast du fürs Abendessen noch ein frisches Hemd, mein Schatz?«, fragte sie. »Gib mir dieses hier, wenn du es ausziehst. Der Kragen …« Sie berührte den Kragen an seinem schmalen jungen Nacken. »Er ist ein wenig ausgefranst.«

»In Ordnung«, sagte er seufzend und verließ enttäuscht ihr Zimmer.

9.

Lucia setzte sich im Bett auf, um den Brief noch einmal durchzulesen, den sie am Vorabend geschrieben hatte.

Lieber Tom,
Bee fährt für ein oder zwei Wochen in Gracies Sommerlager. Ich glaube, das wird ihr gut tun. Hier ist es wirklich ziemlich langweilig.

»Langweilig«, sagte sie vor sich hin, doch sie ließ es so stehen.

Du hast gefragt, wie der Wagen sich hält. Wir benutzen ihn so gut wie nie, daher wird er gut erhalten sein, wenn du zurückkommst. Ich habe Sibyl liebe Grüße von dir ausgerichtet, und sie sagt, ich soll dir schreiben, dass sie jeden Abend für dich betet. Das ist ihr voller Ernst, Tom. Ich weiß nicht, was ich ohne Sibyl täte.

Sie lehnte sich in die Kissen zurück und machte sich Gedanken über Sibyl und darüber, was sie wohl wusste. Es war ein strahlender Morgen, aber es kam ihr gar nicht in den Sinn, aus dem Haus zu gehen. Sie musste bleiben, durfte das Haus nicht verlassen, damit nichts passieren konnte. Außerdem werde ich einiges unterbinden, sagte sie sich. Ich weiß zwar im Moment noch nicht genau, was ich unternehmen werde, aber es wird sich schon von selbst ergeben …

Nagle und Donnelly und Levy … fünftausend Dollar … Mein Schmuck!, dachte sie plötzlich. Sie besaß ihren Verlobungsring mit Diamanten, einen Smaragdring, den Vater ihr zu ihrem einundzwanzigsten Geburtstag geschenkt hatte, eine Perlenkette, die ihre Mutter ihr hinterlassen hatte, das Diamantarmband ihrer Großmutter, samt und sonders im Tresor der New Yorker Bank verwahrt. Darauf könnte ich ein Darlehen aufnehmen, dachte sie. Und wenn alle Stricke reißen, könnte ich den Schmuck sogar verkaufen.

Um Erpresser zu bezahlen? Ja, dachte sie. Es mag zwar eine fürchterliche Dummheit sein, aber genau das werde ich tun. Dann werden diese Männer wenigstens kurzfristig Ruhe geben. Und ich gewinne Zeit.

Schließlich *musste* die Zeit ihr Verbündeter sein. An diesen Glauben klammerte sie sich. Nach dieser Devise lebte sie. Jeder einzelne Tag brachte das Kriegsende näher. Jeder Tag, an dem kein Telegramm kam und sie über Teds Tod unterrichtete, war ein gewonnener Tag. Sie lebte sozusagen mit angehaltenem Atem. Es ging darum, den jeweiligen Tag zu überstehen.

Sie holte sich ein Buch und las es im Bett, mit hartnäckiger Entschlossenheit. Es war ein Kriminalroman, den sie für ihren Vater aus der Leihbücherei besorgt hatte. Sie persönlich machte sich nichts aus Kriminalromanen. In diesen Geschichten scheint nie jemand einen Mord zu bedauern, hatte sie gesagt. Die Morde werden als ein Problem behandelt, hatte ihr Vater gesagt. Dazu kommt noch, dass die Ermordeten im Allgemeinen als Personen hingestellt werden, an die man beim besten Willen kein Mitleid verschwenden kann. *Mir* tun sie aber Leid, hatte sie gesagt, ich finde es abscheulich, wenn sie erdolcht aufgefunden werden oder ihre Augen vom Gift starr und glasig sind und dergleichen.

Und doch empfand sie so gut wie gar kein Mitleid mit Ted Darby! Das habe ich wirklich getan, dachte sie verwundert. Ich habe eine Leiche verborgen. Jedenfalls habe ich sie fortgeschafft. Und als ich anschließend zurückgekommen bin, konnte mir niemand etwas ansehen. Niemand hat mir angemerkt, dass mit mir etwas nicht stimmt. Vielleicht bin ich gar nicht so empfindlich. Vielleicht bin ich sogar erschreckend abgebrüht.

Und das ist auch gut so, dachte sie, als sie aufstand und sich anzog.

Die Atmosphäre beim Frühstück war an jenem Morgen ungewöhnlich. Es überrasche sie, ihre ganze Familie so heiter und gesprächig vorzufinden. Ja, sie war erstaunt darüber, aber keineswegs erfreut; es bereitete ihr Sorgen. Sie waren zu unschuldig. An jenem Morgen erschienen sie ihr wie bedauernswerte Opfer, ahnungslos angesichts der drohenden Gefahren.

Sie sah jetzt noch lebhafter als bisher vor sich, was ihnen drohte. Ihr Vater auf der Anklagebank. Meine Liebe, ich kann es nicht leiden, wenn man mich drängelt, hatte sie ihn ihr ganzes Leben lang sagen hören. Aber wenn die Anklage erst einmal erhoben war, konnten sie ihn nach Herzenslust hetzen. Sie würden ihn mit Fragen bombardieren, ihn unter Beschuss nehmen, eine Frage nach der anderen abfeuern. Sie malte sich aus, wie er in Verwirrung geriet und ungehalten reagierte. Sie konnte sich seine überwältigende Scham vorstellen, wenn er von Bees Torheit erfuhr. Sie würden beschämt sein, Großpapa und David. Mit Tom würde es sich ganz anders verhalten, dachte sie. Ihm hätte nur Bee Leid getan.

»Owens Mutter würde dich gern besuchen«, sagte David.

»Owen? Owen?«, überlegte Mr. Harper. »Ach ja! Ein netter Junge.«

»Er ist dreiundzwanzig«, sagte David. »Und er war zwei Jahre beim Militär.«

»Seine Mutter ist furchtbar wirr im Kopf«, sagte Bee. »Aber sie ist recht nett. Die ganze Familie ist ziemlich nett.«

»Die schwimmen im Geld«, sagte David selbstgefällig. »Sie können sich vor Geld kaum retten. Ich habe sie aufgegabelt.«

»Ja, du bist einfach phänomenal«, sagte Bee höhnisch und doch gut gelaunt.

»Ich beherrsche eben die Kunst, Freundschaften zu

schließen«, erklärte David. »Mutter, die Lloyds haben mich heute zum Mittagessen eingeladen. Ist dir das recht?«

»Das ist mir sehr recht, mein Schatz«, stimmte Lucia zu. »Hast du ein sauberes Hemd?«

Sie ging in die Küche, um sich mit Sibyl zu beratschlagen.

»Wenn dieser Mann heute nicht auftaucht, um den Kühlschrank zu reparieren«, sagte Sibyl, »dann weiß ich nicht, wie wir über den Sonntag kommen sollen.«

Einen Moment lang standen sie da und schwiegen trübsinnig.

»Ich sollte wohl versuchen, heute früh auf den Markt zu kommen«, sagte Sibyl. »Am besten lasse ich alles stehen und liegen und nehme den Neun-Uhr-Bus.«

»Ich erledige die Einkäufe, Sibyl.«

»Nein, Ma'am«, sagte Sibyl. »Es ist besser, wenn ich samstags auf den Markt gehe. Ich fahre früh los und bin rechtzeitig zurück, um Miss Bees Kleidchen zu bügeln.« Sie dachte eine Zeit lang nach. »Sie sollten mir vielleicht zwanzig Dollar geben, Ma'am.«

»Ich bestelle dir ein Taxi«, sagte Lucia. »Und ich würde dir raten, es warten zu lassen, Sibyl. Dann zahle ich den regulären Stundensatz.«

Bee wollte auch ins Dorf; sie stieg mit Sibyl in das Taxi, und die beiden fuhren los. David war bereits aus dem Haus gegangen. Der alte Mr. Harper machte seinen Spaziergang. Lucia band sich eine Schürze um und hatte gerade begonnen, das Frühstücksgeschirr zu spülen, als das Telefon läutete. Sie trocknete sich die Hände ab und nahm den Anruf entgegen.

»Mrs. Holley, bitte«, sagte eine gedämpfte Männerstimme.

»Am Apparat«, sagte Lucia.

»Hier spricht Donnelly. Ich würde Sie gern heute Morgen für ein paar Minuten treffen, Mrs. Holley. Um welche Zeit könnte ich bei Ihnen vorbeikommen?«

»Oh!«, rief sie aus. »Ich fürchte … Es wäre wirklich besser, wenn Sie nicht hierher kämen.«

»Aber irgendwo muss ich Sie treffen.«

»Ich weiß nicht recht … ich wüsste nicht, wie …«

»Vielleicht könnten wir uns am Bahnhof treffen. Da bin ich gerade.«

»Das geht nicht. Ich kann unmöglich das Haus verlassen.«

»Es tut mir Leid, dass ich Ihnen zur Last falle«, sagte er.

»Können Sie mir denn nicht am Telefon sagen, worum es geht?«

»Es ist nicht gut, am Telefon zu viel zu sagen«, wandte er ein.

»Ich wüsste nicht, *wie* ich Sie irgendwo treffen könnte.«

»Es ist wichtig«, sagte er. »Andernfalls würde ich Sie nicht belästigen. Gibt es vielleicht bei Ihnen in der Nähe einen Ort, wo wir uns einen Moment treffen könnten?«

»Einen Moment«, sagte sie. »Lassen Sie mich nachdenken. Hier gibt es ein Bootshaus. Wenn Sie die Küstenstraße nehmen und dann auf einen schmalen Pfad einbiegen, können Sie es erreichen, ohne gesehen zu werden.«

»Um wie viel Uhr soll ich dort sein?«

»Oh. Das lässt sich schlecht sagen. Ich werde eine Gelegenheit abwarten müssen, um mich aus dem Haus zu schleichen.«

»Ich mache mich jetzt gleich auf den Weg«, sagte er, »und erwarte Sie dort.«

»Warten Sie bitte im oberen Stockwerk«, sagte sie. »Ich versuche, sofort zu kommen, aber es könnte sein, dass ich aufgehalten werde.«

»Keine Sorge«, sagte er. »Ich warte.«

Sie legte den Hörer auf und blieb neben dem Telefon stehen, unentschlossen und verwirrt. Alles bricht gleichzeitig über mich herein, dachte sie. Es ist die reinste Idiotie, dass die Leute behaupten, eine Frau, die heiratet, sei ihre eigene Herrin und weitaus freier als die Frauen, die einer Arbeit nachgehen.

Wenn Bee zurückkommt und das Geschirr im Spülbecken vorfindet …

Das würde sogar ihrem arglosen Vater seltsam vorkommen. Wie kann ich es begründen, dass ich plötzlich aus dem Haus laufe?

»Ach, ich weiß es selbst nicht!«, rief sie in ihrer Verzweiflung aus. »Das geht niemanden etwas an.«

Sie beschloss, den Abwasch zu beenden und das Geschirr abtropfen zu lassen. Und falls sie mich fragen, sage ich, ich wollte allein sein. Ich sage, ich wollte nachdenken. Warum sollte ich das nicht tun? Andere Leute tun es doch auch.

Sie lief nach oben, um sich das Gesicht zu pudern, und ihre Wut steigerte sich, als sie ihr errötetes Gesicht und ihr zerzaustes Haar im Spiegel sah. Sie war wütend auf alle – ihren Vater, ihre Kinder und Sibyl. Wenn mir danach zu Mute ist, ein paar Minuten das Haus zu verlassen, dann geht das keinen etwas an. Und die Betten sind auch noch nicht gemacht … Ich muss unbedingt Vaters Bett machen. Er ist so ordentlich. Es wäre ihm ein Gräuel, wenn er zurückkäme und ein ungemachtes Bett vorfände.

Bee sollte ihr Bett eigentlich selbst machen. Ach Bee, mein Liebling! Nagle und Mr. Donnelly und vielleicht noch mehr Menschen, schreckliche Leute, lesen deine albernen Briefe. Und sie versuchen auch noch, Geld herauszuschlagen!

Heute Nachmittag würde Bee abreisen. Vielleicht würde sie wochenlang fort sein. Vielleicht ließ sich dieser ganze Ärger aber auch nicht von ihr fern halten. Ich muss ihr Bett machen, dachte Lucia. Sonst glaubt sie noch, dass ich sie nicht liebe.

Sie konnte nicht aufhören. Sie machte auch Davids Bett. Sie hob alles vom Fußboden auf. Sie räumte das Bad auf. David hatte einen Schmutzrand in der Badewanne hinterlassen. Sie griff nach dem Scheuerpulver und dem Lappen. Nein!, sagte sie sich. Ich muss Mr. Donnelly sehen und mir anhören, was er zu sagen hat. Es ist lächerlich, jetzt die Wanne zu putzen.

Sie rannte die Treppe hinunter und hätte fast angefangen zu weinen, weil sie sich schrecklich danach sehnte, die Aschenbecher auszuleeren und das Wohnzimmer herzurichten. Sie rannte über den Rasen und als sie den bewohnbaren Teil des Bootshauses betrat, war sie erhitzt und wütend und fühlte sich elend.

Sie lief durch das Wohnzimmer im Erdgeschoss und dann die Treppe hinauf. Donnelly stand auf dem Treppenabsatz und erwartete sie.

»Es tut mir Leid, dass ich Sie habe warten lassen«, sagte sie kurz angebunden. »Aber ich hatte heute Morgen viel zu tun.«

»Sie haben sich zu sehr beeilt«, sagte er. »Sie sind ja ganz außer Atem. Mir hat das Warten nichts ausgemacht.«

»Ja, also … machen wir es uns doch hier bequem«, sagte sie und ging in eines der beiden Schlafzimmer voraus, ein großes Zimmer, durch dessen schmutzige Fenster schummriges Licht fiel; an der Wand standen zwei durchgesessene Sofas, und alles war mit einer dicken Staubschicht bedeckt.

Lucia setzte sich auf einen Schaukelstuhl mit einem zerrissenen und verblassten Sesselschoner über der Lehne, und Donnelly blieb vor ihr stehen.

»Wie kommt es, dass die Damen keine Fächer mehr bei sich tragen?«, fragte er.

»Ich glaube nicht, dass ich *je* einen Fächer mit mir herumgetragen habe«, antwortete Lucia.

»Nein. Sie sind zu jung. Ich erinnere mich noch an damals, als ich vor langer Zeit in New Orleans war. Dort gab es ein Mädchen, sie war Französin und ein so dunkler Typ wie Sie, und sie hatte einen kleinen Fächer. Vielleicht war er violett. Mit den Namen dieser hübschen hellen Farben kenne ich mich nicht aus.«

Er versuchte, ihr Zeit zu lassen, damit sie sich beruhigen konnte, und sie ging höflich darauf ein.

»Man könnte von ›mauve‹ sprechen«, sagte sie. »Und es gibt auch noch ›lavendel‹ oder ›flieder‹.«

»Das sind hübsche Bezeichnungen.«

Sie schwiegen. Lucia schaukelte auf ihrem Schaukelstuhl und die Bodendielen knarrten. Donnelly stand mit den Armen an den Seiten und mit abgewandtem Kopf vor ihr und erweckte in seinem dunklen Anzug und der eleganten olivgrünen Krawatte einen makellos gepflegten Eindruck.

»Es tut mir Leid, dass es je dazu gekommen ist«, sagte er. »Wenn es einzig und allein meine Angelegenheit wäre, würde ich Ihnen die Briefe aushändigen und Sie würden nie mehr von mir hören.«

»Tja«, sagte sie seufzend.

»Ich habe Nagle gesagt, er soll Ihnen bis Montag Zeit lassen. Das hat ihm gar nicht gepasst. Ich konnte ihn nur mit Mühe davon abhalten, selbst herzukommen.«

»Das würde ihm nichts nutzen. Damit würde er die Lage nur verschlimmern.«

»Genau das will er. Er will Ihnen zusetzen, bis Sie so verzweifelt sind, dass Sie das Geld auf die eine oder andere Weise beschaffen.«

»Aber das wollen *Sie* doch gewiss nicht!«, rief sie aus.

»Nein, ich doch nicht«, sagte er.

Gewaltige Wut auf Donnelly stieg in ihr auf. Er ist ein Gauner, dachte sie, und wahrscheinlich sogar ein sehr gerissener. Er versucht, mich in eine Falle zu locken. Er versucht, mich hinters Licht zu führen. Er ... ich weiß selbst nicht, was er mit mir vorhat, aber es ist irgendetwas Furchtbares!

»Dann ist also an *allem* nur Mr. Nagle schuld?«, fragte sie mit einem matten Lächeln.

»Ganz so verhält es sich nicht«, sagte Donnelly. »Nein, das könnte ich nicht behaupten. Als er dieses Thema zum ersten Mal angesprochen hat, habe ich keine Einwände erhoben.«

»Aber jetzt haben Sie sich gewandelt. Inzwischen ist Ihre Haltung edelmütig.«

»Jetzt wünschte ich bei Gott, ich könnte all dem Einhalt

gebieten«, sagt er. »Nur ist mir das nicht möglich. Mit Nagle ist nicht gut Kirschen essen. Dieser Handel, den wir abgeschlossen haben, wird uns Geld einbringen. Aber im Moment sieht die Lage für uns beide schlecht aus, und er ist nervös. Er hat gern Bargeld in der Tasche, nur für den Fall, dass etwas schief geht.«

»Aber *Sie* doch gewiss nicht. *Sie* wollen dieses Geld doch gar nicht, das er von mir erpressen will!«

»Nein, ich will es nicht«, sagte er. »Aber ich kann Nagle nicht länger hinhalten als bis Montag. Sind Sie ganz sicher, dass Sie das Geld am Montag beschaffen können?«

»Ja«, sagte sie leichtsinnig und unbesorgt.

Bee würde heute Nachmittag abreisen, sie würde den ganzen Sonntag Zeit haben, darüber nachzudenken und einen Plan zu schmieden.

»Komme ich für die Übergabe wieder zu Ihnen raus?«, fragte er. »Oder wäre es Ihnen lieber, sich in New York mit mir zu treffen?«

»Ich treffe Sie in New York«, sagte sie.

»Wann würde es Ihnen passen?«

»Wir treffen uns vor Stern's in der zweiundvierzigsten Straße«, bestimmte sie. »Um zwölf Uhr mittags.«

Sie stand auf.

»Da wäre noch eine Kleinigkeit«, sagte er. »Sie brauchen nur viereinhalbtausend mitzubringen.«

»Ach wie *nett* von Mr. Nagle!«, rief sie aus. »Es ist wirklich ganz reizend von ihm, dass er mir fünfhundert Dollar erlässt!«

»Diese fünfhundert habe *ich* ihm gegeben«, sagte Donnelly. »Ich habe ihm gesagt, sie kämen von Ihnen. Das habe ich nur getan, damit er nicht wieder herkommt und Ihnen zur Last fällt.«

Sie sah ihm fest ins Gesicht, das so aussah wie sonst auch immer – gut geschnitten, markant, aber irgendwie verschwommen und verschleiert.

»Ich glaube Ihnen nicht«, sagte sie. »Ich glaube Ihnen kein Wort.«

Er sagte nichts und sie ging an ihm vorbei, verließ das Zimmer und stieg die Treppe hinunter. Lügner!, schrie sie innerlich. Dieser Lügner! Ich hasse ihn!

Ein solcher innerer Aufruhr war ihr gänzlich fremd. Nie hatte sie eine derartige Wut verspürt. Er ist derjenige, der mit den Briefen hier aufgekreuzt ist. Er ist derjenige, dem ich das schmutzige Erpressergeld aushändigen werde. Und er behauptet glatt, er hätte alles nur für mich getan. Ein solcher Lügner. Ein Erpresser. Ein widerlicher Gauner. Ich hasse ihn!

Sie lief zum Haus zurück und dachte an nichts anderes als ihre Wut. Ich werde zur Polizei gehen, dachte sie. Irgendwie wird es mir gelingen, Vater aus der ganzen Geschichte herauszuhalten. Die Polizei wird dafür sorgen, dass nie jemand etwas von Bees Briefen erfährt. Sie werden diese Männer schlicht und einfach verhaften. Diesen Mann!

Sie öffnete die Haustür und Bee kam aus dem Wohnzimmer. Beim Anblick ihres Kindes brach alles andere wieder wie eine Sturmflut über sie herein. Bees Kleider waren ungebügelt, die Sachen mussten noch gepackt werden, sie musste sich um das Mittagessen kümmern. Es war das vertraute Gefühl, dass Dinge unerledigt waren und ihre Aufmerksamkeit beanspruchten.

»Ach, du bist schon wieder da, mein Schatz?«, sagte sie. »Hast du alles bekommen, was du wolltest?«

»Nein«, antwortete Bee. »Aber das macht nichts. Ich fahre nicht ins Sommerlager. Ich habe Tante Gracie ein Telegramm geschickt.«

»Bee! Aber warum denn das?«

Bee stand ihr ganz in Weiß gegenüber, schmal und reizend, und auf eine seltsame Weise wirkte sie streng.

»Ich mache mir viel zu große Sorgen um dich«, sagte sie. »Ich bin schockiert.«

»Wovon redest du?«, rief Lucia aus.

»Von diesem Mann«, sagte Bee. »Und davon, wie du dich ihm gegenüber benimmst.«

10.

Lucia hatte sich ab und zu über ihre Kinder geärgert, und manchmal, allerdings nicht oft, hatte sie die Geduld mit ihnen verloren. Aber das, was sie jetzt empfand, war blanke Wut.

»Sprich nicht so mit mir«, sagte sie barsch.

»Was glaubst du denn, wie mir zu Mute ist, wie uns zu Mute ist – David und mir?«

»David wäre niemals so albern und ungehörig.«

»Er empfindet dasselbe wie ich. Als wir dahinter gekommen sind, dass du dich aus dem Haus geschlichen hast, um diesen Mann zu treffen …«

»Was heißt hier ›geschlichen‹!«

»So war es doch! In dem Moment, in dem wir alle fort waren …«

»Ich habe etwas mit Mr. Donnelly zu besprechen und ich werde ihn treffen, wann und wo es mir richtig erscheint.«

»Was sind denn das für Dinge, die du mit ihm zu besprechen hast?«

»Dir bin ich schon mal gar keine Rechenschaft schuldig«, sagte Lucia. »Und im übrigen höre ich mir das nicht noch länger an. Du wirst ins Ferienlager fahren, wie wir es vereinbart haben …«

»Nein, ganz bestimmt nicht. Jedenfalls nicht, solange du mir nicht versprichst, dass du diesen Mann nicht wiedersehen wirst. Nie wieder.«

»Wie kannst du es wagen, so mit mir zu reden!«, rief Lucia aus. »Man könnte fast meinen, dass du absolut kein Vertrauen in deine eigene Mutter hast.«

»Ich habe David im Dorf getroffen«, sagte Bee in ruhigem, unterkühltem Tonfall, »und der junge Halford hat uns nach Hause gefahren. Du warst nicht im Haus und David dachte, vielleicht bist du mit einem der Boote rausgefahren. Also wollten wir nachsehen. Wir haben uns eingebildet, Stimmen im Bootshaus zu hören, und als wir die Tür geöffnet haben …«

»Ihr habt gelauscht!«

»Nein, eben nicht. Wir sind sofort wieder gegangen. Wir waren absolut schockiert.«

»Dann seid ihr beide dumme, alberne kleine Kinder … und noch dazu ungezogen. Ich will kein Wort mehr davon hören.«

»David und ich sind der Meinung, dass wir Daddy gegenüber eine Verpflichtung haben.«

»Halt den Mund!«, sagte Lucia. Sie lief an Bee vorbei ins Haus und die Treppe zu ihrem Zimmer hinauf.

Das hätte ich nicht sagen sollen, dachte sie. Was ich gesagt habe, war ordinär und abscheulich. Aber es macht mir nicht das Geringste aus. Meine eigenen Kinder stellen sich gegen mich. Ich kann einfach nicht glauben, dass David auf solche Gedanken kommt. Ich werde mit ihm reden, jetzt sofort.

Aber sie rührte sich nicht vom Fleck.

Ich kann doch nicht mit David über solche Dinge reden, dachte sie. Darüber, dass ich mich mit einem Mann treffe. Das ist ganz ausgeschlossen. Aber David kann sich unmöglich gedacht haben, dass ich etwas ›Schockierendes‹ tue. Nehmen wir mal an, ich wäre zum Bootshaus gelaufen, um Mr. Donnelly für ein paar Minuten zu treffen, weil ich bestimmte Dinge mit ihm zu besprechen hatte …

Dann fiel ihr wieder ein, was sie mit Mr. Donnelly zu besprechen gehabt hatte. Oh, nein!, schrie sie innerlich auf. Sollen die Kinder ruhig schockiert sein. Von mir aus können sie aufgebracht sein und ausfallend werden. Alles andere ist besser, solange sie bloß nicht die Wahrheit erfahren. David käme niemals darüber hinweg, wenn er wüsste, dass seine Schwester solche Briefe an Ted Darby geschrieben hatte. Und Bee käme nie im Leben darüber hinweg, dass dieser Darby sich in Wirklichkeit gar nichts aus ihr gemacht hatte. Dass er lediglich vorgehabt hatte, sich an ihr zu bereichern.

Ich habe gesagt, bis Montag hätte ich das Geld, dachte sie. Mr. Donnelly hat gesagt, wenn ich es bis dahin nicht aufgetrieben hätte, könnte er Nagle nicht mehr davon abhalten, wieder herzukommen. Das darf ich nicht zulassen.

Also werde ich das Geld beschaffen müssen. Viertausendfünfhundert Dollar. Etwa achthundert habe ich im Moment auf meinem Bankkonto und nächsten Monat kommt ein Scheck dazu, ein Teil von Toms Sold. Und der Scheck von Mr. Fuller. Aber von diesem Geld muss ich die Miete und das Essen bezahlen. Und die Kosten für das Einlagern unserer Möbel und allerlei Kleinigkeiten. Mein Schmuck? Ich weiß nicht, wie viel er wert ist. Möglicherweise Tausende. Möglicherweise aber auch nicht.

Diese Leute, die Darlehen vergeben … Genau, das ist es! Sie erinnerte sich daran, Anzeigen in den Zeitungen gesehen zu haben; sie erinnerte sich auch daran, im Radio etwas darüber gehört zu haben. Diskretion, das sicherten sie einem zu. Die eigene Unterschrift genügt.

Ich weiß, was für eine Dummheit es ist, die Forderungen von Erpressern zu erfüllen. Und falsch ist es auch. Aber genau das werde ich tun. Ich will *Zeit* gewinnen. Genug Zeit, um Bee von hier fortzuschaffen. Zeit für … andere Dinge. Ich weiß selbst nicht so recht, wofür. Solange es mir bloß gelingt, diesen Nagle von uns fern zu halten, und sei es auch nur für ein Weilchen, besteht die Chance, dass sich etwas tut. Vielleicht muss er schleunigst verschwinden. Das hat Mr. Donnelly selbst angedeutet.

Eine fieberhafte Erregung hatte von ihr Besitz ergriffen. Ihr Zorn auf Bee war verflogen; in ihrer rasenden Ungeduld konnte sie den Montag kaum erwarten. Erst dann würde sie das Geld beschaffen und Nagle die geforderte Summe zahlen können, damit sie ihren Frieden hatte. Eine Zeit lang.

Sie hörte ein Klopfen an der Tür.

»Wer ist da?«, rief sie mit ungewohnter Schärfe.

»Ich«, antwortete Davids Stimme.

»Willst du etwas Bestimmtes von mir, David?«, fragte sie. »Ich habe Kopfschmerzen.«

»Es ist wichtig«, sagte er, und sie öffnete ihm die Tür.

»Ich sage es dir gleich, David, falls du anfangen solltest, an mir herumzunörgeln ...«, sagte sie.

»Ich habe nicht die Absicht«, sagte er. »Ich bin nur der Meinung, dass du einen großen Fehler machst, wenn du dich mit diesem Kerl einlässt, aber ich habe Bee gleich gesagt, dass bestimmt nichts Böses dahintersteckt, sondern nur eine Torheit.«

Seine extreme Ruhe war ebenso ärgerlich und demütigend wie Bees schockierte Entrüstung.

»Das lasse ich mir nicht bieten«, sagte sie. »Und von einem fünfzehnjährigen Jungen schon gar nicht. Ich weiß genau, was ich tue.«

»Schon gut, schon gut!«, sagte er beschwichtigend. »Ich bin nur gekommen, um dir zu sagen, dass Mrs. Lloyd da ist.«

»Wer ist Mrs. Lloyd?«

»Owens Mutter. Sie hat noch einen zweiten Sohn, der etwa in meinem Alter ist, und eine Tochter. Es sind sehr nette Leute. Sie haben zwei Autos und einen Chauffeur. Und einen piekfeinen Kabinenkreuzer.«

»Was will sie hier?«

»Ich nehme an, sie möchte dich kennen lernen«, sagte David.

»Ich kann sie jetzt nicht empfangen. Nicht um diese Zeit am Vormittag – und angezogen bin ich auch nicht.«

»An deiner Aufmachung ist nichts auszusetzen«, sagte David. »Außerdem wäre ihr das sowieso egal.«

»Nein, das geht nicht«, sagte Lucia. »Ich werde ... sag ihr, dass ich ihr demnächst einen Besuch abstatte.«

»Mutter, sie ist da. Sie sitzt bereits im Wohnzimmer!«, sagte David. »Ich kann ihr unmöglich sagen, dass du nicht nach unten kommst.«

Jetzt war er ernstlich schockiert, und das konnte man ihm gewissermaßen nicht übel nehmen. Mein Verhalten ist wirklich … sehr seltsam, dachte Lucia.

Sie hörte augenblicklich auf, sich seltsam zu benehmen.

»Ich freue mich sehr, deine Mrs. Lloyd kennen zu lernen, mein Schatz«, sagte sie. »Ich komme gleich runter.«

Mrs. Lloyd war eine dürre Frau, die lieblos Rouge auf ihre hohlen Wangen gepinselt hatte; das helle Haar hatte sie nachlässig zu einem Knoten im Nacken zusammengesteckt. Sie trug eine viel zu große weiße Bluse mit Manschetten, die ihr auf die Hände fielen, und einen bauschigen grauen Rock und smaragdgrüne Schuhe mit Keilabsätzen. Aber sie hatte eine liebliche Stimme und ein bezauberndes schiefes Lächeln. Wie eine Katze, dachte Lucia. Eine Katzenmutter, die ihre Jungen auf sich herumtrampeln lässt.

»Es tut mir schrecklich Leid, Sie um diese unmögliche Tageszeit zu stören«, sagte sie. »Aber Owen und Phyllis und Nick haben mir zugesetzt. Ich wollte Sie vorher anrufen, aber ich komme eigentlich nie dazu, die Dinge zu tun, die ich mir vornehme.« Sie unterbrach sich. »Ich weiß selbst nicht, was ich den ganzen Tag lang tue«, sagte sie dann verwundert.

»Die Tage vergehen wie im Flug«, sagte Lucia.

»Ja, nicht wahr?«, sagte Mrs. Lloyd. »Glauben Sie, Sie könnten eventuell an einem der kommenden Tage mit mir im Jachtclub zu Mittag essen? Es ist sehr nett dort. Man sitzt auf dem Rasen – natürlich nur, wenn es nicht regnet – und sie servieren die Mahlzeiten auf kleinen Tabletts mit Fischen. Ich meine, sie sind mit Fischen *bemalt*. Das Mädchen, das sie bemalt, ist wirklich wundervoll. Sie versorgt ihre Mutter und ihre Großtante in einem winzig kleinen Häuschen, und sie bemalt praktisch alles. Man kann ihr die Gegenstände zuschicken, sie kommt auf Wunsch aber auch ins Haus. Es sah so aus, als hätte ich nichts, was ich ihr schicken könnte, und deshalb habe ich sie auf unsere Sonnenterrasse angesetzt, und sie hat alles mit ganz entzückenden kleinen Fischlein bemalt, Sie wissen schon, die Tische und die Wände. Blumen malt sie auch, wenn man sie ausdrücklich darum bittet. Und für Mrs. Wynn hat sie direkt über dem Kamin einen riesigen Pferdekopf gemalt, fast schon zu groß, fand ich. Malen Sie, Mrs. Holley?«

»Oh, nein, ich male nicht«, antwortete Lucia. Sie war beschwichtigt und freute sich über diesen äußerst liebenswürdigen Gast.

»Ich auch nicht, aber ich täte es liebend gern. Und ich würde auch gern Klavier spielen. Oder sonst etwas. Als die Kinder klein waren, haben sie eine musisch ausgerichtete Schule besucht, und sie haben auch in einem kleinen Orchester gespielt. Das haben alle Kinder getan. Es wäre doch ganz reizend, wenn alle ihr Leben lang im Orchester spielen würden, meinen Sie nicht auch? Aber glauben Sie, Sie könnten es möglicherweise einrichten, demnächst zum Mittagessen in den Jachtclub zu kommen?«

»Ich käme mit dem größten Vergnügen«, sagte Lucia.

»Vielleicht morgen? Sonntags bieten sie dort Brunch an. Und David sagt, Sie haben Ihren Vater bei sich. Wir würden ihn so gern einladen – und im Clubhaus gibt es auch eine Bar. Das würde ihm bestimmt gefallen, meinen Sie nicht auch?«

»Doch, ich bin ganz sicher«, sagte Lucia.

»Dürfen wir Sie dann morgen abholen? In den Kombi passen wir alle hinein. Was halten Sie von zwölf Uhr? Ich habe versucht, mich dazu zu erziehen, am Sonntagmorgen lange zu schlafen, aber ich schaffe es einfach nicht. Es scheint, als sei ich dazu viel zu hungrig. Und irgendwie finde ich es ganz bezaubernd, im Haus umherzustreifen, während alle anderen noch schlafen. Meinen Sie, ich könnte auch diesen Polizisten zum Mittagessen einladen? Das heißt, natürlich nur, wenn Sie ihn mögen.«

»Von welchem Polizisten sprechen Sie?«, fragte Lucia.

»Von diesem Lieutenant Levy. Ich finde ihn so nett. Und es wäre doch schön, noch einen Mann dabei zu haben. Ich bin ja so froh, dass dieser wirklich grausige Fall aufgeklärt worden ist, Sie nicht auch? Ich meine den Fall mit diesem Mann auf Simm's Island.«

»Aufgeklärt?«, fragte Lucia.

»Sie haben den Mörder gefasst, und ich bin *sehr froh* darüber, denn meine Phyllis ist erst neunzehn, und mir graut bei dem Gedanken an einen Mord in der unmittelbaren Nachbarschaft.«

»Wissen Sie, wer der Mann ist, den man verhaftet hat?«

»Ich bin bestens darüber informiert«, sagte Mrs. Lloyd. »Wir hatten Lieutenant Levy gestern auf einen Cocktail eingeladen und er hat es uns erzählt. Ein ganz abscheulicher Mann namens Murray. Aus der Unterwelt, verstehen Sie. Er war mit diesem armen Darby verfeindet und sie sind beide mit demselben Zug gekommen. Stellen Sie sich das mal vor, in diesem gerammelt vollen Zug! Ich war reichlich erstaunt, denn *ich* hatte bis dahin gedacht, er wäre von einer Frau umgebracht worden.«

»Ach? Wirklich?«

»Ja. Nick ist mit einem anderen Jungen zur Insel gefahren. Knaben in diesem Alter scheinen einen merkwürdigen Hang zum Grausigen zu haben, meinen Sie nicht auch? Jedenfalls hat Nick im Schilf diese Liste gefunden.«

»Eine Liste?«

»Eine Einkaufsliste. Irgendwie erbärmlich. Ich meine, darauf standen Dinge wie: zwei Punkte für geriebenen Käse, Sie wissen schon. Man hatte ganz einfach das Gefühl, dass es sich um eine sehr nette Frau handelt, natürlich nichts von wegen Schwarzmarkt, denn schließlich waren alle Punkte säuberlich notiert. Ich dachte mir, wahrscheinlich muss es eine Frau gewesen sein, die er mit blankem Hohn in die Raserei getrieben hat.«

»Das ist wirklich sehr interessant«, sagte Lucia. »Auf diesen Einkaufszettel würde ich gern mal einen Blick werfen, falls Sie es mir erlauben.«

»Aber den habe ich doch Lieutenant Levy gegeben. Schließlich sah es danach aus, als handelte es sich um einen Hinweis, meinen Sie nicht auch?«

»Doch. Ganz gewiss«, sagte Lucia.

Das muss einer meiner Einkaufszettel gewesen sein, dachte Lucia. Ich muss ihn gemeinsam mit dem Halstuch aus meiner Tasche gezogen haben. Und jetzt hat ihn Lieutenant Levy. Er wird schon wissen, wie er die Spur zu mir zurückverfolgt; dann weiß er, dass ich dort war.

Aber sie hatten einen Mann verhaftet – nachdem Sie den Einkaufszettel bereits an sich gebracht hatten. Also haben sie den Zettel nicht für wichtig gehalten.

»Dieser Murray, den sie verhaftet haben«, fragte sie. »Ist er ein Verbrecher?«

»Meine Güte, und was für einer!«, sagte Mrs. Lloyd. »Er war gerade erst aus einem anderen Gefängnis entlassen worden. Er ist Rauschgifthändler, und die richten weiß Gott unbeschreiblichen Schaden an, nicht wahr?«

»Oh, ja, das kann man wohl sagen!«, stimmte Lucia ihr ernst zu.

»Ich war ziemlich überrascht«, fuhr Mrs. Lloyd fort, »denn ich hatte das sichere Gefühl, diese zwei Frauen hätten etwas damit zu tun.«

»Welche zwei Frauen?«

»Ach, habe ich Ihnen das noch gar nicht erzählt? Also, wissen Sie, an dem Morgen, an dem der arme Mann umgebracht worden ist, bin ich schrecklich früh aufgestanden, etwa um halb sechs, und ich habe mich auf meinen kleinen Balkon gestellt. Und von dort aus habe ich ein winziges Motorboot gesehen, eine kleine Barkasse, so eine wie Ihre, und in dem Boot standen zwei Frauen, die miteinander gerungen haben.«

Aber das stimmt doch gar nicht, dachte Lucia. Du hast kein Boot mit zwei Frauen gesehen. Wenn dort draußen noch ein anderes Motorboot gewesen wäre, hätte ich es nämlich auch gesehen. Und gehört hätte ich es mit Sicherheit. Es war kein anderes Boot da. Das könnte ich beschwören.

Mrs. Lloyd erhob sich

»Ich freue mich schon so sehr auf unseren gemeinsamen

Brunch«, sagte sie. »Mit Ihnen und Ihrem Vater und Ihren beiden Kindern. Und den Polizisten werde ich auch dazu einladen.«

»Ja, ich finde ihn sehr nett«, sagte Lucia.

David war zum Mittagessen nicht zu Hause und Lucia saß wie in Trance mit ihrem Vater und mit Bee am Tisch. Ihr schien es, als hätte die Welt nichts Verlockenderes zu bieten als Mrs. Lloyds sonntäglichen Brunch. Sie hatte eine auffallend klare Szene vor Augen: Sie saßen alle zusammen auf einem Rasen im Schatten und hielten Tabletts in der Hand, die mit Fischen bemalt waren, in Rot und Gold; Bee trug ihr blaues Kleid, dachte sie, und der Himmel war von einem glasklaren Blau, das stille Meer von einem tieferen Blau. Vater wird seine Freude daran haben, dachte sie. Und Bee ... Das ist genau das, was Bee braucht. Owen wird dort sein. Und die neunzehnjährige Tochter. Und vielleicht werden auch noch andere Leute kommen. Vielleicht ist das für Bee der Beginn eines wirklich glücklichen Sommers.

»Was hältst du von Mrs. Lloyd?«, fragte Bee mit unterkühlter Förmlichkeit.

»Ich mag sie sehr gern«, sagte Lucia. »Sie ist mir wirklich sehr sympathisch. Ich kann mich nicht erinnern, wann mir das letzte Mal jemand begegnet ist, der mir auf Anhieb so gut gefallen hat.«

»Ich glaube, so toll ist sie nun auch wieder nicht«, sagte Bee mit einer Spur von Erstaunen, aber immer noch unterkühlt. »Natürlich ist sie eine gutherzige Frau, aber ich finde sie ziemlich albern. Und sie wirkt verantwortungslos auf mich.«

»Verantwortungslos?«, wiederholte der alte Mr. Harper. »Das ist ein starker Ausdruck, meine Liebe.«

»Ich will damit nur sagen, dass sie wirr im Kopf ist«, sagte Bee. »Sie hat mich zum Beispiel, als ich sie einmal im Dorf getroffen habe, gefragt, ob ich *Leben mit Vater* schon gesehen hätte. Ich habe nein gesagt, und sie hat gesagt, sie hätte das Stück gerade erst letzte Woche gesehen, und dann hat sie mir davon erzählt. Aber das, was sie mir erzählt hat, hatte mit *Leben mit Vater* überhaupt nichts zu tun. Was sie mir erzählt hat, war ein langweiliges kleines Theaterstück, das ich mit Sammy gesehen hatte, ehe wir aufs Land gezogen sind.«

»Nun«, sagte Mr. Harper, »wenn man bedenkt, was für Theaterstücke das sind, die heute produziert werden, kann ich es der guten Frau nicht verübeln.«

»Also wirklich, Großpapa!«, sagte Bee.

Wenn er solche Bemerkungen von sich gab, nahm sie ihn immer beim Wort; jetzt begann sie, das Theater der heutigen Zeit zu verteidigen, und der alte Mr. Harper war nur zu gern bereit, Theaterstücke zu schildern, die er in seiner Jugend gesehen hatte, und sie zu loben. Lucia wartete ungeduldig auf die erste Gesprächspause.

»Mrs. Lloyd hat uns alle miteinander für morgen zum Brunch im Jachthafen eingeladen«, sagte sie. »Sie legt ganz besonderen Wert darauf, dass du mitkommst, Vater.«

»Ich?«, sagte er mit einem schroffen Lachen. Er freute sich.

»Ich glaube, es könnte großen Spaß machen«, sagte Lucia.

»Wie man sich amüsiert, wissen diese Leute allerdings«, sagte Bee. »Das gilt für die ganze Familie. Und beliebt sind sie auch alle. In ihrem Haus ist immer viel los. Die Leute kommen und gehen, und ständig läutet das Telefon.«

»Ha! Daraus würde ich mir gar nichts machen«, sagte Mr. Harper.

»Ich finde es toll«, sagte Bee. »In diesem Haus hier geht es zu wie auf einem Friedhof.«

Das gilt mir, dachte Lucia. Schon gut; ich weiß selbst, dass ich nicht beliebt bin.

»Sie holen uns um zwölf ab«, sagte sie.

Jetzt hatte sie es also getan; sie ließ Murray im Gefängnis schmachten.

Nur übers Wochenende, sagte sie sich. Ich möchte, dass sich Bee bei den Lloyds einen guten Stand verschafft. Sie sollen sehen, wie sie wirklich ist. Wenn sie dann später etwas von Ted Darby erfahren oder sonst etwas zu ihnen durchsickert, dann wissen sie wenigstens … Nur diese Einladung zum Brunch, und dann werde ich Lieutenant Levy unterrichten.

Dieser Murray war ohnehin schon mal im Gefängnis. Ein paar Tage werden ihm nicht so schrecklich vorkommen. Er ist sowieso ein Verbrecher. Rauschgifthändler sind genauso schlimm wie Mörder. Bloß begehen sie ihre Morde an menschlichen Seelen.

So darf ich nicht mit mir reden. Wie in einem schlechten Film. Ich weiß nichts über Murray, nur das, was mir Mrs. Lloyd erzählt hat, und vielleicht ist sie tatsächlich ein wenig … verantwortungslos. In Wirklichkeit weiß ich nur, dass er für etwas, was er nicht verbrochen hat, im Gefängnis sitzt. Ich könnte ihn rausholen. Aber ich tue es nicht.

Das ist eine Sünde, sagte sie sich.

Ein Wagen kam über die Auffahrt gefahren; jemand stieg die Stufen zur Tür hinauf. Das ist die Polizei, dachte sie. Sie sind diesem Einkaufszettel nachgegangen, und die Spur hat zu mir geführt.

»Ich gehe schon, Sibyl!«, rief sie und stieß ihren Stuhl zurück.

Ein kleiner Lieferwagen stand vor dem Haus, und der Fahrer, ein stämmiger Mann in einem ärmellosen Unterhemd, lehnte am Geländer der Veranda.

»Holley?«, fragte er.

»Ja.«

»Ein Päckchen«, sagte er und ging zu dem Lieferwagen. Kurz darauf kam er mit einem sperrigen Gegenstand zurück, der ungeschickt in braunes Papier gewickelt war.

»Woher kommt das?«, fragte Lucia.

»Keine Ahnung«, sagte er. »Man hat mir nur gesagt, ich soll es bei Mrs. Holley abliefern.«

Er hielt es ihr hin und als sie es entgegennahm, war sie erstaunt darüber, wie schwer es war. Der Fahrer machte kehrt, stieg in seinen Lieferwagen und fuhr los.

»Was ist das, Mutter?«, fragte Bee, die jetzt neben ihr stand.

»Wahrscheinlich etwas, das Sibyl bestellt hat«, sagte Lucia. »Ich bringe es in die Küche. Iss dein Mittagessen auf.«

Aber Bee folgte ihr in die Küche; sie begann, an der Schnur zu ziehen, sowie Lucia das Päckchen auf den Tisch legte.

»Warum musst du bloß so neugierig sein?«, rief Lucia aus. »Ich habe dir doch gesagt, dass du dein Mittagessen aufessen sollst, Bee!«

Sibyl stand stumm am Fenster.

»Gütiger Himmel!«, rief Bee aus. »Das ist ein Schinken! Ein riesengroßer Schinken!«

»Der kommt von meinem Neffen«, sagte Sibyl. »Er hat gesagt, er schickt sobald wie möglich einen.«

»Ganz umsonst?«, erkundigte sich Bee.

»Ich habe die besten Beziehungen zu meinem Neffen, Miss Bee«, sagte Sibyl nachsichtig.

Bee folgte ihrer Mutter in den Flur.

»Ich hoffe nur, dass Sibyl keine krummen Geschäfte macht«, sagte sie. »Das fände ich nämlich abscheulich.«

»Du solltest Sibyl besser kennen«, sagte Lucia.

»Trotzdem finde ich das äußerst merkwürdig«, sagte Bee. »Ein riesengroßer Schinken wird ins Haus geliefert, und niemand verlangt Geld oder sonst etwas dafür.«

Lucia setzte sich wieder an den Tisch. Ich weiß auch nicht, woher dieser Schinken kommt, dachte sie. Und ich werde mir auch keine Gedanken darüber machen. Niemals.

11.

Lieber Tom,
wir haben hier sehr nette Leute kennen gelernt, eine Familie namens Lloyd. Natürlich war David derjenige, der die Bekanntschaft gemacht hat; er ist wie du, wenn es darum geht, Freundschaften zu schließen. Mrs. Lloyd hat uns alle für morgen zum Brunch im Jachthafen eingeladen, und es wird gewiss Spaß machen. Mrs. Lloyd sagt, dort servieren sie das Essen auf kleinen Tabletts, die von einem Mädchen mit Fischen bemalt worden sind. Das Mädchen …

So ein Unsinn, dachte sie. Wie kann ich derart seichtes Geschwätz zu Papier bringen, wenn Tom im Krieg ist? Aber ich weiß nicht, was ich ihm sonst schreiben soll. Wenn er wüsste, was ich getan habe … und was ich im Moment tue. Ich lasse einen Unschuldigen im Gefängnis schmachten.

Das ist eine Sünde. Was ich mit Ted Darby angestellt habe, ist gesetzwidrig. Ich wage zu behaupten, es war tollkühn. Aber was ich jetzt tue, das ist eine Sünde. Ich lege falsches Zeugnis wider meinen Nächsten ab, indem ich schweige, obwohl ich die Wahrheit kenne. Angenommen Mrs. Lloyd irrt sich und Murray ist gar kein Verbrecher und kein Rauschgifthändler? Angenommen, er ist ein absolut unschuldiger Mensch?

Sie musste den Brief zu Ende schreiben, irgendeinen Brief verfassen, ganz gleich, was hinterher darin stand. Aber sie wurde von Bildern geplagt, die ihr gänzlich fremd waren. Sie stellte sich Tom an Deck eines Schiffes vor, das durch das Wasser jagte; sie konnte sein Gesicht sehen, zu einem Himmel erhoben, an dem südliche Sterne funkelten. Irgendwie wusste sie, dass er nicht an sie dachte, aber es gelang ihr nicht, über diesen Punkt hinauszugehen; die Gedanken eines Mannes, der Schlachten und den Tod vor sich und hinter sich hat, konnte sie sich nicht ausmalen. Sie fühlte sich ihm so trostlos fern wie nie zuvor.

Daran ist nur das schuld, was ich getan habe, dachte sie. Es hat mich ihm entfremdet.

Sie nahm ihren Stift zur Hand und schrieb den Brief zu Ende, flüssig, flink und nichts sagend. Es war schon spät. Sie nahm ein Bad, ging ins Bett und schaltete das Licht aus. Und dann sah sie vor ihrem geistigen Auge Murray. Er rüttelte schreiend an den Gitterstäben seiner Zelle. Bei Gott, ich bin unschuldig! Ich bin ein unschuldiger Mann! Sein Kopf war rasiert und er trug eine unförmige graue Uniform. Ich bin ein unschuldiger Mann!, schrie er. Aber niemand schenkte ihm Glauben.

Angenommen, er bringt sich um?, dachte sie und setzte sich im Bett auf. Der Gefangene hat sich letzte Nacht in seiner Zelle erhängt. Der Gefangene hat sich die Pulsadern aufgeschnitten. Der Gefangene hat restlos den Verstand verloren und ist Amok gelaufen.

Ich muss es Lieutenant Levy jetzt gleich sagen, dachte sie. Aber vorher muss ich es Vater sagen. Und dann holen wir Lieutenant Levy ans Telefon und sie werden Murray noch heute Nacht freilassen.

Sie lief durch den Flur zum Zimmer ihres Vaters und blieb vor der Tür stehen; sie war im Schlafanzug und barfuß, und das schwarze Haar fiel ihr offen auf die Schultern. Dann hörte sie ihn husten, das Husten eines alten Mannes. Ein einsames Husten. Lag er nachts wach und dachte an seine Frau, die zwanzig Jahre lang neben ihm gelegen hatte? Dachte er an die Zeiten zurück, in denen er ein tatkräftiges und bewegtes Leben geführt hatte, die Zeiten, in denen er nicht einsam gewesen war?

Ich werde es nicht tun!, sagte sie sich. Nicht um diese nachtschlafende Zeit. Nein, ich werde es nicht tun.

Und als sie wieder in ihrem Bett lag, fasste sie den Entschluss, es erst nach dem Brunch zu tun. Also gut, sagte sie sich. Ich werde es riskieren. Ich kann nur hoffen, dass Murray nicht verzweifelt. Ich spiele mit einem Menschenleben. Das klingt zwar wie aus einem Film, aber es ist die Wahrheit.

Am Sonntagnachmittag werde ich es Lieutenant Levy sagen. Nein, das kommt nicht infrage. Am Montagmorgen werde ich diese Finanzierungsgesellschaft aufsuchen, und wenn man mir dort nicht genug Geld leiht, werde ich meinen Schmuck verpfänden. Ich muss die Briefe an mich bringen, ehe die Polizei in diese Angelegenheit hineingezogen wird. Es wird ohnehin schon schlimm genug, wenn man bedenkt, welchen Schock Vater erleiden und wie elend er sich fühlen wird. Aber wenigstens wird Bee nicht mit der Schande leben müssen. Das mit Murray tut mir Leid. Es tut mir ja so Leid …

Die Gedanken an Murray setzten ihr derart zu, dass sie nicht schlafen konnte; sie stand auf und nahm zwei Aspirin. Da sieht man doch mal wieder, wie Leute an Drogen geraten oder tablettensüchtig werden, dachte sie. Es ist nicht etwa der Kummer, der sie dazu treibt. Ich konnte es ertragen, dass Tom fortgegangen ist. Und Mutters Tod konnte ich auch verkraften. Was ich nicht verkrafte, das ist dieses Schuldgefühl. Und diese Schmach, diese entsetzlichen Sorgen.

Sie wachte später auf als sonst; sie zog sich an und ging nach unten. Sibyl war schon in der Küche.

»Ich habe den Schinken aufgesetzt«, sagte Sibyl zu ihr. »Gegen zehn, wenn er lange genug gekocht hat, schiebe ich ihn in den Ofen. Ein paar Nelken habe ich noch. Und etwas braunen Zucker. Wenn Sie vielleicht ein Gläschen Sherry erübrigen könnten, Ma'am?«

»Ja, selbstverständlich«, sagte Lucia.

Bedrückt und mit schweren Lidern lehnte sie am Türpfosten. Vermutlich sollte ich es wissen, dachte sie. Es ist feige, keine Fragen zu stellen.

»Sibyl«, fragte sie, »ist es wahr, dass uns dein Neffe diesen Schinken geschickt hat?«

»Nein, Ma'am«, antwortete Sibyl, ohne Nachdruck auf ihre Worte zu legen.

Es erschien Lucia notwendig, dieses Gespräch fortzusetzen.

»Hast du vielleicht eine Ahnung, woher dieser Schinken kommt, Sibyl?«, fragte sie weiter.

»Es ist zwecklos, einem geschenkten Gaul ins Maul zu schauen, Ma'am«, sagte Sibyl.

»Das stimmt«, sagte Lucia und ging ins Esszimmer.

Sie hatten drei Sonntagszeitungen abonniert; eine wurde eigens für Mr. Harper geliefert, eine andere auf Davids ausdrücklichen Wunsch hin, da er die Fortsetzungen mehrerer Comicstrips verfolgte, und bei der dritten handelte es sich um eine Art Gemeinschaftsexemplar. Diese Zeitung blätterte Lucia jetzt hastig durch und fand, wonach sie gesucht hatte.

Die Polizei von Horton County hat im Zusammenhang mit der Ermordung Theodore Darbys auf Simm's Island einen gewissen Joseph ›Miami‹ Murray verhaftet ... Vor fünf Jahren machte Darby als Händler pornografischer Kunstwerke Schlagzeilen ... ›Miami‹ Murray ist schon zweimal wegen Rauschgifthandels angeklagt und verurteilt worden ...

Es ist wie in einem von Davids Comics, dachte sie. Da sind die Verbrecher auch immer so *überaus* kriminell. Weshalb sollten Leute wie Vater und Bee leiden müssen, um einen Mann wie diesen Murray zu entlasten?

Die Antwort auf diese Frage hatte sie im Alter von zehn Jahren gelernt. Weil es richtig war, die Wahrheit zu sagen, und weil es falsch war, sie zu verbergen. Weil es sich nicht gehörte zuzulassen, dass jemand ungerecht beschuldigt wurde. *Du sollst nicht falsches Zeugnis ablegen wider deinen Nächsten.*

Dieser Rauschgifthändler ist nicht mein ›Nächster‹!, schrie sie innerlich auf. Und ich lege überhaupt kein Zeugnis wider ihn ab!

Sie brachte keinen Bissen herunter. Sie trank zwei Tassen Kaffee aus der kleinen Kanne, die ihr Sibyl serviert hatte, und ging dann in die Küche.

»Sibyl«, sagte sie, »ich glaube, ich hätte gern noch eine Tasse Kaffee.«

»Es ist noch nie vorgekommen, dass Sie am Morgen drei Tassen Kaffee haben wollten, Ma'am.«

Richtig, dachte Lucia. Das war noch nie da. Aber heute will ich aufgekratzt sein. Ich möchte fröhlich und angenehm im Umgang sein. Ich möchte, dass uns die Lloyds für eine nette Familie halten.

Eine nette Familie?, dachte sie. Obwohl Vater Ted Darby umgebracht und Bee ihm diese Briefe geschrieben hat und obwohl ich Ted auf die Insel geschafft habe und mich jetzt erpressen lasse. Also wirklich, wenn jemand über uns Bescheid wüsste, dann würde man uns ächten.

Niemand wird etwas davon erfahren, dachte sie. Für den Rest des heutigen Tages werde ich mir keine Gedanken über diesen Murray machen. Ich habe meinen Entschluss gefasst, und ich werde mich daran halten. Und nicht mehr daran denken.

Sie war seltsam unentschlossen, was sie zu diesem Brunch anziehen sollte. In der Regel beschäftigte sie sich mit solchen Fragen nicht weiter, doch im Moment fühlte sie sich in jeder Hinsicht verunsichert. Sie hatte noch nicht einmal das Gefühl, Mrs. Holley zu sein.

Ich möchte mich nett zurechtmachen, dachte sie. Aber nicht zu förmlich. Als sie so darüber nachdachte, regte sich in ihr die Erinnerung an ein Bild in einer Zeitschrift. Genauso wollte sie heute aussehen. Sie zog eine hochgeschlossene schwarze Bluse und einen weißen Rock an; sie warf einen Blick in den Spiegel und nahm zu ihrer Zufriedenheit eine lässige Eleganz wahr, die dennoch einen militärisch strammen Eindruck erweckte.

Mr. Harper erwartete sie im Wohnzimmer.

»Ich nehme an«, sagte er, »da man mich ausdrücklich eingeladen hat, sollte ich mitkommen. Aber aus dem Alter, in dem man seine Mahlzeiten gern im Freien einnimmt, bin ich schon lange heraus.« Er lachte. »Ich ziehe es vor, meinen Tee ohne Ameisen zu trinken«, sagte er.

Lucia lachte jetzt auch. Du bist ein solcher Schatz!, dachte sie, und es versetzte ihr einen Stich. Ich kann dir ansehen, wie sehr du dich über diese Einladung freust. Und wie nett du dich zurechtgemacht hast. Gut siehst du aus. Und so zufrieden.

»Was meinst du, ob die Kinder wohl schon fertig sind?«, fragte sie ihn.

»Ja. Gewiss. Sie sitzen draußen auf der Veranda und lesen die neuesten Nachrichten«, sagte er. »Ein richtiger Familienausflug, was? Wir vier gehen alle miteinander aus.«

Er ist stolz auf uns, dachte Lucia und war so gerührt, dass es schon fast schmerzhaft war. Alles an diesem Tag war mit Schmerz verknüpft und mit diesem Schmerz ging ein Gefühl von leichtfertigem Triumph einher. Diesen Tag hatte sie für ihre Familie herausgeschunden und sie hatte einen Preis dafür bezahlt, von dem sie sich noch nicht die leiseste Vorstellung machte. Niemals konnte es einen weiteren solchen Tag geben; für sie besaß er die herzzerreißende Klarheit eines bezaubernden Anblicks, den man nie wieder zu sehen bekommt.

Die Lloyds waren in dieses klare Licht getaucht. Mrs. Lloyd, deren Haar wüst um ihr schmales Gesicht mit dem Rouge auf den Wangen wehte, saß mit ihrem reizenden mütterlichen Lächeln wie eine Katzenmutter inmitten ihrer Kinder, und alle drei gingen liebevoll mit ihr um – Owen, eine lebhafte, hübsche Tochter und ein schlaksiger Junge von vierzehn Jahren. Alle drei waren ungezwungen und zuvorkommend und nett anzusehen. Sie waren umgänglicher und höflicher und zärtlicher als David und Bee. Ich wage zu behaupten, es liegt daran, dass sie ihnen eine bessere Mutter war, dachte Lucia. Aber es kommt mir trotzdem so vor, als seien David und Bee irgendwie bemerkenswerter.

Es war ein stilvoller Brunch. Auf dem terrassenförmig angelegten Rasen mit Blick auf das glitzernde Wasser hatte man einen gedeckten Tisch für sie reserviert; der Chauffeur servierte gekühlte Cocktails aus einer Karaffe.

»Die Bar öffnet erst um eins«, erklärte Mrs. Lloyd. »Und überhaupt sind die Cocktails, die man zu Hause selbst zubereitet, im allgemeinen leckerer, meinen Sie nicht auch?«

»In diesem speziellen Fall bin ich ganz und gar Ihrer Meinung«, sagte Mr. Harper. »Sie rinnen so weich wie Samt durch die Kehle.«

»Sie glauben gar nicht, wie sehr mich das freut!«, sagte Mrs. Lloyd. »Lieutenant Levy scheint nicht da zu sein, oder? Aber er hat gesagt, bei ihm könnte man nie ganz sicher sein.«

»›Das Los eines Polizisten ist kein glückliches Los‹«, zitierte Mr. Harper aus *Die Piraten von Penzance*, und er und Mrs. Lloyd lachten herzlich darüber.

Lucia hätte ihnen allen stundenlang zuhören und zusehen können. Ein ganz zauberhafter Tag, sagte sie sich immer wieder. David sprach mit liebenswürdiger Herablassung mit dem jüngeren Sohn der Lloyds, Bee und Phyllis, die Tochter der Lloyds, unterhielten sich miteinander. Lucia wurde aus ihrem genüsslichen traumähnlichen Zustand herausgerissen, als Owen sich neben sie setzte und offensichtlich bemüht auf sie einzureden begann.

Er sprach über sich selbst. Er berichtete ihr, er würde für sein letztes Studienjahr nach Harvard zurückkehren und anschließend erwartete ihn ein Job in New York.

»Es ist eine sehr gute Stellung«, sagte er. »Das Anfangsgehalt beträgt zwar nur dreitausend, aber die Möglichkeiten sind praktisch unbegrenzt.«

»Wie schön für Sie!«, sagte Lucia wohl wollend.

Er sprach unermüdlich weiter und für einen so jungen Kerl waren seine Ausführungen erstaunlich langweilig. Er erzählte ihr von seiner Studentenverbindung, von seinen

Leistungen beim Militär, von Trophäen, die er beim Segeln gewonnen hatte. Ich muss schon sagen, er ist reichlich von sich eingenommen, dachte Lucia. Und dann ging ihr plötzlich auf, dass er einen Grund dafür haben musste, ihr all diese Dinge zu erzählen. Er versuchte, seine Vorzüge als Anwärter auf Bee herauszustreichen. Oh, nein!, dachte Lucia mit einem Anflug von Panik. Bee ist doch erst siebzehn und er ist auch noch viel zu jung. Nein! Er darf unter gar keinen Umständen …

»Da ist ja der Lieutenant!«, sagte Phyllis Lloyd.

Inzwischen war der Tisch abgeräumt worden, und sie schlenderten alle zum Strand hinunter, eine freundliche und liebenswürdige kleine Schar. Dort verstreuten sie sich und die jungen Leute entfernten sich aus ihrem Kreis. Mrs. Lloyd schenkte Mr. Harper ihre ungeteilte Aufmerksamkeit, und Levy saß neben Lucia im Sand. Sie wollte ihn nicht in ihrer Nähe haben. In seiner Gegenwart fiel ihr alles wieder ein, was sie so gern vergessen wollte. Sie wollte diesen Tag als ein Intermezzo ansehen, von morgens bis abends sonnig und klar, und Levy ließ sie wieder an Murray denken, der jetzt im Gefängnis saß.

Er redete auf seine ruhige und sanftmütige Art mit ihr; er sprach über Möwen und Schnepfen und Flussuferläufer.

»Wie gut Sie sich mit Vögeln auskennen!«, sagte Lucia höflich.

»Seit ich hier bin, ist mein Interesse an Vögeln erwacht«, sagte er. »Ich studiere die zahlreichen Arten der Schnepfenfamilie eingehend und fotografiere sie bei jeder Gelegenheit.«

Das ist eine reizvolle Beschäftigung, dachte Lucia. Viel zu liebenswert für einen Polizisten.

»Macht Ihnen die Polizeiarbeit *Spaß*?«, fragte sie.

»Nicht immer«, antwortete er. »Wissen Sie, ursprünglich habe ich als Anwalt angefangen. Ich habe meine Zulassung von der Anwaltskammer. Aber die Polizeiarbeit sagt mir mehr zu.«

»Ich hätte eher gedacht, dass es eine fürchterliche Arbeit ist«, sagte Lucia. »Menschen zur Strecke zu bringen, damit man sie bestrafen kann.«

»Die Polizei hat in erster Linie eine beschützende Funktion, Mrs. Holley«, sagte er, »und nicht etwa eine strafende. Mit der Bestrafung habe ich nichts zu tun. Ich verschaffe dem Gesetz Geltung, das ist alles.«

»Ich habe keine allzu hohe Meinung vom Gesetz«, sagte Lucia. »Ich halte viele unserer Gesetze für sehr dumm und ungerecht.«

»Die Gesetze sind alles, was wir haben«, sagte er. »Sie sind das einzige Mittel, unsere Zivilisation vor dem endgültigen Untergang zu bewahren. Ganz gleich, ob es sich um religiöse Gesetze oder um das bürgerliche Recht handelt, solange es bloß etwas ist, worauf wir uns alle geeinigt haben, etwas, das wir alle verstehen können – im Voraus, meine ich …«

»Ich kann die Gesetze nicht verstehen«, sagte Lucia.

»Sie haben sie gemacht, Mrs. Holley«, sagte er. »Falls wir Gesetze haben sollten, die nicht Ihre Zustimmung finden, dann ist es Ihr Recht, sich für eine Aufhebung dieser Gesetze einzusetzen.«

»Ja, das ist mir bekannt«, sagte sie und verbarg ihre innere Abwehr.

»Vor allem Frauen sollten eine Regierung nach ihrer Gesetzgebung beurteilen«, sagte er. »Nur die Gesetze schützen Sie und Ihre Familie vor angriffslustigen und räuberischen Mitmenschen.«

»Ja, ja, ich bin ganz sicher, dass Sie Recht haben«, sagte Lucia.

Sie konnte ihn nicht leiden, wie er so über seine heiß geliebten Gesetze sprach, und daher hörte sie ihm nicht mehr zu. Sie lehnte sich zurück, presste beide Handflächen flach auf den Sand und gestattete sich einen Moment der Entspannung. Weit unten am Strand konnte sie ihre Kinder mit den jungen Lloyds und einigen anderen Jugendlichen sehen, die sie dort getroffen hatten; sie konnte die Stimme ihres Vaters hören, der sich vergnügt mit Mrs. Lloyd unterhielt. Wie schön, so nette Freunde zu haben, dachte sie. Ich bin sehr froh, dass es sich gerade jetzt so ergeben hat. Für sie stellte es einen unermesslichen Trost dar, dass ausgerechnet der heutige Tag so unbeschwert und heiter war und einen gewissen Luxus mit sich brachte. Ganz gleich, was mir zustößt, dachte sie, ich bin sicher, dass die Lloyds zu Bee, zu David und zu Vater stehen werden.

Sie glaubte unverbrüchlich daran, dass ihr etwas zustoßen würde. Sie hatte sich noch keine klare Vorstellung davon gemacht, was auf sie zukam; es war nur so, als würde sie in wenigen Stunden diese sonnige Welt verlassen und in das Dunkel eintauchen. Sie fürchtete sich nicht; sie war nur resigniert und müde.

Es ist eigentlich recht wohl tuend, Lieutenant Levys monotone Stimme im Hintergrund zu hören, sagte sie sich. Ich glaube, er mag mich. Ich bin sicher, dass er mich niemals verdächtigen würde, eines seiner innig geliebten Gesetze gebrochen zu haben. Er ist ... Wenn ich es mir genauer überlege, redet er wie ein erwachsener David. Vielleicht wird David später Anwalt werden. Oder Polizist.

Dann fiel ihr auf, dass Levy seit einer Weile verstummt war, und wie die meisten schüchternen Menschen fürchtete sie die Stille. Sie warf einen Blick auf ihn und sah, dass er Sand durch die gespreizten Finger seiner Hand rinnen ließ, einer vornehmen, schmalen Hand; sein Kopf war gesenkt, sein Gesicht im Profil ernst, wenn nicht gar melancholisch.

»Ich würde gern mal einen Flamingo sehen«, sagte sie, um das bedrohliche Schweigen zu brechen. »Das müssen wunderschöne Vögel sein.«

»Ja, sie sind wirklich sehr schön«, sagte er und blickte auf. »Ich habe sie in Florida gesehen.«

»Ach? Sie waren in Florida?«

»Ich habe einen Mann dorthin verfolgt«, sagte er. »Unsere einheimischen Vögel gefallen mir allerdings besser.

Schnepfen … Fahren Sie eigentlich öfter rüber nach Simm's Island, Mrs. Holley?«

»Wie kommen Sie denn darauf? Nein«, antwortete sie. »Ich war nur … einmal da.«

Sie hoffte, dass man ihr das Zögern nicht anhören konnte.

»Wir haben dort ein Picknick veranstaltet«, fuhr sie fort, »aber es hat uns nicht besonders gut gefallen.«

»Da gibt es jede Menge Schnepfen«, sagte er. »Haben Sie einen halbwegs schönen Platz für Ihr Picknick gefunden, Mrs. Holley?«

»Einen schmalen Streifen Sand an der Küste, nichts Besonderes«, sagte sie.

»Der größte Teil der Insel ist sumpfig«, sagte Levy.

»Ja, das ist wahr«, sagte Lucia.

»Und doch«, sagte er, »gibt es zahlreiche Meeresarme. Es wäre nicht schwierig, mit einem Boot weit in die Sümpfe hinein zu gelangen.«

Sie hatte Angst davor, ihn anzusehen. Eine Falle?, dachte sie.

»Um die Vögel aus der Nähe zu beobachten«, erklärte er.

»Ach so!«, sagte Lucia. »Ja, natürlich.«

Ich glaube nicht, dass er auf etwas hinaus will, dachte sie. Er ist so nett, und ich kann mir einfach nicht vorstellen, dass er mich in eine Falle locken will. Und schon gar nicht auf einer kleinen privaten Party. Er ist nur hergekommen, um sich zu entspannen und ein Weilchen seinen Spaß zu haben. Er ist nicht als Polizist hier.

Trotzdem war er Polizist.

Er bot ihr eine Zigarette an und gab ihr Feuer. Dann zündete er sich selbst eine Zigarette an.

»Meine Haushälterin macht mir das Leben schwer«, sagte er betrübt. »Sie will mich dazu bringen, dass ich in Zukunft an ihrer Stelle auf den Markt gehe.«

»Das kann sie doch nicht tun«, sagte Lucia.

»Sie bildet sich ein, ich würde bevorzugt behandelt«,

sagte er. »Sie behauptet, jedes Mal, wenn ich selbst mit dem Einkaufszettel losziehe, bekäme ich Lebensmittel, die sie nicht ohne weiteres bekommt.«

»Das könnte schon sein«, sagte Lucia. »Jemand, der bei der Polizei ist ...«

»Sie behauptet – hoffen wir, dass es nicht wahr ist, aber sie behauptet es jedenfalls –, von mir würden sie weniger Punkte verlangen. Das wäre doch äußerst unmoralisch.«

»Ja, vermutlich schon.«

»Wie viele Punkte sollte man mir beispielsweise für ein halbes Pfund Käse abnehmen, etwa von der Sorte Royal Grenadier?«, fragte er.

»Zwölf rote Punkte«, sagte Lucia.

»Ist das eine gute Marke?«

»Auf alle Fälle! Uns schmeckt sie am besten.«

Er wandte eilig den Kopf ab.

»So, so«, sagte er.

Aber er sah sie nicht an. Es war, als hätte er bereits genug gehört.

Er wollte also doch auf etwas hinaus. Sie hatte etwas gesagt, das ihn die Ohren spitzen ließ.

12.

»Ich muss heute Vormittag nach New York fahren«, sagte Lucia am Frühstückstisch.

Schweigen trat ein; ihre Familie saß wie betäubt da.

»Aber, Mutter! Davon hast du uns kein Wort gesagt!«, protestierte Bee.

»Weshalb hätte ich das tun sollen, mein Schatz?«, sagte Lucia. »Ich muss dort nur schnell etwas Geschäftliches erledigen.«

»Etwas Geschäftliches?«, sagte ihr Vater. »Ich habe selbst die Absicht, im Lauf der Woche in die Stadt zu fahren. Vielleicht könnte ich dir diese Dinge abnehmen, meine Liebe.«

»Nein, Vater, vielen Dank. Es geht ohnehin nur um ein paar Kleinigkeiten.«

Wieder trat Schweigen ein und sie ärgerte sich darüber. Andere Leute fahren nach New York, dachte sie, und niemand wundert sich. Ich wette, Mrs. Lloyd fährt immer dann nach New York, wenn sie gerade Lust hat. Sie malte sich Mrs. Lloyd an deren Frühstückstisch aus. Kinder, sagte sie, ich fahre heute Morgen nach New York. Ach ja, Mutter?, sagten ihre Kinder.

»Mit welchem Zug kommst du zurück?«, fragte David.

»Ich weiß es noch nicht genau. Im Lauf des frühen Nachmittags.«

»Wenn du dich jetzt entscheidest«, sagte David, »hole ich dich mit dem Wagen ab.«

»Es ist Unsinn, Benzin zu vergeuden, wenn es ohnehin schon knapp ist, David. Ich nehme ein Taxi.«

»Wie du willst«, sagte er steif.

»Mutter«, sagte Bee, »ich glaube, ich fahre mit dir in die Stadt.«

»Heute nicht, mein Schatz.«

»Ich möchte mir Jacken ansehen, diese modischen kurzen, engen Jäckchen. Du kannst dich in aller Ruhe um deine ›geschäftlichen Angelegenheiten‹ kümmern, und dann treffen wir uns zum Mittagessen.«

»Ich bin schon zum Mittagessen verabredet«, sagte Lucia. »Mit Mrs. Polk.«

»Heiliger Strohsack!«, rief David aus. »Weshalb willst du denn diese alte Kratzbürste sehen?«

Lucia bereute augenblicklich, dass sie ausgerechnet Mrs. Polk gewählt hatte, eine äußerst kultivierte, weißhaarige alte Dame; sie war früher Leiterin der Leihbibliothek gewesen, die sie in New York regelmäßig aufgesucht hatten.

»Du hast doch gesagt, sie sei nach Washington gezogen«, sagte Bee.

Lasst mich endlich in Ruhe!, schrie Lucia innerlich auf. Wenn ihr mir keine Fragen stellt, brauche ich euch keine Lügen aufzutischen!

»Wenn du dich mit *Mrs. Polk* triffst, hast du wohl kaum etwas dagegen, dass ich mitkomme«, sagte Bee.

»Sie hat gesagt, sie wollte über etwas äußerst Delikates mit mir reden«, sagte Lucia. »Ich verspreche dir, dass wir beide in den nächsten Tagen zusammen in die Stadt fahren, Bee.«

»Aber worüber könnte Mrs. Polk ausgerechnet mit *dir* reden wollen?«, fragte Bee. »Du kennst sie doch kaum.«

»Könnt ihr mich denn nicht in Ruhe lassen?«, brauste Lucia auf. »Ständig habt ihr etwas zu meckern. Mir wird nicht der geringste Freiraum zugestanden! Nicht die kleinste Kleinigkeit kann ich tun, ohne mir euer Keifen anhören zu müssen!«

Sie unterbrach sich abrupt, denn ihr wurde bewusst, dass sie sämtliche Anwesenden schockiert hatte – ihren Vater und ihre Kinder. Ich bin in einer fürchterlichen Verfassung, und es wird immer schlimmer, dachte sie. Es tut mir Leid, aber ich kann es nicht ändern.

»Würdest du mir bitte ein Taxi bestellen, David?«, fragte sie mit unterkühlter Würde.

Auf der Fahrt zum Bahnhof wurde sie ausschließlich von ihrer Wut in Anspruch genommen. Gütiger Himmel! Kann ich denn nicht einmal in die Stadt fahren, ohne diesen lachhaften Wirbel über mich ergehen zu lassen? Ich bin doch kein Kind. Und auch keine Idiotin. Eine Sklavin bin ich auch nicht. Ich kann nach New York fahren, wann es mir passt, und ich denke gar nicht daran, mich von meinen eigenen Kindern ins Kreuzverhör nehmen zu lassen. Sie sollten Vertrauen in mich setzen. Und dasselbe gilt auch für Vater. Uneingeschränktes Vertrauen.

Als sie in den Zug stieg, wurde ihr jedoch klar, dass sie sich über ganz andere Dinge Gedanken machen sollte. Schockiert stellte sie fest, dass sie den bevorstehenden Tag gründlich planen musste. Als erstes gehe ich zur Bank, sagte sie sich, und hole meinen Schmuck aus dem Tresor. Dann gehe ich zu dieser Finanzierungsgesellschaft. Wenn sie mir dort nicht genug geben, muss ich meine Schmuckstücke verpfänden, damit ich den Differenzbetrag aufbringen kann. So oder so werde ich mich anschließend mit Mr. Donnelly treffen und ihm das Geld geben. Hinterher rufe ich Lieutenant Levy an. Nein. Vorher muss ich Vater warnen. Aber wie kann ich das tun? Wie kann ich ihm schonend beibringen, dass er Ted Darby getötet hat? Sie werden ihn verhören und vielleicht werden sie seinen Aussagen keinen Glauben schenken.

Sie werden fragen: Warum sind Sie ins Bootshaus gegangen, um den Verstorbenen zu treffen? Ich werde Vater sagen müssen, dass er Bee unter gar keinen Umständen erwähnen darf. Ich werde sagen, ich hätte Licht gesehen und geglaubt, dass es sich um einen ›Herumtreiber‹ handelt. Ein komisches Wort, aber alle benutzen es. Der Rasenmäher ist von einem ›Herumtreiber‹ gestohlen worden. Hier in dieser Gegend gibt es ›Herumtreiber‹. Ich frage mich, ob die Polizei das Wort benutzt, ob sie es auch schriftlich benutzt. Ein Unbekannter, angeklagt wegen

›Herumtreiberei‹. Ich frage mich, ob es auch weibliche ›Herumtreiber‹ gibt.

Bleib bei der Sache, du Dummkopf. Denk daran, was das nach sich zieht. Ich könnte Vater das Versprechen abnehmen, Bee nicht zu erwähnen, aber es würde mir nie im Leben gelingen, ihn zu einer Lüge zu überreden. Er würde beharrlich schweigen. Mr. Harper, warum sind Sie zum Bootshaus gegangen? Ganz allein, im strömenden Regen? Ich weigere mich, diese Frage zu beantworten, Sir. Wenn das so ist, dann sperren wir Sie ein, bis Sie uns eine Antwort geben.

Angenommen, sie sperren mich auch ein? Weil ich die Leiche fortgeschafft habe. Dann wären die Kinder auf sich selbst gestellt. Ich weiß, dass Sibyl sich um sie kümmern würde, aber die Schande ...

Das darf doch alles nicht wahr sein! Derartige Dinge passieren Leuten wie uns nicht. Ich kann es Lieutenant Levy nicht sagen. Aber ich kann diesen Murray auch nicht im Gefängnis schmachten lassen, nicht eine einzige weitere Nacht. Vermutlich habe ich gegen ein Gesetz verstoßen, als ich Ted fortgeschafft habe. Aber diesen Murray im Gefängnis schmachten zu lassen, wenn ich genau weiß, dass er unschuldig ist, das ist wirklich gottlos. Es ist eine Sünde.

Sie fühlte sich fiebrig. In ihrer panischen Verwirrung überstürzten sich die Gedanken; sie gingen nahtlos ineinander über und richteten ein heilloses Durcheinander an. So geht es nicht weiter, sagte sie sich. Eines nach dem anderen. Zuerst muss ich das Geld besorgen, damit ich die Briefe der armen kleinen Bee zurückkaufen kann. Das steht an erster Stelle. Alles schön der Reihe nach. Ich kann es mir nicht leisten, derart verwirrt zu sein.

Als der Zug in den Tunnel fuhr, betrachtete sie sich in der Fensterscheibe und war entsetzt. Sie hatte sich solche Mühe gegeben, als sie die Kleidungsstücke sorgsam ausgewählt hatte; ein schwarzes Kostüm, den kleinen schwarzen Hut mit dem Schleier, eine weiße Bluse, weiße Handschuhe.

Raffiniert sah das aus, hatte sie sich eingebildet, und sehr geschäftsmäßig. Aber das Bild, das sie in der schwarzen Fensterscheibe sah, wirkte idiotisch: ihr schneeweißes Gesicht über dem Kragen der Bluse, der jetzt wie die Rüschenkrause eines Clowns wirkte, und dazu noch der kleine Hut, der zu hoch auf ihrem Kopf saß. Du Dummkopf!, schalt sie sich aus. Wenn ich kein Dummkopf wäre, hätte ich mich gar nicht erst in diese Situation gebracht.

Sie nahm ein Taxi zur Bank und es war wirklich ein Jammer, dass sie sich weiterhin wie ein Dummkopf vorkam. Wie ein Clown. Sie bildete sich ein, dass der Bankangestellte mit Erstaunen auf ihren Anblick und ihr Ansinnen reagierte. Ein anderer Mann begleitete sie in diesen seltsamen, unheimlichen Tresorraum; ein Wächter mit einem Revolver in einem Gürtelhalfter öffnete ihr die Tür und wartete draußen, während sie allein eintrat, um die Schmuckstücke zu holen. Sie steckten in einem gefütterten braunen Umschlag, auf dem in Toms Handschrift ›Lucias Schmuck‹ stand.

Tom, Tom! Du hast alles so sorgfältig für mich arrangiert, damit es bloß keine Schwierigkeiten gibt – als kämest du nicht mehr zurück … Ein lautes Schluchzen stieg in ihre Kehle auf und plötzlich traten Tränen in ihre Augen; sie kämpfte heftig dagegen an, trocknete ihre Augen und verließ den Tresorraum.

Der vornehme ältere Herr, der sie begleitet hatte, gab ihr eine Art Zeichen. »Vielen Dank!«, sagte sie und entfernte sich hastig.

Sie nahm ein Taxi zur Niederlassung der individuellen Finanzierungsgesellschaft; inzwischen hatte sie jegliche Illusion verloren, einen kultivierten und geschäftsmäßigen Eindruck zu erwecken.

»Sie wollen ein Darlehen abzahlen?«, wurde sie von einem schläfrigen Knaben mit dunklen Augen gefragt.

»Ich möchte ein Darlehen aufnehmen«, sagte sie. »Ich möchte ein Darlehen von Ihnen haben. Ich meine, ich möchte das Geld.«

»Verstehe«, sagte er und ging. Er ließ sie in einer prunkvollen Eingangshalle mit hoher Decke und Renaissancemöbeln stehen. Eine junge Frau mit Rouge auf den runden Wangen und modisch gewelltem weißem Haar kam zu ihr heraus und führte sie an einen Tisch.

»Über welchen Betrag wollten Sie ein Darlehen aufnehmen?«, fragte sie.

»Ich dachte so an fünftausend Dollar«, antwortete Lucia.

»Das ist eine ganze Menge Geld«, sagte die weißhaarige junge Frau. »Wo sind Sie angestellt, Mrs. …«

»Holley«, sagte Lucia. »Ich bin nirgends angestellt. Im Moment nicht.«

»Wozu dient dieses Darlehen, Mrs. Holley?«

»Ich brauche das Geld«, sagte Lucia.

»Für Arztrechnungen? Um eine Hypothek abzuzahlen?«

»In Ihrer Anzeige steht, dass Sie Ihre Darlehen ganz unbürokratisch vergeben.«

»Wir müssen uns absichern, Mrs. Holley. Vor allem, wenn es um eine so hohe Summe geht. Haben Sie ein festes wöchentliches oder monatliches Einkommen, Mrs. Holley?«

»Ja.«

»Aus welcher Quelle stammen diese Einnahmen, Mrs. Holley?«

»Von meinem Mann.«

»Würden Sie mir bitte den Namen und den Beruf Ihres Mannes nennen?«

»Ungern«, sagte Lucia. »Sie schreiben, dass Sie gegen einen Schuldschein Geld verleihen. Das soll mir recht sein. Ich unterschreibe einen Schuldschein.«

»Wie hoch ist Ihr Einkommen, Mrs. Holley?«

»Nun, es liegt bei circa fünfhundert im Monat.«

»Was schätzen Sie, wie viel Sie monatlich zurückzahlen könnten?«

»Nun, vielleicht fünfzig Dollar?«

»Ist Ihnen klar, wie lange es dauern würde, bis Sie bei diesem Monatsbetrag fünftausend Dollar abbezahlt hätten, Mrs. Holley?«

»Ja!«, sagte Lucia laut und deutlich.

»Ich fürchte, das kommt für uns nicht infrage, Mrs. Holley. Es sei denn, Sie haben Sicherheiten. Haben Sie Grundbesitz? Einen Wagen?«

»Ich habe einen Wagen.«

»Er ist auf Ihren Namen zugelassen?«

Dafür hatte Tom gesorgt. Der Wagen ist auf deinen Namen zugelassen, Lucia, damit du keine Schwierigkeiten hast, falls du jemals beschließen solltest, ihn zu verkaufen oder ihn gegen einen anderen Wagen einzutauschen. Das hieß, für den Fall, dass er nicht zurückkam ...

»Was für ein Fabrikat, Mrs. Holley? Wie alt ist Ihr Wagen?«

Jetzt gab es kein Zurück mehr, aber sie hatte jede Hoffnung aufgegeben.

»Warum machen wir es nicht einfach so?«, sagte die weißhaarige junge Frau. »Kommen Sie gelegentlich mit dem Wagen hier vorbei, damit ihn sich jemand anschauen kann. Fragen Sie nach mir. Miss Poser.«

»In Ihrer Anzeige stand, dass Sie Kredite prompt ausbezahlen.«

»Aber wir müssen uns schließlich absichern, Mrs. Holley«, sagte Miss Poser.

Man könnte meinen, ich sei ein Gauner, dachte Lucia.

»Was glauben Sie, welchen Kreditrahmen man mir für den Wagen einräumen wird?«, fragte sie.

Miss Poser sagte, das hinge vom Zustand des Fahrzeugs und von einigen anderen Faktoren ab.

»Aber was bekomme ich bestenfalls?«, fragte Lucia.

Sollte der Zustand des Wagens zufrieden stellend sein, könnte sie, sagte Miss Poser, bis zu fünfhundert Dollar auf das Fahrzeug aufnehmen.

»Fünf*hundert*!«, sagte Lucia.

Miss Poser stand auf.

»Kommen Sie gelegentlich mal mit dem Wagen vorbei«, sagte sie halbwegs freundlich.

Hiermit war sie entlassen. Zum ersten Mal in ihrem Leben war Lucia eine unerwünschte Person, die man sich vom Hals schaffen wollte, eine lästige, schrullige und verdächtige Person. Jemand, der einfach herkam und versuchte, fünftausend Dollar an sich zu bringen. Hatte man so was schon gehört!

»Möchten Sie sich vielleicht ein paar Schmuckstücke ansehen?«, fragte Lucia.

»Wie kommen Sie denn darauf? Nein, besten Dank«, sagte Miss Poser.

Sie war offenbar verblüfft und fühlte sich nicht wohl in ihrer Haut.

»Auf persönliche Wertsachen vergeben wir keine Darlehen«, sagte sie.

»Ich verstehe«, sagte Lucia. »Dann noch mal vielen Dank!«

Sie lief zur Madison Avenue und sah sich vergebens nach einem Pfandleihhaus um, sowie sie das Bankenviertel hinter sich gelassen hatte. Es wird allmählich spät, dachte sie. Mr. Donnelly wird nicht auf mich warten. Er wird fortgehen. Sie hielt ein Taxi an und stieg ein.

»Wissen Sie, wo ich ein Pfandleihhaus finde?«, fragte sie den Fahrer. »Ein … solides Unternehmen?«

»Klar«, sagte der Fahrer.

Erfreut stellte sie fest, dass er sich keine Überraschung anmerken ließ und noch nicht einmal eine Spur von Interesse zeigte. Wahrscheinlich kommt ihm das gar nicht so seltsam vor, dachte sie. Wahrscheinlich weiß er von vielen Frauen aus der guten Gesellschaft, die ihren Schmuck versetzen. Vater wäre außer sich gewesen. Er scherzte gern über Pfandleiher und arme Schlucker in London, die jeden Montag ihren Sonntagsstaat versetzten und ihn samstags wieder auslösten. Was ich hier tue, wäre ihm ein Gräuel.

Mir ist auch nicht besonders wohl dabei zumute. Aber das macht mir nichts aus, solange man mich bloß nicht grob behandelt. Ich wusste gar nicht, dass ich so empfindlich bin. Es ist scheußlich, so empfindlich zu sein. Und dabei dachte ich, ich sei ziemlich hartgesotten. Aber das ist gar nicht wahr. Nicht, wenn ich in die weite Welt hinausgehe. Dann bin ich ein Einfaltspinsel. Wenn mich einer dieser Reporter auf der Straße anhielte und mich nach meiner Meinung über Russland oder so was fragen würde, wäre ich für ihn Mrs. Lucia Holley, Hausfrau.

Warum sagt man eigentlich ›Hausfrau‹? Wie würde ich mich nennen, wenn wir in einem Hotel wohnen würden? Niemand bezeichnet sich einfach nur als ›Ehefrau‹, noch nicht einmal als ›Mutter‹. Wenn man keinen Beruf hat und den Haushalt nicht führt, dann ist man offenbar niemand. Ich wünschte, ich wäre etwas anderes. Ich meine, neben der Hausarbeit wäre ich gern noch etwas anderes, zum Beispiel Modeschöpferin. Die Kinder hätten gleich eine viel höhere Meinung von mir, wenn ich Modeschöpferin wäre. Vielleicht hätte Tom auch eine höhere Meinung von mir.

Nein! Tom mag mich, wie ich bin. Aber könnte ich nicht ein klein wenig anders sein, wenn er zurückkommt? Ich meine damit nicht, dass ich jeden Morgen hastig ins Büro eile. Das würde ihm gar nicht gefallen. Aber wenn ich ab und zu in einem Büro oder in einem Geschäft arbeiten könnte, ab und zu Leute außerhalb treffen könnte und beim Abendessen interessante Kleinigkeiten zu erzählen hätte! Um nicht jahrein jahraus einfach nur … ich zu sein.

»Da wären wir!«, sagte der Fahrer und hielt vor einem Geschäft in der Sixth Avenue an.

»Würden Sie bitte auf mich warten?«, fragte Lucia.

»In Ordnung«, sagte der Fahrer.

Sie fürchtete sich. Es war ein ganz seltsamer kleiner Laden mit einem Metallgitter vor dem Schaufenster, in dem ein wüstes Durcheinander herumlag – eine Mandoline, Uhren, Kerzenhalter, ein Pelzkragen, eine altmodische Krawattennadel mit einer Perle, in einem Etui, das mit purpurnem Plüsch ausgeschlagen war. Legen sie hier alles ins Fenster?, dachte sie. Es wäre mir gar nicht lieb, wenn mein Schmuck dort ausgestellt würde. Mutters Perlen und der Ring, den mir Tom geschenkt hat. Ich finde es abscheulich! Ich finde das alles ganz abscheulich! Noch schlimmer, als Ted zur Insel zu bringen.

Im Innern herrschte Dämmerlicht und ihr erschien alles ganz merkwürdig. Ein dunkelhäutiger junger Mann mit einem Mondgesicht kam um die Theke herum; er war in Hemdsärmeln, und da sie den Eindruck hatte, dass er höhnisch wirkte, gab sie sich kühl und reserviert.

»Ich würde gern ein paar Schmuckstücke verpfänden«, sagte sie.

Er antwortete nicht. Sie öffnete ihre Handtasche und zog den länglichen Umschlag heraus. Sie reichte ihm die kleinen Schmucketuis und er leerte den Inhalt auf die Theke.

»Wie viel wollen Sie dafür?«, fragte er.

»So viel wie möglich«, antwortete Lucia.

Als die Ringe, das Armband und die Kette auf der Theke lagen, sahen sie aus wie stumpf gewordener, wertloser Plunder, so kam es ihr vor. Er sammelte die Gegenstände ein und nahm sie mit an einen kleinen Tisch am Fenster; dort wog er sie und sah sie durch ein Vergrößerungsglas an, das er in sein Auge klemmte, während sie an der Theke stand und beim Warten vor Verzweiflung fröstelte. Das ist meine letzte Chance, dachte sie. Ganz gleich, was er mir gibt, es ist alles, was ich für Nagle habe, und es wird auf keinen Fall genügen. Vielleicht sagt er zehn Dollar. Vielleicht wird er mich betrügen. Ich weiß es nicht. Es ist mir auch ganz egal.

Er kam mit ihren Schmuckstücken an die Theke zurück.

»Das sind sehr schöne Stücke«, sagte er. »Die Fassungen gefallen mir.«

Seine Worte verblüfften sie, aber auch seine sanfte, freundliche Stimme.

»Ziemlich alt, diese beiden hier«, sagte er. »Ich denke mir, dass Sie sehr daran hängen.«

Tränen traten in ihre Augen. Ihr blieb nichts anderes übrig, als sie zu ignorieren und ihn unbeirrt anzusehen.

»Vielleicht möchten Sie lieber ein kleineres Darlehen aufnehmen«, sagte er, »damit es Ihnen leichter fällt, die Stücke wieder auszulösen?«

Sie schüttelte den Kopf.

»Nein, danke«, sagte sie mit zitternder Stimme. »Soviel wie möglich, bitte.«

»Ich kann Ihnen dafür sechshundertfünfundzwanzig geben«, erklärte er.

»In Ordnung!«, sagte sie eilig und mit klarer Stimme.

»Vielleicht könnte ich sogar auf sechshundertfünfzig raufgehen«, sagte er mit einem Blick auf den Schmuck.

»Vielen Dank«, sagte Lucia. »Kann ich das Geld heute noch bekommen?«

»Auf der Stelle«, sagte er.

»Werden Sie ... kommen die Sachen ins Schaufenster?«, fragte sie und ignorierte weiterhin die Tränen auf ihren Wangen.

»Nein, nein!«, sagte er. »Da liegen nur die Dinge, die zu verkaufen sind.« Er blickte auf. »Verstehen Sie, wenn Sie die Gegenstände nicht auslösen oder wenn Sie über einen bestimmten Zeitraum die Zinsen nicht bezahlen, dann dürfen wir die Sachen verkaufen.«

»Ich verstehe«, sagte sie. »Es erscheint einem irgendwie ... erbärmlich, nicht wahr? Die kuriosen Kleinigkeiten, an denen die Leute hängen.«

»Manchmal«, sagte er, »ist es ziemlich erbärmlich. Aber in den meisten Fällen tut man den Leuten einen guten Dienst damit. Wenn jemand dringend auf die Schnelle Geld braucht, dann ist er hier richtig. Hier kann er es sofort haben. Mir sind Fälle bekannt, in denen ein junger Mann Selbstmord begangen hätte, hätte er nicht sofort fünfundvierzig Dollar aufgetrieben. Dann kommt wieder jemand rein, den sie auf die Straße setzen würden, wenn er seine Miete nicht bezahlen kann. Der Vermieter ist eben nicht bereit, seine edle Armbanduhr als Pfand zu akzeptieren. Natürlich kennt sich der Vermieter nicht mit dem Wert solcher Dinge aus. Dann, sagen wir mal, in der darauf folgenden Woche, findet dieser Mann eine gute Stellung. Sowie sie ihm seinen ersten Lohn aushändigen, steht er hier, löst seine Uhr aus, und alles ist wieder in Ordnung.«

Lucia war sehr gerührt. Ich mag ihn!, dachte sie. Er bemüht sich, mir das Gefühl zu geben, dass es nicht abscheulich oder lächerlich ist, etwas zu verpfänden. Er möchte dieser Transaktion einen Hauch von Romantik verleihen.

Sie wollte ihm gern dabei behilflich sein; sie wollte Interesse an seinem Beruf zeigen.

»Bekommen Sie auch manchmal Eheringe?«, fragte sie.

»Nicht allzu viele«, verneinte er. »Die Menschen sind sehr sentimental und ein Ehering hat in der Regel keinen großen materiellen Wert. Obwohl Sie überrascht wären, wenn Sie wüssten, wie viele Frauen ihre Eheringe wegwerfen.«

»Aber warum denn das?«

»Nun, sie lassen sich scheiden oder sie sind wütend auf ihren Ehemann oder was sonst alles noch vorkommt, und dann werfen sie ihren Ehering fort.«

»Ich habe im Schaufenster einen silbernen Becher für ein Baby gesehen.«

»Der Vater ist Trinker«, sagte er. »Das ist ein ganz krasser Fall. Und jetzt hole ich Ihr Geld.«

Er brachte es ihr, alles in Scheinen.

»Viel Glück«, wünschte er ihr.

Der Taxifahrer saß in seinem Wagen und rauchte eine Zigarette.

»Wissen Sie, wo ich Zigaretten bekommen kann?«, fragte Lucia.

»Wenn ich das wüsste, Gnädigste«, sagte er, »dann wäre ich ein reicher Mann. Aber ich kann Ihnen eine geben.«

»Vielen Dank«, sagte sie. »Und jetzt würde ich gern zu Stern's in der zweiundvierzigsten Straße fahren.«

Er gab ihr eine Zigarette, zündete das Streichholz an

und hielt es ihr hin, und sie lehnte sich entspannt zurück und rauchte genüsslich. Sie fühlte sich gewissermaßen selig. Jetzt ist alles aus, dachte sie. Ich habe das Geld nicht, und ich kann es auch niemals auftreiben.

Ich frage mich, ob dieser Zustand ein klein wenig davon hat, wie sich Menschen fühlen, wenn sie sterben, dachte sie. Wenn der Arzt ihnen sagt, dass keine Hoffnung mehr besteht und ihnen nichts anderes mehr übrig bleibt, als sich einfach vom Leben zu lösen. Das wäre eine ziemlich angenehme Todesart, ohne jeden Kampf und ohne jedes Ringen; man lässt einfach nur los.

Vor ihrem geistigen Auge sah sie sich behaglich zu Hause im Bett liegen, nachdem alles ausgestanden war. Jetzt hatte sie nichts mehr zu tun, denn es war ohnehin nichts mehr zu machen.

Aber die Kinder!, dachte sie. Und Vater … sie würden Tom ein Telegramm schicken müssen. Nein! Man darf nie aufhören zu kämpfen und zu ringen.

Das Taxi bog in die zweiundvierzigste Straße ein, und ein Blick auf ihre Armbanduhr sagte ihr, dass sie eine gute halbe Stunde zu spät dran war. Vielleicht ist Mr. Donnelly schon gegangen, dachte sie. Man hätte es ihm nicht verübeln können.

Aber dort stand er, direkt vor dem Eingang, groß und auffallend gepflegt in einem dunkelblauen Zweireiher und einem grauen Filzhut; er rauchte nicht, er zappelte nicht herum, und er sah sich auch nicht nach allen Richtungen um; er stand einfach nur da und wartete. Er sieht absolut nicht aus wie ein Gangster, dachte sie. Er sieht sogar ziemlich vornehm aus. Und gut sieht er auch aus.

Als sie aus dem Taxi stieg, kam er mit dem Hut in der Hand auf sie zu.

»Wir könnten das Taxi behalten«, sagte er. »Es gibt ein Lokal in den Fünfzigern, von dem ich glaube, dass es Ihnen gefallen wird.«

Sie lehnte sich im Taxi zurück und als er einstieg und sich neben sie setzte, nannte er dem Fahrer eine Adresse.

»Ich habe das Geld nicht«, sagte sie augenblicklich, »und ich kann es auch niemals auftreiben.«

Als er daraufhin schwieg, drehte sie sich zu ihm um; sie stellte fest, dass er sie mit seinen seltsam trüben blauen Augen ansah.

»Ganz ruhig«, sagte er. »Immer mit der Ruhe.«

13.

Es bestand an sich überhaupt kein Anlass, sich von seinen Worten beschwichtigt zu fühlen, doch sie wurde sofort ruhiger.

»Dieses Lokal, in das wir gehen«, sagte er. »Dort gibt es ein kleines Nebenzimmer, das wir ganz für uns allein haben können. Es sei denn, Sie essen lieber inmitten von Menschenmassen?«

»Vielleicht eignet sich das Nebenzimmer besser, um ungestört miteinander zu reden«, sagte sie.

»Das habe ich mir auch gedacht«, sagte er.

Es war seltsam, fand sie, dass sie keinerlei Bedenken hatte, an dem Ort seiner Wahl mit ihm allein zu Mittag zu essen. Sie erinnerte sich an Dinge, die sie in altmodischen Romanen über private Separees gelesen hatte; dort waren sie ausnahmslos der Schauplatz amouröser Abenteuer. Man verband diese Räumlichkeiten mit Verführungsszenen, Wein, dem Betäubungsmittel beigemischt waren, und Kellnern, die im geheimen Einverständnis mit dem Gast geflissentlich übersahen, was sich dort tat. Aber so einer ist Mr. Donnelly nicht, sagte sie sich.

Das Taxi hielt vor einem kleinen Restaurant mit einer dunkelblauen Markise über dem Eingang, auf der in goldenen Lettern ›Café Colorado‹ stand; es machte einen ziemlich gediegenen Eindruck. Ein livrierter Portier trat vor, um die Taxitür aufzuhalten. Donnelly zog einen Schein aus seiner Brieftasche und reichte ihn dem Fahrer.

»Das stimmt so«, sagte er.

»*Was?*«, sagte der Fahrer. »Danke. Herzlichen Dank!«

Sie stiegen ein paar Stufen hinunter zu einem Restaurant, das mit Teppichboden ausgelegt war; auf kleinen Tischen brannten Lampen, und an einem Ende befand sich eine Bar mit einem Spiegel, der von fluoreszierenden blauen Lichtern umrahmt wurde. Das Restaurant war gut besucht; es hatte absolut nichts Seltsames an sich, dachte sie. Ein älterer Kellner kam auf Donnelly zugeeilt.

»*Bonjour, Madame et Monsieur*!«

»Sagen Sie dem Chef doch bitte, dass ich hier bin, ja?«, sagte Donnelly.

»*Mais oui, Monsieur!*«, sagte der Kellner und entfernte sich beflissen.

Prompt kam ein stämmiger, dunkelhäutiger Mann mit schwarzem Schnurrbart und traurigen Augen vom anderen Ende des Raumes auf sie zu.

»Ah!«, sagte er. »Das Separee, Martin?«

»*Parfaitement*«, sagte Donnelly.

»Hier entlang, Madame!«

Sie folgten ihm durch das Restaurant und er öffnete eine Tür neben der Bar, die in einen schmalen, dunklen Korridor führte. Am Ende des Korridors öffnete er eine weitere Tür.

»Voilà!«, sagte er voller Stolz.

»*C'est assez bien*«, sagte Donnelly und redete weiterhin Französisch, eine Sprache, in der Lucia nur die Kenntnisse eines Schulmädchens besaß. Das reichte jedoch aus, um zu verstehen, dass sie sich über das Mittagessen unterhielten und dass der andere Mann Gogo hieß.

Am liebsten hätte sie laut gelacht, als sie das Separee sah, denn es kam ihr so vor, als stammte es aus einem dieser altmodischen Romane; es war ein kleiner, fensterloser Raum mit einem runden Tisch in der Mitte, der für zwei Personen gedeckt war; sogar ein Sofa mit einem Bezug aus blauem Brokat mit einem goldenen Muster stand an der Wand.

»*Alors*«, sagte Gogo. Er verbeugte sich, lächelte sie an und schloss die Tür hinter sich, als er ging.

»Ich habe es bewusst unterlassen, Sie namentlich mit ihm bekannt zu machen«, sagte Donnelly. »Ich konnte mir nicht vorstellen, dass Sie seine Bekanntschaft wünschen würden.«

»Warum denn nicht? Ist er etwa ...« Sie unterbrach sich, um nach dem rechten Wort zu suchen. »Ist er fragwürdig?«

»Er ist ein guter Freund von mir«, sagte Donnelly. »Aber er besitzt nicht den gesellschaftlichen Rang, mit dem Sie sich normalerweise abgeben würden.«

›Gesellschaftlicher Rang‹?, dachte sie. Welchem gesellschaftlichen Rang würde man Donnelly zuordnen? Nach seinen eigenen Worten stammte er aus einem Bauerngeschlecht; er besaß keine höhere Schulbildung; er war Erpresser und Gott weiß was sonst noch. Aber er war von einer Zuvorkommenheit, die nicht aufgesetzt war, sondern ihm mühelos zufiel; seine Ausdrucksweise war äußerst korrekt, seine Satzmelodie die eines gebildeten Ausländers. Ich weiß nicht, was ich von ihm halten soll, wo ich ihn einordnen soll, dachte sie.

Er zog ihr einen Stuhl zurück.

»Ich habe einen Martini für Sie bestellt«, sagte er. »Entspricht das Ihrem Geschmack?«

»Ja genau, vielen Dank.«

»Darf ich Ihnen eine Zigarette anbieten?«, fragte er. »Für die Wartezeit?«

Er reichte ihr eine Zigarette und gab ihr Feuer, ehe er sich selbst eine Zigarette anzündete; dann rückte er einen Aschenbecher näher zu ihr und nahm ihr gegenüber Platz.

»Sie sprechen fließend Französisch«, sagte sie.

»Fließend schon«, sagte er, »aber ich habe keine Ahnung, ob mein Französisch besonders gut ist. Ich habe es in Quebec gelernt.«

»Sie haben in Quebec gelebt?«

»Ich habe ein Jahr in einem Kloster außerhalb von Quebec verbracht.«

»In einem Kloster?«

»Damals habe ich mit dem Gedanken gespielt, zu studieren und Priester zu werden.«

»Ach? Haben Sie es sich anders überlegt?«

»Ich war nicht dazu berufen«, sagte er, und nach einer

Pause fügte er hinzu: »Ich war den irdischen Dingen zu sehr verhaftet.«

In dem Moment erschien es Lucia, als sei dieser große, kräftige, robuste Mann mit seinem unvorstellbaren Erfahrungsschatz ein unendlich viel sensibleres und zerbrechlicheres Geschöpf als sie selbst. Diesen Eindruck hatte sie schon oft bei David, bei ihrem Vater und bei Tom gehabt; sie war sich selbst hartgesottener erschienen, derber, flexibler, und eher in der Lage, dem standzuhalten, was kommen würde.

»Waren Sie nie verheiratet?«, fragte sie.

»Ich hätte gern geheiratet«, sagte er, »aber ich habe nie ein Mädchen gefunden, das meinen Vorstellungen entsprochen hätte.«

In ihr stieg ein leiser Groll auf, der sich gegen diese männliche Überheblichkeit richtete.

»Sie haben nie eine Frau gefunden, die Ihnen gut genug war?«, hakte sie nach.

»Nein«, lautete die schlichte Antwort.

In dem Moment trat der Kellner mit einem Tablett ein und servierte ihr den Cocktail.

»Trinken Sie denn keinen?«, fragte sie.

»Vor fünf Uhr trinke ich nie etwas.«

»Und warum nicht?«, fragte sie mit einer etwas gar so scharfen Stimme.

»Es hat eine Zeit gegeben, in der ich zu viel getrunken habe«, sagte er. »Drei Jahre lang bin ich grölend durch die Gegend gelaufen, bis es mehrfach zum Delirium tremens geführt hat. Sie glauben gar nicht, wie furchtbar das ist. Man vergisst es nie. Sie haben mich nach Bellevue gebracht und dort habe ich die anderen gesehen, mit denen es soweit gekommen war. Einige von ihnen waren alte Männer, die ihr ganzes Leben versoffen und vergeudet hatten.« Er legte eine Pause ein. »Und jetzt halte ich mich zurück«, sagte er.

»Sie haben ziemlich viele Erfahrungen gesammelt«, sagte sie leichthin.

»Das kann man wohl sagen«, sagte er.

Sie nippte an ihrem Cocktail und nahm eine merkwürdige neue Kraft in sich wahr, ein Gefühl von Macht, das sie bisher nicht gekannt hatte. Diesem Kerl bin ich gewachsen. Ich kann mit ihm umgehen, dachte sie.

»Sie sehen ganz reizend aus«, sagte er. »Ein hübscher kleiner Hut ist das. Und diese weißen Handschuhe.«

Jetzt fiel ihr alles wieder ein.

»Ich fühle mich alles andere als reizend«, sagte sie erbittert. »Ich habe … versagt. Ich kann das Geld nicht auftreiben.«

»Haben Sie es denn überhaupt versucht?«

»Ich bin zu einer Kreditanstalt gegangen, deren Anzeigen ich gesehen hatte«, sagte sie. »In den Anzeigen hieß es, dass sie einem gegen einen Schuldschein ganz unbürokratisch Kredite einräumen. Aber so war es eben nicht.« Sie schwieg einen Moment lang und erinnerte sich an Miss Poser. Sie öffnete ihre Handtasche und zog den gefütterten braunen Umschlag heraus, in dem sie das Geld verwahrt hatte. »Hier sind sechshundertfünfzig Dollar«, sagte sie. »Das ist alles, was ich auftreiben kann.«

»Haben Sie Geld von Ihrem Bankkonto abgehoben?«

»Nein. Auf dem Konto war nichts, nur das, was ich für die Ausgaben brauche. Nein. Ich habe meinen Schmuck versetzt.«

»Geben Sie mir den Pfandschein«, sagte er.

»Aber warum denn das?«

»Geben Sie mir den Pfandschein«, sagte er, und seine Stimme hallte in ihren Ohren nach.

»Weshalb sollte ich das tun? Ich will nicht!«

»Her damit!«, sagte er mit erhobener Stimme.

»Nein! Ich denke gar nicht daran!«

Er stand vor ihr und streckte die Hand aus; die Kraft dieses Mannes und seine geballte Wucht verblüfften sie; fast hätte sie sich gefürchtet. Jetzt war sein Gesicht nicht mehr verschwommen; sein Kiefer war scharf gezeichnet und seine Augen waren klar und kalt.

»Her damit! Ich will diesen Pfandschein haben.«

Widerstrebend und zornig zog sie ihn aus der Handtasche.

»Und wozu das alles?«, fragte sie.

»Ich werde diese Gegenstände für Sie auslösen«, sagte er. »Jeden einzelnen, verdammt noch mal!«

»Diese Dinge sind mir nicht wichtig. Ich mache mir nichts daraus.«

Er lief auf und ab.

»Ich hole Ihnen diese Sachen zurück«, sagte er.

»Ich mache mir nichts daraus!«, rief sie aus. »Ich will mir nur diesen Nagle vom Hals schaffen!«

»Darum kümmere ich mich auch«, sagte er.

»Ach! Aber wie könnten Sie das tun?«

»Ich wusste nicht, worum es geht«, setzte er an, als der Kellner mit Krabbencocktails auf Eis eintrat.

»Bringen Sie der Dame noch einen Martini«, sagte Donnelly, und sie erhob keine Einwände.

Er setzte sich an den Tisch.

»Ich wusste nicht, wie schlimm es für Sie sein würde«, sagte er. »Carlie, ich meine Nagle, hat mir gesagt, er hätte sich bestens informiert. Er hat gesagt, Sie hätten jede Menge Geld; und Ihr Vater übrigens auch.«

»Ich habe überhaupt kein Geld«, sagte sie. »Nur das, was ich für die laufenden Ausgaben brauche.«

»Es ist ein Wunder, dass die Familie Ihnen nicht mehr zugesteht.«

»Oh, doch! Mein Vater und mein Mann würden mir jederzeit alles zugestehen, was ich will.«

»Das reicht nicht«, sagte er.

»Sie meinen, ich sollte Rücklagen haben, damit ich Erpresser bezahlen kann?«

Sie konnte deutlich erkennen, dass sie ihn mit diesen Worten getroffen hatte, und sie war froh darüber.

»Diese Schmuckstücke sind mir nicht wichtig«, sagte sie. »Für mich zählt nur, meiner Tochter einen fürchterlichen Skandal zu ersparen.«

»Ihre Tochter bereitet mir keine Sorgen. Sie würde einen Skandal verkraften.«

Der Kellner kam mit dem zweiten Martini zurück und stellte ihn vor ihr ab.

»Ich werde mit Nagle reden«, sagte er. »Ich werde mein Bestes tun, um ihn zu überreden, dass er auf das Geld aus dem Geschäft wartet, das wir gerade laufen haben. Verstehen Sie, ich würde ihn augenblicklich an Ihrer Stelle ausbezahlen, nur sind wir beide im Moment knapp bei Kasse, weil wir alles, was wir in die Finger kriegen, in diese neue Geschichte buttern. Das Ärgerliche ist nur, dass Nagle immer nervös wird, wenn sein Bankkonto schrumpft. Trinken Sie Ihren Cocktail.«

»Ich habe keine Lust.«

»Dann essen Sie etwas.«

»Ich bringe keinen Bissen herunter!«

»Sehen Sie«, sagte er, »wenn ich Nagle nicht beruhigen kann, dann nimmt er die ganze Sache selbst in die Hand. Er wird mit diesen Briefen zu Ihrem Vater gehen ...«

»Nein! Das geht nicht! Das darf unter gar keinen Umständen passieren!«

»Ihr Vater ist nach allem, was ich gesehen habe, ein feiner alter Herr. Er wird nicht allzu grob mit dem Mädchen umspringen.«

»Nein!«, sagte sie. »Nein. Mein Vater darf nichts davon erfahren.«

»Sie nehmen sich das alles viel zu sehr zu Herzen. Lassen Sie Nagle ruhig loslegen. Dann ist die ganze Geschichte bald ausgestanden.«

»Nein!«, rief sie wieder aus. »Sie verstehen das wirklich nicht. Vater darf nicht das Geringste von Ted Darby erfahren.«

Sie stieß ihren Stuhl zurück, stand aber nicht auf; sie saß steif da und ihre Gedanken überschlugen sich. Wenn ich Lieutenant Levy informiere, wird Vater es erfahren müssen. Er wird alles über Bee und Ted erfahren, und es wird ihm auch nicht erspart bleiben zu erfahren, dass er Ted getötet hat. Und diesen Murray kann ich auch nicht länger im Gefängnis schmachten lassen. Ich muss Lieutenant Levy alles erzählen, es sei denn … es sei denn, man könnte Murray irgendwie aus dem Gefängnis befreien, ohne dass ich die Polizei informiere.

»Was ist los?«, fragte Donnelly. »Was bedrückt Sie?

Sie warf einen schnellen Seitenblick auf ihn und sein Gesichtsausdruck war unverkennbar. Sie brauchte keine Worte dafür zu finden; sie wusste ganz einfach, dass sie ihm restloses Vertrauen entgegenbringen konnte. Sie wusste, dass sie all seine Kraft und seinen gesamten Einfluss für sich nutzen konnte.

»Wenn Mr. Nagle ihm einen Besuch abstattet, würde sich Vater sofort an die Polizei wenden«, sagte sie. »Und wenn die Polizei etwas über meine Tochter und Ted Darby herausfindet …«

»Das wäre denen ganz egal«, sagte er. »Wenn es um Leute wie Sie geht, würde die Polizei alles versuchen, um den Namen des Mädchens aus den Zeitungen fern zu halten. Die Briefe, die sie ihm geschrieben hat, haben nichts mit dem Mord an Darby zu tun.«

»Aber angenommen, es besteht doch ein Zusammenhang?«

»Er besteht nicht.«

Ihr Herz schlug schnell und unregelmäßig, und sie atmete flach.

»Was ist, wenn Murray Ted gar nicht getötet hätte?«, fragte sie.

»Ich weiß mit absoluter Sicherheit, dass es nicht Murray war«, sagte er. »Auch wenn sie es ihm in die Schuhe geschoben haben.«

»Aber sie haben ihn für diesen Mord ins Gefängnis gesteckt. Er wird dafür verurteilt werden.«

»Dafür kommt er auf den elektrischen Stuhl«, sagte Donnelly. »Das wird mich keinen Schlaf kosten. Er und Darby, das waren dreckige Betrüger.« Er riss sich zusammen. »Ratten, die andere verpfeifen«, sagte er.

»Murray darf nicht für einen Mord, den er nicht begangen hat, bestraft oder gar hingerichtet werden.«

»Machen Sie sich um den bloß keine Sorgen. Er ist es nicht wert.«

»Könnten Sie Murray rausholen, wenn Sie es wollten?«

»Ich will es nicht.«

»Aber wäre es im Rahmen Ihrer Möglichkeiten, wenn Sie es versuchen würden? Bitte, antworten Sie mir!«

»Es könnte schon sein«, sagte er. »Warum wollen Sie das wissen?«

Der Kellner kam herein und zögerte, als er die unberührten Krabben sah.

»Lassen Sie sich noch ein Weilchen Zeit«, sagte Donnelly. »Gibt es eine Klingel hier, sagen Sie? Dann warten Sie doch bitte, bis ich läute.«

Der Mann verschwand wieder und schloss die Tür hinter sich.

»Sie könnten Murrays Freilassung bewirken?«, fragte sie.

»Vielleicht. Nur würde ich keinen Finger rühren, um das zu erreichen.«

Sie sah den gestrigen Brunch unglaublich lebhaft vor sich, das blaue Wasser, die grünen Bäume und die sonnige Gemütsruhe, Mrs. Lloyds Lächeln und die Blicke, mit denen Owen Bee angesehen hatte. Bee und David, ihr Vater und Tom, der in weiter Ferne weilte, sie alle waren so unschuldig und wurden doch von diesen finsteren, grässlichen Schatten aus einer anderen Welt bedroht. Ted Darby, Nagle, Murray, all das waren Verbrecher, die so grausam und gefährlich waren wie wilde Tiere.

»Was bedrückt Sie?«, fragte Donnelly wieder.

»Nun … angenommen, ich würde Ihnen erzählen, dass *ich* Tom Darby umgebracht habe?«, sagte sie.

14.

Er warf einen flüchtigen Blick auf sie.

»Nein«, sagte er. »Sie könnten niemanden umbringen.«

»Es war ein Unfall. Er war … Ich bin wütend auf ihn gewesen, wegen der Briefe. Ich habe ihn gestoßen und er ist gestürzt. Es war im Bootshaus, und er ist in das Motorboot gefallen, direkt auf den Anker, der seine Kehle durchbohrt hat. Daran ist er gestorben.«

Er sah sie wieder von der Seite an, wachsam und auf der Hut.

»Trinken Sie Ihren Aperitif«, sagte er. »Das wird Ihnen gut tun.«

Sie schüttelte den Kopf.

»Ich wusste nicht, dass er tot war. Ich habe es erst am nächsten Morgen gemerkt«, sagte sie. »Dann habe ich ihn zur Insel gebracht. Es war … es war …« Sie unterbrach sich einen Moment lang. »Ich musste ihn … vom Anker hieven. Es war ja so … Und dann musste ich ihn … aus dem Boot zerren.«

Ihre Stimme zitterte, und ihre Lippen bebten. Der Gedanke daran war schlimmer als die Tat selbst.

»Sie müssen mir glauben«, sagte sie.

Sie blickte zu ihm auf; für einen Moment trafen sich ihre Augen.

»Ich glaube Ihnen«, sagte er. »Im ganzen Himmel gibt es keinen Heiligen, der mehr für seine Familie täte als Sie.«

»Ich wollte niemandem etwas davon erzählen«, sagte sie. »Aber jetzt … ich kann nicht zulassen, dass Murray dafür büßt.«

»Oh, doch«, sagte er. »Murray taugt nichts.«

»Das spielt keine Rolle. Ich darf ihn nicht für etwas büßen lassen, was meine Schuld ist.«

»Doch.«

»Nein«, sagte sie. »Das kommt gar nicht infrage. Es ist eine Sünde.«

»Eine Sünde?«, wiederholte er, als hätte sie ihn mit diesem Wort verblüfft. »Heutzutage ist es schwierig zu entscheiden, was eine Sünde ist und was nicht.«

»Das ist ganz einfach«, sagte sie. »In seinem tiefsten Innern weiß der Mensch genau, was gut und böse ist.«

»Ah«, sagte er. »So einfach ist das nicht. Man muss die Dinge von allen Seiten betrachten. Da hätten wir zum Beispiel Ihre Familie. Das sind brave Menschen. Sie tun Gutes auf Erden. Wozu sollte es gut sein, sie für eine Ratte wie Murray zu opfern? Sie müssen sich genau überlegen, wer Gutes tut und wer nicht.«

»Nein«, sagte sie. »Man muss das tun, was richtig ist, ganz gleich, was dabei herauskommt.«

»Das ist ein strittiger Punkt«, sagte er. »Viele Menschen sind der Ansicht, man müsse sich genau überlegen, was letztendlich mehr Gutes bewirkt.«

»Das ist …«, setzte sie an und unterbrach sich. Das ist ein jesuitischer Gedanke, hätte sie fast gesagt, aber vielleicht hing er ja diesem Glauben an. »Ich kann die Dinge nicht so sehen«, sagte sie. »Ich darf nicht zulassen, dass dieser Murray weiterhin im Gefängnis schmachtet. Ganz gleich, was aus uns wird. Lieber säße ich selbst im Gefängnis.«

»Man wird Sie nicht ins Gefängnis sperren«, sagte er. »Sehen Sie mal, wollen Sie nicht einen Happen essen? Ich habe Steaks bestellt, aber wenn Sie lieber etwas anderes hätten?«

»Dieser Mann sitzt jetzt, in diesem Moment, im Gefängnis – während ich hier sitze.«

»Begreifen Sie doch, dass es für ihn nicht dasselbe ist, wie für Sie. Er hat schon früher im Gefängnis gesessen.«

»Verstehen Sie denn nicht, wie mir zu Mute ist?«, rief sie aus. »Ich kann doch nicht hier sitzen und essen … Ich weiß selbst nicht, was ich tun soll. Ich weiß nicht, an wen ich mich wenden soll.«

»Wenden Sie sich an mich«, sagte er.

Sie sah ihn an. Er stieß seinen Stuhl zurück, stand auf und lief im Zimmer umher. Er war groß und kräftig gebaut, aber er bewegte sich auffallend leichtfüßig; seine blitzblanken Schuhe schienen besonders geschmeidig zu sein.

»Das ist meine gerechte Strafe«, sagte er. »Mit Geld konnte ich noch nie umgehen. Ich habe es zum Fenster hinausgeworfen. Und noch Schlimmeres damit getan. Und jetzt, wenn ich es wirklich gebrauchen könnte, habe ich kein Geld. Ich würde meinen Augapfel dafür geben, wenn ich Nagle augenblicklich ausbezahlen könnte. Oder wenn ich das Geld hätte, um Isaacs oder Jimmy Downey zu bestechen, damit sie Murray laufen lassen.« Am Ende des Raumes machte er kehrt und kam wieder auf sie zu. »Aber verzehren Sie sich bloß nicht vor Gram«, sagte er. »Ich werde es trotzdem hinkriegen.«

»Wie wollen Sie das anstellen?«

»Ich werde Nagle bearbeiten«, sagte er. »Er weiß, dass es nicht mehr lange dauert, bis wir dieses Geld haben, und ich werde ihm einen Prozentsatz meines Anteils überlassen.«

»Weshalb sollten Sie das tun?«, fragte sie zornig. »Weshalb sollten *Sie* diesem fürchterlichen Menschen Erpressergeld bezahlen, wenn er Ihr Partner ist? So nennen Sie ihn doch, oder?«

»Verstehen Sie«, sagte er, »Nagle war derjenige, dem Darby die Briefe anvertraut hat. Nagle hat sich die ganze Geschichte ausgedacht. Er hat ein Anrecht darauf ...«

»Wie können Sie das sagen! Sie tun fast so, als handelte es sich um eine ganz normale geschäftliche Abmachung. Ist Ihnen denn nicht klar, dass wir es hier mit einem *Verbrechen* zu tun haben?«

Er kam jetzt auf sie zu, groß und leichtfüßig und mit ausdruckslosen Augen. Er wirkte bedrohlich. Dann machte er auf dem Absatz kehrt und wandte sich wieder von ihr ab.

»Ja«, sagte er. »Ja, Sie haben Recht. Gott steh mir bei, aber ich kann selbst kaum noch zwischen Gut und Böse unterscheiden.«

»Das kann jeder.«

»Ja«, sagte er, »aber ich kann Nagle jetzt nicht im Stich lassen. Ich kann keinen Rückzieher mehr machen.«

»Selbst dann nicht, wenn Ihnen klar ist, dass er ein Verbrecher ist?«

»Ich bin selbst ein Verbrecher«, sagte er.

»Nein, das sind Sie nicht«, sagte Lucia. »Nicht wirklich.«

»Ich habe das Gesetz gebrochen«, sagte er. »Ich habe mehr als genug Schlechtes getan. Nur habe ich, Gott sei gelobt, nie jemanden umgebracht.« Er stand jetzt mit dem Rücken zu ihr am anderen Ende des Raumes. »Nur im Krieg«, sagte er. »Ich meine, im ersten großen Krieg. Und im Krieg gilt das Töten nicht als Sünde.« Er schwieg eine Zeit lang. »Trotzdem ist es mir nicht leicht gefallen«, sagte er. »Damals war ich noch jung, und wenn ich gesehen habe, wie die Boches – so haben wir die Deutschen damals genannt – tot auf dem Feld oder vielleicht auch im Wald gelegen haben, dann habe ich mich gefragt: War ich derjenige, der das getan hat? Und wenn man die jungen Burschen heute wieder in den Krieg ziehen sieht … man könnte meinen, der Teufel regiert die Welt.«

Er kehrte zu ihr zurück.

»Sie brauchen doch nur sich selbst zu nehmen«, sagte er. »Sie sind eine so brave Frau – und sehen Sie sich an, in welche Schwierigkeiten Sie geraten sind. Aber ich werde Sie daraus befreien. Ich werde Nagle bearbeiten und ich werde mich an Isaacs oder Downey wenden, damit sie diesen Murray freilassen.«

»Aber wie könnten sie ihn laufen lassen, solange sie nicht einen anderen Verdächtigen finden?«

»Isaacs kann jeden laufen lassen«, sagte Donnelly.

»Aber was werden Sie ihm sagen? Müssen Sie ihm gegenüber behaupten, Sie wüssten, wer es war?«

»Ich werde ihm überhaupt nichts sagen. Er wird zu Murray gehen und sie werden sich gemeinsam etwas einfallen lassen.« Er unterbrach sich einen Moment. »Vertrauen Sie mir?«, fragte er.

»Ja«, sagte sie.

»«Es gibt nichts, was ich nicht für Sie täte«, sagte er. »Nichts auf Erden.«

Sie senkte die Augen, um ihm nicht ins Gesicht sehen zu müssen.

»Könnten wir jetzt vielleicht das Steak bestellen?«, fragte sie. »Ich muss mich allmählich auf den Heimweg machen.«

Er läutete augenblicklich.

»Ist Ihnen in den letzten Tagen ein Schinken geliefert worden?«, fragte er.

»Ja«, antwortete sie und fügte hinzu: »Vielen Dank.«

»Eine Rinderlende ist bereits unterwegs«, sagte er. »Und drei Pfund Speck.«

»Mr. Donnelly …«

»Ja?«

»Es wäre mir lieber, wenn Sie uns nichts mehr zukommen ließen. Es fällt mir so schwer, diesen … Luxus zu erklären. Und …«

»Ja?«

»Ich meine, diese Lebensmittel stammen doch vom Schwarzmarkt, oder nicht?«

»So könnte man es wohl nennen«, sagte er. »Aber damit brauchen *Sie* Ihr Gewissen nicht zu belasten. Schließlich sind es Geschenke.«

»Ich danke Ihnen ganz herzlich, aber schicken Sie uns das Rindfleisch bitte nicht. Schicken Sie uns bitte ab sofort gar nichts mehr.«

»Ich fürchte, diese Dinge sind bereits unterwegs, wenn sie nicht schon angekommen sind.«

Der Kellner servierte die Steaks mit Pommes frites, Erbsen und Salat; er rückte die Salzstreuer näher, leerte den Aschenbecher aus und ging wieder.

»Diese Sibyl ist eine wunderbare Frau«, sagte Donnelly.

»Aber Sie kennen sie doch gar nicht!«

»Ich habe mich gestern kurz mit ihr unterhalten, als Sie nicht zu Hause waren«, sagte er. »Eine wunderbare Frau.«

»Ja, das kann man wohl sagen.«

»Ich habe sie gebeten, mir Bescheid zu geben, falls ich jemals gebraucht werden sollte«, sagte er. »Sie hat meine Telefonnummer.«

Wie könnten wir dich jemals brauchen?, dachte Lucia, doch sie sprach es nicht laut aus.

»Wollen Sie denn nichts essen?«, fragte er besorgt. »Sie sind ganz blass. Essen Sie ein paar Bissen Fleisch. Sie können beruhigt sein. Ich werde Murray für Sie aus dem Gefängnis holen. Und ich werde auch dafür sorgen, dass Nagle Sie nicht mehr belästigt. Er wird Ihnen die Briefe zurückgeben. Sie verlassen sich doch auf mich, oder?«

»Ich verlasse mich auf Sie«, sagte sie.

Er seufzte tief, als sei ihm eine Last von der Seele genommen worden. Aber er aß nichts und sie brachte auch keinen Bissen hinunter. Es war still in dem fensterlosen Raum, zu still; sie verspürte eine unerträgliche Unruhe. Sie tat etwas, was ganz ungewöhnlich für sie war: Sie öffnete ihre Handtasche, zog einen kleinen Spiegel heraus und betrachtete sich.

Sie wirkte jetzt nicht mehr gehetzt und verängstigt. Es stimmte zwar, dass sie blass und ein wenig zerzaust war, aber in ihrem Gesicht sah sie etwas, was sie nie zuvor an sich wahrgenommen hatte – eine sorgenvolle, stille Schönheit. So sieht er mich also, dachte sie.

15.

Sie wollten keinen Nachtisch; er winkte wortlos ab. Man legte ihm keine Rechnung vor. Er ließ mehrere Scheine auf dem Tisch liegen, und sie verließen das Separee durch das Restaurant und traten auf die Straße. Er hielt ein Taxi an und brachte sie zum Bahnhof.

»Sie hören von mir«, sagte er. »Und seien Sie beruhigt. Ich werde mich um alles kümmern.«

Sie stand mit gesenkten Augen still da. Sie konnte spüren, dass er sie ansah; ihr war bewusst, dass sie dunkelhaarig, schlank und hübsch war. Er wartete nur darauf, dass sie aufblickte, und da sie es spürte, hob sie die Lider.

»Vielen Dank«, sagte sie.

»Dürfte ich Sie zu Hause besuchen?«, fragte er. »Nur noch ein einziges Mal? Vielleicht könnte ich ganz zufällig vorbeischauen und Ihrem Vater eine Flasche Scotch mitbringen?«

»Es tut mir Leid«, sagte sie. »Ich bedaure es wirklich sehr, aber das ist nicht möglich.«

»Darf ich Sie ein letztes Mal sehen?«, fragte er. »Wenn ich alles in Ihrem Sinne geregelt habe, würden Sie dann noch einmal mit mir zu Mittag essen, so wie heute?«

Sie antwortete nicht.

»Nur ein einziges Mal, wenn alles geregelt ist?«, bat er. »Mir ist klar, was das für Sie heißt – Sie müssen an Ihre Familie und an Ihren gesellschaftlichen Stand denken. Aber wenn Sie mir erlauben würden, Sie noch ein einziges Mal zu sehen ...«

Um sie herum herrschte reges Gedränge, Leute eilten in alle Richtungen, eine aufdringliche Stimme kündigte die Abfahrt der Züge an. Aber irgendwie waren sie abgekapselt, von ihrer Umgebung losgelöst. Er drängte sie nicht mehr, er wartete einfach nur ab, demütig und unterwürfig. Die Schranke vor ihrem Bahnsteig wurde geöffnet, doch sie blieb weiter mit gesenkten Augen stehen.

Plötzlich hielt sie ihm eine Hand in einem weißen Handschuh hin und sah ihn an.

»Ja«, sagte sie. »Es wäre mir ein Vergnügen, eines Tages mit Ihnen zu Mittag zu essen.«

Sie lächelte nicht – nie hatten sie einander angelächelt. Er hielt ihre Hand einen Moment lang zart umfasst.

»Seien Sie beruhigt«, sagte er.

Durch eine stumme Menschenmenge, die sich zügig voranbewegte, lief sie über den Bahnsteig und stieg dann in einen Waggon ein. Als sie feststellte, dass es sich um Raucherabteile handelte, beschloss sie zu bleiben und sich selbst eine Zigarette anzuzünden. Sie setzte sich neben einen Mann und öffnete ihre Handtasche; sie zog ihr Zigarettenpäckchen heraus, doch es war leer; sie schüttelte das Päckchen und drehte es um.

»Nehmen Sie eine von meinen«, sagte der Mann neben ihr.

»Das kann ich doch nicht tun ... wenn Zigaretten so schwer zu bekommen sind.«

»Ich kann jederzeit Zigaretten beschaffen«, sagte er. »Nehmen Sie eine! Bedienen Sie sich!«

Er zündete ihr die Zigarette an. Sie sah, dass er stämmig war und ein rotes Gesicht mit funkelnden kleinen blauen Augen hatte. »Noch eine gute Woche und dann ist dieser Engpass wieder behoben«, sagte er. »Aber mir kann das ganz egal sein. Ich habe überall Beziehungen, in jeder Branche, von der Sie je gehört haben. Gerade erst vor ein paar Tagen, da jammert dieser Kerl, den ich kenne, herum, weil er nirgends einen Wecker auftreiben kann. Bis heute Nachmittag habe ich dir einen besorgt, sage ich zu ihm. He, dieses Zeug vom Schwarzmarkt kommt für mich nicht infrage, sagt er. Mit dem Schwarzmarkt habe ich nichts zu schaffen, Bruder, sage ich zu ihm. Ich verlasse mich lieber auf meinen Grips.«

Er pochte sich mit dem Mittelfinger an die Schläfe, zog seine dünnen Augenbrauen hoch und lächelte mit geschlossenen Lippen. Er wollte sie beeindrucken. Seine funkelnden kleinen Augen glitten über sie, nicht etwa unverschämt, sondern voller Bewunderung.

»Lassen Sie uns die Plätze tauschen«, sagte er. »Junge Damen wie Sie sitzen doch immer gern am Fenster.«

Als er aufstand, steckte er eine Hand in die Tasche und zog zwei Päckchen Zigaretten heraus, ausgerechnet Mr. Harpers Lieblingsmarke.

»Stecken Sie die ruhig ein«, sagte er.

»Das kann ich doch nicht tun!«

»Da, wo die herkommen, gibt es noch viel mehr zu holen«, sagte er. »Jetzt nehmen Sie die Zigaretten schon. Sie täten mir einen Gefallen.«

Er ließ sich behaglich neben ihr nieder.

»Ich war nie verheiratet«, sagte er. »Wie ich sehe, tragen Sie das Abzeichen der Knechtschaft.« Er lachte. »Das ist der Lauf der Welt«, sagte er. »Jedes Mal, wenn mir eine attraktive junge Dame begegnet, hat sie bereits einen Ehemann. Keine hat sich die Mühe gemacht, auf mich zu warten.«

Jetzt begann er Fragen zu stellen und sie hatte keinerlei Bedenken, ihm zu erzählen, dass ihr Mann in Übersee im Krieg war und dass sie zwei Kinder hatte. Wie diese Frauen in den Zeitschriftenberichten, dachte sie.

»Das ist ein hartes Los«, sagte er ernst. »Ein sehr hartes Los für eine attraktive junge Dame.«

Er ist ein Schürzenjäger, dachte sie. Aber keiner von der üblen Sorte. Ein harmloser Kerl, fast schon Mitleid erregend. Sie wusste genau, worauf er hinaus wollte.

»Sie könnten sich mit mir treffen«, sagte er. »An einem Ort Ihrer Wahl. Wir könnten einen Happen essen und dann irgendwo tanzen gehen. Das täte Ihnen gut.«

»Ich kann die Kinder nicht allein lassen«, sagte sie. »Ich gehe abends nie aus.«

»Das ist ein Fehler«, sagte er. »Ein großer Fehler. Sie

könnten eine dieser älteren Schülerinnen zu sich ins Haus bestellen, damit sie auf die Kinder aufpasst.«

Offenbar hatte er kleine Kinder im Sinn und Lucia ließ ihn in diesem Glauben. Es überraschte sie, wie sehr sie die Gesellschaft dieses Mannes auskostete. Aber ihren Namen wollte sie ihm nicht nennen.

»Nein«, sagte sie und sah ihm in die Augen. »Das kann ich wirklich nicht tun.«

»Ich gebe Ihnen meine Karte«, sagte er. »Falls Sie es sich doch noch anders überlegen.«

Mr. Richard Hoopendyke. Vertreter der Firma Shilley.

»Denken Sie noch einmal darüber nach«, sagte er und erhob sich, als sie aufstand.

»Wer weiß«, sagte Lucia.

Als sie in dem vertrauten Bahnhof ausstieg, stellte sie mit Erstaunen fest, wie ruhig der sonnige Nachmittag war. Es schien ihr, als sei sie lange, sehr lange, fort gewesen. Sie scheute davor zurück, nach Hause zu gehen, ganz so, als hätte sie sich in gewisser Weise verändert. Sie stieg gemeinsam mit zwei anderen Leuten, einem Mann und einer Frau, in ein Taxi; während der Fahrt herrschte erbittertes Schweigen. Die beiden mögen mich nicht, sagte sich Lucia. Sie halten mich für fragwürdig. Eine unerwünschte Bekanntschaft. Vielleicht bin ich genau das.

Sie kam sich ganz eigentümlich vor. Sie stieg als erste aus und bat den Fahrer, an der Kreuzung anzuhalten. Als sie die Straße hinunterlief, fühlte sie sich seltsam allein. Ein so langer Tag, dachte sie, und es ist soviel vorgefallen.

Aber was war tatsächlich passiert? Sie hatte erfolglos versucht, ein Darlehen aufzunehmen; sie hatte ihren Schmuck versetzt. Und dann habe ich zu Mittag gegessen, dachte sie. So großartig ist das nun auch wieder nicht. Nur kann ich mit niemandem darüber reden. Vater und den Kindern kann ich es gewiss nicht erzählen, und sogar Tom sollte es besser nicht erfahren. Tom wüsste zwar, dass ich nichts Unrechtes getan habe, aber es würde ihm trotzdem nicht gefallen. Ein Mittagessen in einem Separee. Mit einem Gangster. Dieser Mann im Raucherabteil hätte Tom auch nicht gepasst, und Vater und die Kinder hätten sowieso etwas gegen ihn gehabt. Das trauen sie mir nicht zu. Sie glauben, ich bin nicht so eine.

In der späten Nachmittagssonne erschien ihr das Haus abweisend. Es ist schön, wenn einem jemand entgegeneilt, dachte sie. Als die Kinder noch klein waren, hatte sie sich darauf verlassen können, dass sie aus dem Haus stürzten. Das hatte ihr gefallen. Aber damals habe ich ihnen immer kleine Geschenke mitgebracht.

Jetzt kam sie mit leeren Händen zurück; sie nahm es deutlich wahr. Sie brachte keinem etwas mit. Wie üblich war die Haustür nicht abgeschlossen. Sie öffnete sie und trat ein; sogleich hörte sie Mr. Harpers Stimme aus dem Wohnzimmer.

»Lucia?«

»Ja, Vater, ich bin es.«

Er saß mit einem Buch in der Hand auf einem Lehnstuhl, und auf dem Tisch neben ihm stand eine leere Teetasse.

»Ach, Sibyl hat dir deinen Tee serviert«, sagte sie.

»Sie vergisst es nie«, sagte er.

Sie blieb hinter ihm stehen und drückte einen Kuss auf sein silbernes Haar.

»Mmh!«, sagte er erfreut. »Hast du einen angenehmen Tag verbracht, meine Liebe?«

»Ja, Vater.«

»Ich vermute, du warst einkaufen«, sagte er. »Wenn deine Mutter früher vom Einkaufen zurückkam, hat sie immer gesagt, sie sei restlos erschöpft von ihren Einkäufen. Dann habe ich sie gefragt, was sie gekauft hat, und oft hatte sie gar nichts gekauft.«

Er lachte und richtete den Blick ins Leere. Es war, als könnte er vor seinem geistigen Auge dieses absurde geliebte Wesen sehen. Lucia reichte ihm eines der beiden Päckchen Zigaretten, die ihr Mr. Hoopendyke geschenkt hatte.

»Das ist wirklich nett von dir«, sagte er. »Diese Zigaretten kommen mir sehr gelegen. Übrigens war der junge Lloyd hier. Er wollte meine Erlaubnis einholen, im Jachtclub meinen Namen auf die Mitgliederliste zu setzen. Ich habe ihm gesagt, meine Zeiten als Segler gehörten der Vergangenheit an. Ich werde kaum Verwendung für die Mitgliedschaft haben. Aber ich wollte den Jungen nicht vor den Kopf stoßen. Ein netter Kerl. Und die Beiträge sind nicht der Rede wert. Ich habe ihm gesagt, wenn er Lust hat, soll er mich ruhig anmelden.«

Er möchte unbedingt in den Club eintreten, dachte Lucia. Er ist einsam. Ich kann ihn nicht vor seiner Einsamkeit bewahren. Ich habe keine Zeit. Ich weiß selbst nicht, was ich den ganzen Tag mit mir anfange, aber ich habe nie Zeit.

»Innerhalb einer Woche wirst du in einem Ausschuss sitzen«, sagte sie. »So war es schon immer.«

»Unsinn!«, sagte er. »In meinem Alter.«

»Das ist überhaupt kein Unsinn!«, sagte sie. »Die Leute setzen immer großes Vertrauen in dich, Papa.«

»›Papa‹ …«, wiederholte er. So hatte sie ihn schon lange nicht mehr genannt und in beiden schien ein Echo früherer Zeiten nachzuhallen. Tränen traten in Lucias Augen und sie blinzelte mehrfach schnell hintereinander, um sie zu vertreiben.

»Ich muss mit Sibyl sprechen«, sagte sie.

Sibyl stand im strahlend hellen Sonnenlicht vor der Anrichte und schlug Eier auf; sie ließ das Eiweiß in eine geriffelte blaue Schüssel gleiten und die goldgelben Dotter in eine grüne. Es war ein heikles Unterfangen, das Fingerspitzengefühl erforderte, und es war schön anzusehen. Nachdem sie das Ei aufgeschlagen hatte, das sie in der Hand hielt, blickte sie mit ihrem liebevollen, bedächtigen Lächeln auf.

»Ach, Sie sind zurück, Ma'am?«

»Ja, ich bin wieder da. Heute gibt es zum Abendessen den kalten Schinken, nicht wahr, Sibyl?«

»Ich dachte, wir sollten den frischen Rinderbraten besser gleich essen, Ma'am.«

»Den Rinderbraten?«

»Er ist so früh geliefert worden, dass er gerade noch rechtzeitig fertig wird«, sagte Sibyl. »Und dazu gibt es den Yorkshire Pudding, den Mr. Harper so gern mag.«

Sie fragte nicht, woher das Rindfleisch kam. Sibyl stellte grundsätzlich keine Fragen. *Aber was denkt sie sich?*, fragte sich Lucia. Was hätte sie darum gegeben, zu wissen, was sich Sibyl dachte.

»Das Rindfleisch ist ein Geschenk«, sagte sie.

»Ja, Ma'am«, sagte Sibyl.

»Bestimmt warst du erstaunt, als es geliefert worden ist«, sagte Lucia.

»Nein, Ma'am.«

»Und warum nicht?«

»Mr. Donnelly hat mir gesagt, dass er den Rinderbraten schickt, Ma'am. Er hat mich gefragt, was Mrs. Holley eine besonders große Freude bereiten würde. Er hat gesagt, er besorgt Ihnen jederzeit alles, was Sie wollen.«

Diese Worte, in Sibyls sanftem Tonfall hervorgebracht, bewirkten, dass Lucias Atem stockte. Niemand hätte so etwas aussprechen sollen. Niemand hätte es wissen sollen.

»Ich habe ihn gebeten, uns nichts mehr zu schicken«, sagte sie. »Ich habe ihn gebeten, nicht mehr herzukommen.«

»Ja, Ma'am«, sagte Sibyl.

Und jetzt gib Ruhe!, sagte sich Lucia. Lass die Finger davon.

Aber sie konnte den Mund nicht halten.

»Er ist kein Mensch von der Sorte, mit der man Umgang haben sollte«, sagte sie.

»Er ist ein Unglücksrabe«, sagte Sibyl.

»Was soll das heißen, Sibyl?«

»Er ist in schlechte Gesellschaft geraten«, sagte Sibyl.

»Er ist für sich selbst verantwortlich, wie jeder andere

auch. Es ist seine freie Entscheidung, mit wem er Umgang pflegt.«

»Uns ist nicht immer klar, was wir tun, Ma'am«, sagte Sibyl. »Nicht ehe es zu spät ist.«

»Es ist nie zu spät, um sich zu ändern.«

»Das sagt mein Mann auch immer. Aber ich glaube nicht, dass sich die Menschen grundlegend ändern.«

»Ich wusste gar nicht, dass du früher einmal verheiratet warst, Sibyl.«

»Oh, doch, Ma'am. Ich bin es noch. Er sitzt im Gefängnis. In Georgia.«

»Sibyl!«

»Dort sitzt er schon seit achtzehn Jahren«, sagte Sibyl. »Und sieben Jahre hat er noch abzusitzen. Es sei denn, sie begnadigen ihn. Aber dazu wird es nicht kommen.«

»Und du … du wartest auf ihn?«, fragte Lucia.

»Es ist meine Pflicht«, antwortete Sibyl trübsinnig. »Bill hat mir nie etwas Böses getan. Jedenfalls nicht wissentlich. Als sie ihn abgeholt haben, habe ich zu ihm gesagt, ich würde auf ihn warten, und genau das habe ich getan.«

»Achtzehn Jahre!«, sagte Lucia. »Das muss furchtbar schwer für dich gewesen sein, Sibyl.«

»Ja, Ma'am. Und ich bin nicht mal sicher, ob es vernünftig war.«

»Willst du damit sagen, dass du deine Einstellung zu ihm geändert hast?«

»Es hat ihm nicht viel genutzt«, sagte Sibyl. »Er ist von Natur aus optimistisch. Er glaubt, wenn er mit vierundfünfzig Jahren aus dem Gefängnis kommt, kann er ein schönes neues Leben für uns aufbauen. Er wird zusehends philosophischer.«

»Sieh mal«, sagte Lucia eifrig, »wahrscheinlich ist das gut so.«

»Das kann schon sein, Ma'am«, räumte Sibyl höflich ein. »Bill hat sich die Philosophie zugelegt, dass alles, was passiert, sein Gutes hat. Ungerechtigkeit kann ihm nichts anhaben. Er ist nicht erbittert darüber, dass sie ihm die besten Jahre seines Lebens genommen und ihn für etwas eingesperrt haben, was überhaupt nicht schlimm war.«

»Weshalb haben sie ihn eingesperrt, Sibyl?«

»Bill war Seemann«, begann Sibyl zu erzählen. »Ich denke mir, deswegen habe ich ihn geheiratet. Ich war ganz wild darauf, zu reisen. Ich weiß selbst nicht, wie mir das in den Sinn gekommen ist, aber schon als kleines Mädchen habe ich ständig daran gedacht. Vielleicht haben mich die Bücher darauf gebracht. Die Weißen, für die meine Mutter gearbeitet hat, haben mir früher oft Bücher geliehen. Ich habe mir immer wieder vorgestellt, was wäre, wenn ich es jemals schaffen könnte, in den hohen frostigen Norden zu kommen, mit den großen weißen Schneefeldern und diesen Lichtern am Himmel ... und nach Paris. Bill hat mir erzählt, alles, was man über Paris hört, ist wahr. Dort dürfen Farbige überall hingehen und sie können sämtliche Sehenswürdigkeiten besichtigen. Bill hat gesagt, wir würden Reisen unternehmen.«

»Und es ist nie dazu gekommen?«

»Nein, Ma'am. Gleich nach der Hochzeit bin ich schwanger geworden. Und er ist nicht mehr zur See gefahren. Er hat Arbeit in der Mühle gefunden; er hat gesagt, er will in meiner Nähe sein, falls es zu Schwierigkeiten kommt. Ich habe das Baby verloren und jetzt stand er da. Wir hatten etwas Geld gespart und er hat gesagt, wir würden eine Reise unternehmen. Er ist zu einer Dampfschifffahrtsgesellschaft gegangen, um die Fahrkarten zu kaufen. Der Mann hat gesagt, sie wollten keine Nigger an Bord. Bill hat gesagt, im Gesetz steht geschrieben, dass er Fahrkarten kaufen kann, wenn er das Geld hat. Der Mann hat ihn geschlagen und Bill hat zurückgeschlagen. Tätlicher Angriff mit Mordabsicht, haben sie gesagt. Aber der Mann ist nicht gestorben und Bill hatte auch nie vor, ihn zu töten. Er hat nur zurückgeschlagen. Er hatte ein Messer einstecken, aber das hat er immer bei sich getragen, seit seiner Zeit auf See.«

»Vielleicht könnt ihr eine Reise unternehmen, wenn er entlassen wird.«

»Nein, Ma'am«, sagte Sibyl. »Bis dahin wird Bill vierundfünfzig sein und ich weiß nicht, ob er dann noch einen anständigen Job bekommen kann. Er war so viele Jahre in diesem Gefängnis eingesperrt, und inzwischen ist er kauzig und verschroben. Ich nehme an, dass ich ihn nach seiner Entlassung unterstützen muss. Das schaffe ich schon, vorausgesetzt, meine Gesundheit spielt mit.«

»Du musst deinem Mann in all dieser Zeit eine wunderbare Hilfe und ein großer Trost gewesen sein«, sagte Lucia.

»Ich weiß nicht recht«, sagte Sibyl. »Er hat diese philosophische Ader. Wenn ich ihm gesagt hätte, dass ich nicht auf ihn warte, dann hätte er einen anderen Trost gefunden. Und ich hätte Mittel und Wege gefunden, mir die Welt anzusehen.«

Lucia schwieg. Dieser flüchtige Blick auf Sibyls Naturell hatte sie tief beeindruckt. In all diesen Jahren, in denen sie still und zuverlässig ihre Arbeit verrichtet hatte, hatte in ihr das glühende Verlangen gelodert, die Welt zu sehen. Diesen Wunsch hatte ich nie, dachte Lucia. Über Reisen habe ich nie ernsthaft nachgedacht. Ich habe es mir nie gewünscht. *Was habe ich mir eigentlich gewünscht?*

Sie hatte sich einen Mann und Kinder gewünscht, und beides hatte sie. Soweit sie zurückdenken konnte, hatte sie alles bekommen, was sie sich je gewünscht hatte. Wenn sie sich eine Puppe, ein Fahrrad oder ein neues Kleid wünschte, dann hatten die Eltern ihr diesen Wunsch erfüllt. Der Ehemann, den sie sich wünschte, war auf der Bildfläche erschienen, als sie noch zur Schule ging; den Sohn und die Tochter, die sie sich gewünscht hatte, hatte sie ohne erhebliche Mühen und ohne allzu großen Schmerz bekommen.

War sie etwa ein Geschöpf, das über alle Maßen begünstigt war? Oder war sie ein Geschöpf, dem jede Gunst versagt blieb, jemand, den das Leben verschmähte und den es daher mit Geringschätzung bedachte, ein Mensch, dem versagt blieb, was andere hatten? Wenn sie an David und seine bangen Erwartungen dachte, an Bee und ihre stürmischen Torheiten, an Tom, der gerade eine Erfahrung machte, die er niemals mit ihr würde teilen können. … Sogar Sibyl. Ja, selbst Donnelly …

Ich bin wie eine Puppe, dachte sie. Ich bin kein echter Mensch. Als sie mit ihrer Familie beim Abendessen saß, nahm dieses Gefühl von Unwirklichkeit nahezu beängstigende Züge an. Die anderen berichteten von Dingen, die sie im Lauf des Tages erlebt hatten, und alles war ganz real und kristallklar und für jeden verständlich. Ihr Tag dagegen war wie ein Traum; hätte sie versucht, ihn zu schildern, wer hätte ihr geglaubt oder sie gar verstanden, wenn sie von dem Tresorraum, der Finanzierungsgesellschaft, dem Pfandhaus, dem Mittagessen im Separee oder auch nur von Mr. Hoopendyke im Raucherabteil gesprochen hätte?

Mit demselben dumpfen Gefühl von Unwirklichkeit setzte sie sich hin, um an Tom zu schreiben. Ihr Realitätsbezug war gestört. Wer war überhaupt diese Person, die einen Brief zu schreiben versuchte?

Lieber Tom,
Ich weiß nicht, wo du bist. Ich weiß nicht, wer ich bin. Tom, ich stecke in solchen Schwierigkeiten …

Seien Sie beruhigt, hatte Donnelly gesagt. Ich werde Murray rausholen, hatte er gesagt. Ich werde dafür sorgen, dass Nagle Ruhe gibt. Aber sie war nicht beruhigt. Sie konnte es nicht auf die leichte Schulter nehmen. Sie war in eine Strömung geraten, die sie weiter und immer weiter vom Ufer abtrieb.

Ihre unruhigen Träume in jener Nacht drehten sich alle um das Meer. Sie träumte von einem Wettschwimmen mit Mrs. Lloyd, und all ihre Lieben standen am Ufer und sahen zu. Mrs. Lloyd, die eine Badekappe aus purpurnen Veilchen trug, bewegte sich mit unglaublicher Geschwindigkeit und Leichtigkeit durch das Wasser und hinter ihr mühte sich Lucia ab und enttäuschte ihre Familie damit, dass sie sich unbeholfen anstellte und nicht vorankam.

Sie erwachte aus diesem Traum und stand eilig auf, um einen Blick auf den Brief zu werfen, den sie an Tom geschrieben hatte. Sie wollte sichergehen, dass sie nicht wirklich von ›Schwierigkeiten‹ gesprochen oder auch nur Formulierungen gewählt hatte, die es ihm ermöglichten, etwas zwischen den Zeilen zu lesen. Nein, ich glaube nicht, sagte sie sich. Der Brief kommt mir genauso vor wie all meine anderen Briefe. Nichts weiter als leeres Geschwätz.

Sie ging wieder ins Bett und träumte, sie säße in einem Ruderboot, mit einem enormen Felsbrocken auf der Ducht. Sie legte sich mit aller Kraft in die Ruder, doch mit dieser schweren Last bewegte sich das Boot nicht voran. Und sie musste dringend vorwärts kommen, sie war in Eile. Anfangs lag es daran, dass aus dem dunklen Bootshaus etwas kam, was hinter ihr her war, etwas Gefährliches und Grauenhaftes. Doch während sie sich an den Rudern bis zum Äußersten abrackerte, wurde ihr bewusst, dass der Felsbrocken selbst die Gefahr darstellte. Wenn sie sich nicht beeilte, sich nicht rechtzeitig in Sicherheit brachte, würde sich der Felsbrocken in etwas anderes verwandeln.

Die Verwandlung hatte bereits eingesetzt. Hoch oben formten sich zwei Dinge, die wie Ohren aussahen; der Felsbrocken bewegte sich ein wenig und sie glaubte, ihn seufzen zu hören. Dann kam er auf sie zugerollt und sie erwachte schweißgebadet. Ein heftiger Wind war aufgekommen und durch das offene Fenster wurde Regen in ihr Zimmer gepeitscht. Der Lärm war so gewaltig, als brüllte die Nacht.

Sie sprang auf, schloss das Fenster und tappte im Schlafanzug barfuß durch den Korridor zu Bees Zimmer. Es war dunkel, der böige Wind wehte herein und ihre Tochter lag ahnungslos und hilflos da. Sie schloss auch hier das Fenster und ging in Davids Zimmer. Auch er lag im Tiefschlaf, und der Regen wurde direkt auf seinen Rücken geweht. Sie zog das feuchte Laken fort und breitete eine Decke über ihn. Er rührte sich nicht.

Tränen strömten über ihr Gesicht, denn der Gedanke, dass ihre Kinder schutzlos im Regen lagen, schmerzte sie unsäglich. Sie lief durch den Gang zum Zimmer ihres Vaters und sah einen Lichtstrahl unter der Tür. Sie klopfte an, und er sagte mit seiner ruhigen alten Stimme: »Herein!«

Er stand in seinem Morgenmantel aus Flanell am Fenster und rauchte eine Zigarette.

»Eine furchtbare Nacht, nicht wahr?«, sagte er.

»Das kann man wohl sagen!«, stimmte ihm Lucia zu.

»Was ist los? Was hat das zu bedeuten? Weinst du etwa, meine Liebe?«

»Das ist nur der Regen. Ich habe gerade in den Zimmern der Kinder die Fenster geschlossen.«

»Setz dich und rauch eine Zigarette«, sagte er. »Ich habe noch dieses Päckchen, das du mir mitgebracht hast, Liebes. Hier, nimm. Setz dich dorthin. Das ist ein sehr bequemer Sessel.«

16.

»Ich wünschte, du würdest Mrs. Lloyd zum Tee einladen«, sagte Bee beim Frühstück mit einem leisen Vorwurf.

»Genau das habe ich vor«, entgegnete Lucia. »Ich rufe sie gleich nach dem Frühstück an.«

»Da kommt der Briefträger!«, rief David und sprang auf.

Er ging zur Tür, kam gemächlich zurück und blätterte den Packen Briefe durch, den er in der Hand hielt.

»Jetzt beeil dich schon!«, sagte Bee. »Ist etwas für mich dabei?«

»Immer mit der Ruhe!«, sagte David.

»Mutter, sag ihm, er soll sich beeilen!«, sagte Bee.

»Immer mit der Ruhe!«, sagte David. »Für dich, Mutter – zweimal Feldpost von Dad. Ein Brief für dich, Großpapa. Ein Brief für mich von Dad. Und hier ist die lebenswichtige Post für Miss Beatrice Holley. Ein Rundschreiben von deinen ehemaligen Mitschülerinnen, ein Brief aus Boothbay – der muss von Edna sein. Ach du meine Güte! Hier ist ein Brief von Jerry, Bee. Mach ihn auf, damit wir wissen, ob er noch in China ist.«

»Ich mache ihn dann auf, wenn es mir passt«, sagte Bee.

Sie setzten sich alle wieder an den Tisch und öffneten ihre Briefe. Die Feldpost von Tom wirkte seltsam, dachte Lucia; in dieser verkleinerten Form war ihr seine gestochen scharfe Handschrift unvertraut. Das waren nicht die Briefe, die er tatsächlich geschrieben hatte, sie waren mikroskopisch verkleinert. Es war nicht das Papier, das seine Hand berührt hatte, und diese zwergenhaften Briefe waren durch Gott weiß wie viele Hände gegangen und jeder hätte sie lesen können.

Habe an David geschrieben und ihm ein paar Schnappschüsse geschickt. Über Bilder von dem Haus würde ich mich sehr freuen. Ich bin ja so froh, euch alle dort draußen zu wissen und nicht in der Stadt. Mach dir bloß keine Sorgen, deine Briefe könnten zu>langweilig<sein, altes Mädchen. Sie sind genau das, was ich mir wünsche. Sie geben mir das Gefühl, dass unser Leben weitergeht, genauso wie früher. Mein Leben war der Himmel auf Erden, aber ich wusste es nicht. Mir geht das Papier aus. Liebe Grüße an euch, Kinder. Und an dich, Großpapa. Und noch mehr liebe Grüße an dich persönlich.

Im zweiten Brief schrieb er:

Es wäre schön, wenn du mir mehr über die alltäglichen Kleinigkeiten berichten könntest. Von anderen Männern höre ich, dass ihre Frauen über Lebensmittelknappheit klagen, Fleisch, Butter und so weiter. Wie kommt ihr zurecht? Du bist in deinen Briefen nie besonders mitteilsam, altes Mädchen.

Tom, sagte sie immer wieder vor sich hin. Tom. Und sie dachte, wenn er in diesem Augenblick ins Zimmer käme, hätte sie ihm nichts anderes zu sagen. Nur immer wieder seinen Namen. Tom.

»Rufst du jetzt Mrs. Lloyd an, Mutter?«, fragte Bee. »Wenn du es nicht gleich tust, vergisst du es ja doch wieder.«

»Tu nicht so, als würde ich alles vergessen«, sagte Lucia.

»Aber Mutter!«, protestierte Bee lachend.

»Auf mich wirkt deine Mutter nicht vergesslich«, sagte Mr. Harper. »Ganz im Gegenteil. Mir scheint es so, als dächte sie an alles. Du musst dir klarmachen, junge Dame, dass eine Frau mit Haushalt und Familie an vieles gleichzeitig denken muss. Wie ein Manager.«

»Ja, Großpapa, das weiß ich doch. Ich habe mir nur einen Scherz erlaubt.«

»Wenn das so ist«, sagte Mrs. Harper halbwegs besänftigt. »Eines Tages wirst du es verstehen, Bee, wenn du erst einmal deinen eigenen Haushalt hast.«

»Darf ich jetzt gehen?«, fragte David. »Ich habe eine Verabredung.«

»Warte noch einen Moment!«, sagte Bee und lief ihm in den Flur nach. Lucia konnte sehen, dass die beiden in der Eingangshalle miteinander redeten.

Der freundschaftliche Umgang ihrer Kinder miteinander freute sie über alle Maßen und doch war sie immer wieder ein wenig überrascht. Sie erinnerte sich an einen Tag vor langer Zeit, als beide gerade erst aus den Babyschuhen herausgewachsen waren. Vielleicht waren sie damals drei und fünf Jahre alt gewesen. Sie hatte im Wohnzimmer einen Brief geschrieben und die Tür zum Kinderzimmer, in dem sich die beiden aufhielten, hatte offen gestanden. Und während sie sich überlegte, was sie schreiben könnte, hatte sie die Kinder miteinander reden hören. Diese beiden winzigen Geschöpfe, die sie zur Welt gebracht hatte, führten ihr eigenes Leben, vollkommen unabhängig von ihr. Sie konnten sich miteinander unterhalten.

Voller Verzückung hatte sie ihnen gelauscht. Es war ihr so faszinierend erschienen, dass sie sich noch jetzt an das Gespräch erinnern konnte. Sie hatten einen kindlichen Plan ausgeheckt. »Du holst dein Pferd, David«, hatte Bee gesagt, »und ich hole Lilacker.« Das war ihre Lieblingspuppe, die ihr heilig war und die sie in einer Schublade aufbewahrte; niemand außer ihr durfte sie anfassen. Bis zu jenem Tage hatte sie immer nur allein mit Lilacker gespielt, erst jetzt durfte der kleine Bruder mitspielen. Selbst wenn ich sterben würde, kämen sie zurecht!, hatte sich Lucia voller Begeisterung überlegt.

Warum sprichst du so oft darüber, dass du sterben könntest?, hatte Tom sie einmal gefragt. Ich könnte nicht behaupten, dass mir das gefällt. Nun, hatte sie gesagt, ich weiß es selbst nicht so genau. Vielleicht geht einem dieser Gedanke öfter durch den Kopf, wenn man Kinder hat. Obwohl ich Kinder habe, geht es mir nicht so, hatte Tom gesagt. Ich habe Versicherungen für euch alle abgeschlossen, ich habe so gründlich wie möglich Vorkehrungen getroffen. Aber deshalb denke ich noch lange nicht ständig an meinen Tod.

Wahrscheinlich ist es morbid, sagte sich Lucia. Wahrscheinlich ist es eine Form von enormer Eitelkeit. Man könnte meinen, dass sich das mit der Zeit legt, dem ist aber nicht so. Als sie noch klein waren, hatte ich das Gefühl, niemand außer mir könnte verstehen, was Bee für Lilacker empfindet. Ich habe mir eingebildet, niemand würde je begreifen, warum David seine Gebete nicht richtig spricht. Er hat es einfach nicht über sich gebracht, zu sagen: »O Herr, nimm meine Seele zu dir.« Er hat immer gesagt: »Behalte meine Seele.« ›Behalten‹, das ging in Ordnung, aber er wollte nicht, dass ihm jemand seine Seele wegnimmt. Ich bin immer noch so. Ich bilde mir heute noch ein, ich wäre die Einzige …

Sie rief Mrs. Lloyd an.

»Mit dem größten Vergnügen!«, sagte Mrs. Lloyd. »Heute Nachmittag? Ich fürchte nur, dass Phyllis nicht kommen kann. Sie hat Ballettunterricht. Wäre Ihnen halb fünf zu früh? Hier geht nämlich alles schief, wenn ich nicht mindestens eine Stunde vor dem Abendessen da bin. Wie kommt es bloß, dass sich alle genau dann im Bad einschließen, wenn das Abendessen serviert wird? Sie lesen dort, das weiß ich ganz genau. Und wenn sie das nicht tun, dann fangen sie einfach an, endlose Telefongespräche zu führen. Dafür muss es eine psychologische Erklärung geben – wie könnte es sonst sein, dass sie sich derart dagegen sperren, das Abendessen dann zu sich zu nehmen, wenn es auf den Tisch kommt?«

Mrs. Lloyd wirkte beruhigend auf Lucia; sie mochte sie.

»Mrs. Lloyd kommt zum Tee«, teilte sie Sibyl mit. »Könntest du vielleicht ein paar von diesen leckeren kleinen Plätzchen backen, Sibyl?«

»Lieber Backwerk, das schnell aufgeht, Ma'am«, sagte Sibyl. »Dafür braucht man kein Fett. Wir könnten aber auch leckere kleine Schinkenbrote servieren.«

»Nein, bloß das nicht«, sagte Lucia.

Sie konnte Mrs. Lloyd unmöglich diesen Schinken anbieten; das hätte sich nicht gehört und es wäre sogar verräterisch gewesen.

»Und jetzt zu den Einkäufen«, sagte sie. »Was brauchen wir vom Markt? Ich fahre heute Morgen selbst hin.«

»Wir brauchen heute kaum etwas.« Sibyl machte einen äußerst zufriedenen Eindruck. »Wir haben jede Menge Fleisch im Haus. Das heißt, wir können jetzt mehr rote Punkte für die Butter ausgeben.«

Sie las den Einkaufszettel vor, den sie geschrieben hatte.

»Und falls Sie zufällig beim Gaswerk vorbeikommen, Ma'am«, sagte sie, »dann könnten Sie vielleicht erreichen, dass die uns einen Mann schicken, der den Kühlschrank repariert.«

»Ich werde es versuchen«, sagte Lucia.

Sie war überrascht, als Bee sich freiwillig erbot, sie zu begleiten.

»Ich habe in der Drogerie einige Besorgungen zu erledigen«, sagte Bee. »Lass uns den Wagen nehmen.«

»Nein«, sagte Lucia. »Ich würde das Benzin lieber aufheben, für den Fall, dass wir es irgendwann wirklich brauchen.«

Sie waren beide fertig und warteten schon draußen, als das Taxi kam. Lucia trug ein altes rotweiß gemustertes Kattunkleid, das steif abstand, weil es übermäßig gestärkt war, und Bee hatte eine graue Hose und eine weiße Bluse angezogen und wirkte absolut geschniegelt. Ihr blondes Haar war unter einem blauen Kopftuch aufgesteckt und ihre zarten geschwungenen Augenbrauen waren mit einem dunklen Stift nachgezogen. In dieser Aufmachung wirkte sie älter; erst als sie den Kopf abwandte, nahm Lucia die reizenden Konturen ihrer Pausbäckchen und den kindlichen Hals wahr.

»Du wirst enttäuscht sein, Mutter«, sagte sie, »aber ich möchte in Zukunft nicht mehr Kunst studieren.«

»Ich bin nicht enttäuscht, mein Liebes.«

»Ich kann dir genau sagen, was ich vorhabe. Ich möchte Miss Kearneys zweijährigen Kurs für Sekretärinnen besuchen.«

»Es heißt, das sei eine sehr gute Schule.«

»Die Beste«, sagte Bee. »Wer bei Miss Kearney seinen Abschluss macht, kann so gut wie sicher sein, einen Job zu bekommen, ganz gleich, wie schlecht die allgemeine Lage ist.«

»Ich halte das für eine glänzende Idee, Liebling.«

»Daddy wird nicht deiner Meinung sein«, sagte Bee. »Er wird sich gebärden wie ein wilder Stier.«

»Ganz bestimmt nicht«, sagte Lucia.

»Im Ernst, Mutter! Du weißt doch selbst, wie Vater über Karrierefrauen denkt. Er behauptet immer, sie ließen sich die besten Seiten des Lebens entgehen.«

»Aber du würdest dir doch gewiss nicht wünschen, eine ›Karrierefrau‹ zu werden, Liebling.«

»Aber sicher«, sagte Bee. »Ich habe die Absicht, nach meiner Heirat weiterhin zu arbeiten.«

»Aber wenn du erst einmal Kinder hast …«

»Dann würde ich ein gutes Kindermädchen engagieren und sie wären verdammt viel besser bedient als mit mir, wenn ich die ganze Zeit zu Hause wäre.«

»Du sollst nicht fluchen, meine Liebe«, sagte Lucia. »Und ich wüsste auch nicht, weshalb sie besser dran sein sollten. Mir leuchtet nicht ein, warum Kinder mit ihrer eigenen Mutter schlechter dran sein sollten als mit einem Kindermädchen.«

»Weil eine Mutter von der Sorte, die immer nur zu Hause sitzt, nie selbstständig etwas unternimmt und kein eigenes Leben führt, und deshalb zwangsläufig engstirnig ist«, sagte Bee.

»Nach allem, was ich sehe, sind die meisten Kindermädchen keinesfalls so tolerant und aufgeschlossen, wie du dir das vorstellst«, sagte Lucia.

»Dazu kommt noch, dass ich der Meinung bin, jede Frau sollte in der Lage sein, ihre Kinder selbst zu ernähren«, sagte Bee. »Niemand weiß, in was für einer Welt wir leben werden, wenn dieser Krieg erst einmal vorbei ist. Wenn man das Risiko eingehen will, Kinder in die Welt zu setzen, sollte man auch dazu fähig sein, für sie zu sorgen, ganz gleich, was passiert.«

»Ja, sicher«, sagte Lucia.

Alles andere ist ihr lieber, als so zu werden wie ich, dachte sie. Ich bin ein abschreckendes Vorbild.

Eine Zeit lang fuhren sie schweigend weiter.

»Von diesem neuen Shampoo, das ich mir besorgen will, heißt es, es sei besonders gut für trockenes Haar«, sagte Bee. »Mein Haar ist in der letzten Zeit furchtbar trocken.«

»Du wäschst es zu oft«, sagte Lucia.

Dieses Thema war beiden bestens vertraut.

»Ich habe einen Artikel über Frauen irgendwo in einem fernen Land gelesen, die sich jeden Tag das Haar waschen«, sagte Bee. »Und sie sind berühmt für ihr fantastisches Haar.«

»Ich wasche mein Haar nie öfter als einmal in der Woche«, sagte Lucia, »und manchmal lasse ich sogar noch mehr Zeit vergehen. Und du musst zugeben, dass mein Haar in einem ziemlich guten Zustand ist.«

»Das ist etwas ganz anderes«, sagte Bee.

Als sei ich zu alt, um überhaupt noch Haare zu haben, dachte Lucia.

»Ich wüsste nicht, weshalb das etwas anderes sein sollte«, sagte sie kühl. »Tatsächlich habe ich sogar ganz bemerkenswertes Haar. Die Frisöre lassen sich immer wieder darüber aus. Mein Haar ist sehr dicht und noch dazu ist es sehr gesund.«

Bee warf einen Seitenblick auf sie.

»Das weiß ich doch, Mutter«, sagte sie behutsam. »David und ich sind uns darüber einig, dass du ganz tolles Haar hast.«

Sie sah ihre Mutter weiterhin an, ohne den Blick von ihr zu lösen.

»Starr mich nicht so an, Bee!«, rief Lucia aus.

»Tut mir Leid, Mutter«, sagte Bee und wandte den Blick ab.

Am Marktplatz stiegen sie aus dem Taxi.

»Ich laufe nur schnell rüber in die Drogerie. Ich bin gleich wieder da«, sagte Bee. »Brauchst du lange?«

»Wahrscheinlich wird es Stunden dauern«, sagte Lucia.

Theoretisch gab es auf dem Markt keine Selbstbedienung, aber da Mangel an Verkäufern herrschte, hatten sich die Kunden daran gewöhnt, umherzulaufen, ihre Sachen selbst zusammenzusuchen und anschließend das Obst und Gemüse auszuwiegen. Man bemühte sich darum, einen Platz an der Theke zu finden, um dort die sperrige Ware auszubreiten, und wenn man sich nicht vorsah, drängten sich andere Leute vor und schnitten einen von den gehorteten Lebensmitteln ab; sie knallten ihre Waren unsanft auf die Theke, und es konnte schon einmal vorkommen, dass dabei die Lebensmittel anderer Kunden auf den Boden fielen. Ich hasse es, dachte Lucia. Ich wünschte, ich wäre unbeschreiblich reich und arrogant, damit mich die Leute höflich behandeln müssen, ganz gleich, wie sie zu mir stehen.

»Keine Papiertücher«, sagte der Verkäufer. »Versuchen Sie es am Dienstag noch mal. Nein, Zucker gibt es heute nicht. Der einzige Käse, den wir heute haben, ist Pfefferkäse, und Sie können froh sein, dass Sie *den* überhaupt bekommen.«

Das Telefon läutete, und er ließ die Kunden stehen, um das Gespräch entgegenzunehmen; Lucia wartete immer noch auf seine Rückkehr, als Bee kam, um sie abzuholen.

Das Mädchen vom Gaswerk war zerstreut und überheblich.

»Ach, war der Mann immer noch nicht da?«, sagte sie. »Ich sehe mal nach, ob er zu Ihnen hingefahren ist.«

»Er war nicht da«, sagte Lucia nachdrücklich.

»Vielleicht waren Sie gerade nicht zu Hause«, gab das Mädchen zu bedenken.

»Wir sind nie alle gleichzeitig außer Haus.«

»Vielleicht war er rund um die Uhr mit Notfällen beschäftigt«, sagte das Mädchen.

»Bei uns handelt es sich um einen Notfall«, sagte Lucia.

»Nein«, sagte das Mädchen mit ausdrucksloser Stimme. »Von einem Notfall kann bei Ihnen nicht die Rede sein. Ich werde mich darum kümmern.«

»Könnten Sie mir sagen, wann ich mit dem Monteur rechnen kann?«

»Wir legen uns grundsätzlich nicht auf eine bestimmte Zeit fest«, wich das Mädchen aus. »Er nimmt sich die Anrufer der Reihe nach vor.«

Der Taxifahrer war ihnen nicht bekannt und er war einfach ekelhaft.

»Man sollte uns erlauben, für diese großen Einkaufstüten eine zusätzliche Gebühr zu berechnen«, sagte er. »Wenn Lastwagenfahrer für sperrige Gegenstände bezahlt werden, warum dann nicht wir? Aber nein. Die Leute packen das Taxi mit ihrem schweren Gepäck voll, das der Federung schadet, und dann geben Sie einem so gut wie kein Trinkgeld.«

»Gib ihm nichts!«, flüsterte Bee.

»Das kommt gar nicht infrage! Unter Umständen bin ich ein anderes Mal auf ihn angewiesen«, flüsterte Lucia zurück.

Er hielt den Wagen vor dem Haus an und Lucia beugte sich vor, um den Fahrpreis zu bezahlen und ihm ein angemessenes Trinkgeld zu geben. Er sagte kein Wort.

»Die Tür geht nicht auf!«, sagte Bee.

»Drücken Sie den Griff nach unten!«, sagte er. »Drücken Sie fest drauf.«

»Sie sind sich wohl zu schade dafür, mir die Tür zu öffnen«, sagte Bee.

»Sie sich anscheinend auch.«

»Psst!«, flüsterte Lucia.

Nachdem es Bee gelungen war, die Tür zu öffnen, stiegen sie aus und trugen die großen Tüten in die Küche.

»Master David hat gefragt, ob wir etwas früher als sonst

zu Mittag essen könnten« sagte Sibyl. »Er möchte ausgehen.«

»Ja, sicher«, nickte Lucia. »Was hältst du von halb eins, Bee?«

»In Ordnung«, sagte Bee, ehe sie den Raum verließ.

Lucia wollte ihr gerade aus der Küche folgen, als Sibyl auf sie zukam und dicht neben ihr stehen blieb.

»Mr. Nagle ist da, Ma'am«, sagte sie mit gesenkter Stimme.

Lucia sah sie an.

»Ma'am!«, sagte Sibyl. »Setzen Sie sich! Hier! Trinken Sie einen Schluck kaltes Wasser, Ma'am.«

»Wo ist er, Sibyl?«

»Ich habe ihn ins Bootshaus geschickt und gesagt, er soll Sie im oberen Stockwerk erwarten, Ma'am. Außer mir hat ihn niemand gesehen. Ich habe ihm gesagt, es könnte eine ganze Weile dauern, bis Sie eine Gelegenheit finden, sich dort mit ihm zu treffen.«

Lucia trank das Wasser und kämpfte gegen einen grauenhaften Schwächeanfall, der sie niederdrücken wollte. Ich schaffe es nicht, sagte sie sich. Ich kann nicht mit ihm reden. Ich kann ihn nicht treffen. Ich schaffe es einfach nicht – ich schaffe das alles nicht mehr. Wenn ich nicht hingehe, wird er wieder fortgehen.

Er würde nicht fortgehen. So viel stand für sie fest. Wenn sie nicht zu ihm ging, würde er herkommen. Dann würde sie ihn im Haus haben. Ich muss ihn im Bootshaus aufsuchen, dachte sie. Es muss sein.

Rasende Wut loderte in ihr auf. Was tut Mr. Donnelly überhaupt?, schrie sie innerlich. Was meint er, wenn er sagt, ich soll mir keine Sorgen machen, weil er sich um alles kümmern wird?

Woran, zum Teufel, bin ich eigentlich mit diesem Mann?, dachte sie.

17.

Die Wut war ihr eine Hilfe.

»Ich gehe jetzt sofort zu ihm«, sagte sie und stand auf.

Die Schwingtür wurde aufgestoßen und David stürmte in die Küche.

»Sieh dir das an, Mutter!«, sagte er. »Wirf einen Blick darauf, ja?«

»Was ist das, mein Schatz?«

»Sieh es dir an!«, sagte er und hielt ihr einen Packen Papier hin.

»Aber was ist das, David?«, fragte sie. »Reicht es nicht, wenn ich es nach dem Mittagessen lese?«

»Schon gut«, sagte er. »Spar dir die Mühe. Ich muss es gleich nach dem Mittagessen abschicken.«

Er war verletzt.

»In dem Fall möchte ich es natürlich sofort sehen«, sagte Lucia. »Gib es mir, David!«

Im ersten Moment zögerte er, doch dann hielt er ihr den Packen wieder hin; die Seiten waren ordentlich mit der Maschine geschrieben und zusammengeheftet.

Ubu stand im Höhleneingang, sah sich um und schüttelte seine zottige Mähne. Er hatte sich ein grobes Kleidungsstück aus Wolfspelz über die Schultern geworfen und in der Hand hielt er eine steinerne Keule, die gut fünfzehn Pfund wog. Die Höhle führte in den Berg hinein und unter ihm erstreckte sich der Dschungel; dort streiften der Säbelzahntiger und andere wilde Tiere umher, die sowohl Feinde seiner Artgenossen als auch seine eigenen Feinde waren.

»Ist das eine Geschichte, David?«, fragte sie und blickte auf.

»Ein ziemlich guter Anfang, findest du nicht auch?«, fragte er. »Ich meine, man interessiert sich doch gleich für Ubu, oder nicht?«

»Ja, doch, und wie!«

»Dann sage ich dir jetzt, was ich damit vorhabe«, sagte er. »Du kennst doch diese Rundfunksendung, die von Vigorex Gum gesponsert wird? Die haben nämlich einen Wettbewerb ausgeschrieben. Jeder unter sechzehn kann eine Geschichte bis zu tausend Wörtern einschicken und das Thema sind die großen Erfindungen, die das Leben der Menschheit verändert haben. Der erste Preis ist eine Kriegsschuldverschreibung im Wert von tausend Dollar. Ich wette mit dir, dass so gut wie alle Teilnehmer Geschichten über die Druckerpresse, das Telefon und ähnliche Erfindungen einreichen werden. Also, ich für meinen Teil habe mir jedenfalls das Rad vorgenommen. Du wirst ja sehen, wie ich es angestellt habe.«

»David, das ist ja hochinteressant!«, sagte Lucia. »Lass uns ins Wohnzimmer gehen, damit ich die Geschichte in Ruhe lesen kann.«

Nagle soll ruhig warten, dachte sie. Selbst wenn ich so gemein wäre, Davids Geschichte nicht zu lesen, könnte ich jetzt unmöglich aus dem Haus gehen. David würde bestimmt mitkommen wollen – und was könnte ich ihm sagen?

Mr. Harper saß im Wohnzimmer und las.

»Wenn du mit dem Lesen fertig bist, Mutter«, sagte David, »würde Großpapa vielleicht auch gern einen Blick darauf werfen.«

»Gewiss doch! Worum geht es denn? Um einen Brief?«

»Nun ja, es ist gewissermaßen eine Art Geschichte«, antwortete David mit einem schüchternen Lachen. »Mach dir keine Sorgen, Großpapa. Ich habe absolut nicht vor, Schriftsteller zu werden. Ich dachte mir nur, ich kann mich ja mal daran versuchen und sehen, ob ich diesen Preis gewinne.«

Lucia setzte sich, um die Geschichte zu lesen.

»Meine Güte, liest du aber langsam!«, sagte David.
»Ich weiß«, sagte Lucia.
Nur mit Mühe konnte sie ihren wirren Verstand dazu bringen, die Worte zu verstehen, die sie las.

Ikko kam mit dem neugeborenen Säugling in ihren Armen aus der Höhle; das Kleine war liebevoll in das Fell eines riesigen Hasen gewickelt.
»Ikko! Schau! Stein!«, rief Ubu.
Während Ubu dastand und beobachtete, wie der nahezu vollkommen runde Wunderstein den Hang hinabrollte, nahm das grandiose Prinzip des Rades in seinem Verstand Gestalt an. Er sah vor sich, wie man runde Steine wie diesen dazu einsetzen könnte, die Kadaver erschlagener Tiere zu transportieren …

»Das Mittagessen ist serviert, Ma'am«, sagte Sibyl.
»Einen Moment«, sagte Lucia und las die letzte Seite zu Ende. »Das ist eine unheimlich gute Geschichte, David.«
»Die Frage ist nur, ob sie interessant ist?«, hakte er nach.
»Sie ist unheimlich interessant!«
»Übermorgen ist Einsendeschluss«, sagte David. »Ich wollte sie nicht so spät abschicken, aber eher habe ich es nicht hingekriegt. Ich muss sie gleich nach dem Mittagessen zur Post bringen. Trotzdem wäre es mir lieb, wenn Großpapa einen Blick darauf werfen würde.«
»Wenn deine Mutter nichts dagegen einzuwenden hat, lese ich die Geschichte bei Tisch«, sagte Mr. Harper.
Als Bee im Esszimmer erschien, hatte sie ein Handtuch um ihr Haar gewickelt und es mit Nadeln festgesteckt; sie sah aus wie eine Krankenschwester vom Roten Kreuz.
»Ich habe dieses Shampoo ausprobiert«, setzte sie an.
»Psst, Liebes«, sagte Lucia. »David hat eine Geschichte geschrieben.«
»Ich habe sie gelesen«, sagte Bee. »Ich muss schon sagen, dass ich sie verflixt gut finde.«
»Auffallend gut«, sagte Mr. Harper. »Ja. Die Frage ist

nur, ob du die Fakten überprüft hast, mein Junge. Ich will damit sagen, diese prähistorischen Tiere – haben die alle in einer und derselben Epoche gelebt?«

»Ja, klar«, sagte David. »Ich habe sie alle in der Bücherei nachgeschlagen. Für diese Geschichte habe ich ziemlich viele Nachforschungen angestellt.«

Ich glaube, ich habe Fieber, sagte sich Lucia. Mir ist so heiß. Mir ist so eigenartig zu Mute. Ich muss zu Nagle gehen. Angenommen, er hat das Warten satt? Angenommen, er kommt her?

Sowie er sein Mittagessen aufgegessen hatte, ging David aus dem Haus, und Bee setzte sich auf die Veranda, um ihr Haar von der Sonne trocknen zu lassen. Ich muss mich durch die Hintertür aus dem Haus schleichen, dachte Lucia. Sie ging in die Küche. Durch das Küchenfenster sah sie ihren Vater gemächlich über den Rasen schlendern; er hatte die Hände hinter seinem Rücken gefaltet. Dieser Weg ist mir auch versperrt, dachte sie. Er würde mich fragen, wohin ich gehe.

Ich muss mir eine Ausrede einfallen lassen. Ich muss sehen, dass ich schleunigst zum Bootshaus komme.

»Ich habe Mr. Nagle etwas zum Mittagessen gebracht, Ma'am«, sagte Sibyl. »Und eine Flasche von Mr. Harpers Whiskey.«

»Sibyl, was für eine gute Idee! War er ... wie hat er sich gebärdet?«

»Jetzt ist er ruhig, Ma'am«, sagte Sibyl.

Als sei er ein gefährliches Tier, das nur ab und zu einen Moment Ruhe gibt.

»Wenn Sie nach oben gehen und sich hinlegen wollen, Ma'am«, sagte Sibyl, »dann gebe ich Ihnen Bescheid, sowie Mr. Harper seinen Spaziergang beendet hat.«

Lucia ging nach oben in ihr Zimmer, aber sie konnte sich nicht hinlegen. Sie brachte es noch nicht einmal fertig, sich zu setzen. Sie stellte sich ans Fenster. Von dort aus konnte sie das Bootshaus sehen.

Donnelly, dachte sie. Er hat gesagt, ich soll mir keine

Sorgen machen. Was, zum Teufel, ist bloß los mit ihm? Dieser verfluchte Kerl. Er hat es dazu kommen lassen. Er taugt nichts. Er ist nichts weiter als ein Gauner und ein Lügner. Ich hasse ihn. Dieser verfluchte Kerl.

Sie warf einen Blick auf ihre Armbanduhr und geriet in Panik. Halb zwei! Es tut Vater nicht gut, so lange umherzulaufen, in seinem Alter …

Aber er hatte nun einmal diese Angewohnheit. An stürmischen Tagen lief er eine Stunde, wenn nicht länger, in einem der Zimmer auf und ab. Wenn er das bloß nicht heute tut! Oder wenn wenigstens Bee ins Haus käme! Ich muss hier raus!

Inzwischen hielt sie den Blick starr auf ihre Armbanduhr gerichtet. Das ist ein Fehler, sagte sie sich. Ich sollte lesen – oder etwas flicken. Sonst erscheint mir die Zeit doppelt so lang. Zwanzig vor zwei. So lange kann er doch gar nicht spazieren gehen.

Es war Viertel vor zwei, als Sibyl an die Tür klopfte.

»Mr. Harper ist jetzt im Haus, Ma'am«, sagte sie.

Lucia lief an ihr vorbei und rannte die Treppe hinunter, durch die Küche und zur Hintertür hinaus. Es konnte durchaus sein, dass ihr Vater gerade aus dem Fenster schaute. Oder Bee. Sie durften sie nicht rennen sehen. Ich wollte mich sowieso nicht eilen, dachte sie. Nagle soll ruhig warten, dieser verdammte Kerl.

Sie lief durch das Gras zum Bootshaus und stieg die Stufen zu der kleinen Veranda hinauf; sie öffnete die Tür und trat in das muffige Halbdunkel. Es war niemand im Zimmer –, kein Laut war zu hören. Sie schloss die Tür hinter sich und ließ die Hand auf dem Türgriff liegen.

»Mr. Nagle?«, rief sie.

Sie bekam keine Antwort. Ob er sich versteckt hat?, dachte sie. Nein. Er ist oben. Und sitzt seelenruhig da? Angenommen, er steht hinter der Tür, wenn ich nach oben gehe?

Angenommen, er versucht, mich umzubringen?, dachte sie.

Das erschien ihr durchaus möglich. Nagle war für sie so rätselhaft wie ein Wesen von einem anderen Planeten. Sie sah ihn nicht als einen Mann an, als ein menschliches Wesen, sie sah in ihm nur etwas durch und durch Böses und Gefährliches. Er ist natürlich nur hier, weil er Geld will, dachte sie, und wenn er kein Geld bekommt, wird er vielleicht versuchen, mich zu töten.

Aber angenommen, er war überhaupt nicht da? Angenommen, er hatte das Warten satt und war fortgegangen?

Das wäre zu schön, um wahr zu sein, sagte sie sich.

»Mr. Nagle?«, rief sie noch einmal.

»Kommen Sie rauf!«, rief er zurück.

Ihr blieb nichts anderes übrig, als sich schleunigst in Bewegung zu setzen, ohne vorher nachzudenken. Er saß in Hemdsärmeln und lavendelfarbenen Hosenträgern auf einem Korbstuhl im Wohnzimmer des oberen Stockwerks und hatte den weichen Hut auf seinen Hinterkopf geschoben. Das Tablett, auf dem ihm Sibyl das Mittagessen gebracht hatte, hatte er auf den Boden gestellt, und auf dem Tisch neben ihm standen eine Flasche Whiskey und ein Glas.

»Sie haben sich reichlich viel Zeit gelassen«, sagte er.

»Es ging nicht anders«, sagte Lucia.

»Also gut«, sagte er. »Ich habe lange genug gewartet. Jetzt ist die Rede von zehntausend – und zwar auf der Stelle.«

»Ich kann das Geld nicht beschaffen.«

»Oh, doch, das können Sie. Von Ihrem Vater. Ich habe ihn überprüft.«

»Nein, das ist ganz ausgeschlossen.«

»Sie werden es beschaffen, denn sonst passiert was.«

»Und was genau wird passieren?«

»Ich gehe mit einem der Briefe von Ihrer Tochter zu einem Zeitungsfritzen, den ich kenne.«

»Von mir aus«, sagte Lucia. »Keine Zeitung würde jemals einen solchen Brief abdrucken.«

»Moment mal, Gnädigste«, sagte er. »Machen Sie mal halb lang. Wer redet denn davon, die *Briefe* abzudrucken?

Ich will diesen Kerl doch nur auf Sie ansetzen, sonst nichts. Ich brauche ihm nur den Tipp zu geben, dass eine gut aussehende Blondine in den Fall Darby verwickelt ist. Den Rest erledigt er dann selbst.«

»Und was versprechen Sie sich davon?«, fragte Lucia.

»Jede Menge, Gnädigste. Jede Menge.«

Er will mir schaden, dachte sie. Genau das will er. Darum geht es ihm viel mehr als um das Geld. Er hasst mich.

Und irgendwie nahm ihr das plötzlich jede Furcht vor ihm. Er käme im Traum nicht auf den Gedanken, mich umzubringen, dachte sie höhnisch und musterte ihn, wie er mit seinem Hut auf dem Hinterkopf da saß und den Whiskey ihres Vaters trank. Ich würde ihn gern schlagen, dachte sie. Ich täte ihm gern weh.

»Und?«, fragte er. »Was geschieht jetzt, Gnädigste?«

»Nichts«, sagte sie. »Ich kann Ihnen keine zehntausend Dollar geben. Selbst tausend Dollar hätte ich nicht.«

»Also gut«, sagte er. »Wenn das so ist, dann werden Sie und Ihre blonde Tochter eben den ersten Zug nehmen und von hier verschwinden. Sie werden untertauchen und auf keinen Fall zurückkommen.«

»Was für eine verrückte Idee!«, sagte Lucia.

»Sehen Sie zu, dass Sie schleunigst diese Stadt verlassen, und kommen Sie bloß nicht zurück. Andernfalls werden Sie sich wünschen, Sie wären nie geboren.«

Er blufft nur, dachte Lucia überrascht und nahm wahr, dass sie noch höhnischer wurde. Er versucht nur, mir Angst einzujagen. Er kann uns gar nichts anhaben.

»Sie können sich das Warten sparen«, sagte sie. »Sie bekommen ja doch nichts von mir.«

»Ich gehe, wann es mir passt«, sagte er. »Und im Moment passt es mir noch nicht in den Kram.«

»Und angenommen, ich rufe die Polizei?«

»Nur zu! Von mir aus können Sie gern die Polizei rufen, Gnädigste. Ich bin ein Freund von Ted Darby. Ich weiß, dass er sich mit Ihrer blonden Tochter eingelassen hatte, und ich bin hier, um zu sehen, ob ich etwas herausfinden kann. Also gebe ich den Bullen einen von ihren Briefen. Und ich versichere Ihnen, die werden sie zum Sprechen bringen.«

Das könnte tatsächlich passieren, wenn ich die Polizei rufen würde, dachte Lucia. Es ist schon komisch, wenn man es sich recht überlegt, aber mir ist wirklich genauso wenig wie ihm daran gelegen, die Polizei in diese Geschichte hineinzuziehen.

»Also, was ist, Gnädigste?«, schrie er sie an.

»Hören Sie auf, mich so zu nennen!«, sagte sie mit scharfer Stimme.

»Das gefällt Ihnen wohl nicht? Ein echter Jammer, Gnädigste. Zum Glück habe ich nie den Fehler begangen, mich mit einer feinen Dame einzulassen, mit einem von euch gottverdammten Weibern aus der *besseren* Gesellschaft.«

»Aus der besseren Gesellschaft?«, rief Lucia aus. »Wenn Sie mich für eine Dame der Gesellschaft halten, dann sind Sie ein Narr.«

»Nein, nein«, sagte er. »Ich bin kein Narr. Ihre Sorte kenne ich nur zu gut. Ich habe selbst erlebt, wie Freunde von mir auf solche Weiber reingefallen sind. Ihr taugt nicht das Geringste, keine von euch! Jeder Mann, der sich mit einer von euch einlässt, ist erledigt. Sie brauchen sich doch nur anzusehen, was sich Darby mit seiner ...«

»Jetzt reicht es mir!«, sagte Lucia. »Verschwinden Sie!«

»Ich gehe dann, wenn es mir passt, Gnädigste. Und keine Sekunde eher.«

»Sie ...«, setzte sie an und ließ ihren Satz abreißen, als ihr ein Schauer des Entsetzens über den Rücken lief, weil sie Schritte auf der Treppe hörte.

Vater?, dachte sie. Nein, bloß das nicht! Bitte, nicht ausgerechnet du, Vater.

Es war Donnelly, eine elegante Erscheinung in einem schiefergrauen Anzug mit einer blauen Kornblume im Knopfloch.

»Was geht hier vor?«, fragte er. »Ich konnte euch beide schon von draußen hören.«

»Er wird die Briefe einem Mann aushändigen, der bei einer Zeitung arbeitet«, sagte Lucia.

»Maul halten!«, sagte Nagle.

»Lass sie in Ruhe«, sagte Donnelly. »Was hast du überhaupt hier zu suchen, Carlie? Dieses Vorgehen kann ich nur als schmutzig und hinterhältig bezeichnen, nachdem wir alles geregelt hatten.«

Seine Worte klangen sehr streng, aber nicht wütend.

»Du hast dein Geld bekommen«, sagte er. »Weshalb sollte dir das nicht genügen, Carlie? Du hast kein Recht, dich hier herumzutreiben.«

»Jetzt sieh doch mal, Martin«, sagte Nagle und stand auf. »Wenn es zum Äußersten kommen muss, dann muss es eben zum Äußersten kommen. Ich bin hier, weil ich dir diese Frau auf die eine oder andere Weise vom Hals schaffen *muss*. Du begreifst das nicht, aber ich begreife es dafür umso besser. Sie wird dich ruinieren.«

»Lass sie in Ruhe«, sagte Donnelly, dem nach wie vor kein Zorn anzuhören war. »Diese Angelegenheit entzieht sich restlos deinem Verständnis.«

»So ein Schwachsinn«, sagte Nagle. »Du brauchst dir doch nur anzusehen, was sie jetzt schon aus dir gemacht hat. Ein Mann wie du, ein Mann mit einem Namen – und gestern hast du den Hut herumgereicht und ein paar hundert hier und ein paar hundert da kassiert. Glaubst du etwa, ich will das Geld, das du dir so beschaffst? Hör zu. Wir haben das gemeinsam ausgeheckt; wir wollten fifty-fifty miteinander teilen. Aber sie rückt die Kohle nicht raus, und was tust du? Du gehst betteln, um mich auszuzahlen. Als wollte ich dich ausrauben. Das stimmt aber gar nicht. Ich will dein Geld nicht.«

»Aber du hast es genommen«, sagte Donnelly, »und du hast mir versichert, du würdest sie in Ruhe lassen. Du bist ein Lügner, Carlie.«

»Dann bin ich eben ein Lügner. Von mir aus. Ich denke gar nicht daran, sie in Ruhe zu lassen.«

»Du wirst sie in Ruhe lassen müssen«, sagte Donnelly.

Lucia trat zur Seite, um sich an die Wand zu lehnen. Die beiden Männer standen einander gegenüber. Nagle war kleiner, er war übergewichtig und er wirkte alt, aber er strahlte enorme Energie aus und hatte eine kämpferische Haltung eingenommen, von den gespreizten Füßen über den vorgebeugten Oberkörper bis zum kriegerischen Kinn. Donnelly dagegen war unscharf und verschwommen, keine Spur von Energie war ihm anzusehen, nur diese geduldige Strenge.

Aber er wird alles in Ordnung bringen, dachte sie. Auf die eine oder andere Weise. Sie lehnte sich vollkommen untätig an die Wand. Für sie gab es jetzt nichts zu tun und nichts zu sagen; im Moment brauchte sie sich keine Gedanken zu machen. Die beiden Männer redeten miteinander, aber sie hörte ihnen nicht zu. Sie wartete ab, sie ruhte sich aus.

Jedenfalls solange, bis sich Donnellys Tonfall auf einmal veränderte und der Klang seiner Stimme sie verblüffte. Sie warf einen Blick auf ihn und er wirkte mit einem Mal nicht mehr verschwommen, er hatte klare Konturen angenommen, war auf der Hut und hatte den Kopf ein klein wenig gesenkt, wie ein lauschendes Tier.

»Was hast du gerade gesagt?«, fragte er.

»Du hast mich gehört«, sagte Nagle.

Sie fürchten sich voreinander, dachte Lucia, als sie sah, dass auch Nagle auf der Hut war und unglaublich still dastand. Als könnte die kleinste Bewegung den anderen veranlassen loszuspringen.

»Du meinst Eddy und Moe würden darüber reden«, sagte Donnelly. »Dann bist du also derjenige, von dem sie es wissen.«

»Nein, eben nicht. Glaubst du etwa, du könntest durch New York laufen, als wärst du unsichtbar? Du warst mit ihr bei Gogo. Champagner …«

»Ich habe keinen Champagner bestellt!«

»Okay, dann gab es eben keinen Champagner. Schon gut. Pop hat euch dort gesehen.«

»Ach was, Pop?«, sagte Donnelly. »Und Pop war auch derjenige, der es Eddy und Moe erzählt hat?«

»Genau«, sagte Nagle. »Es liegt doch auf der Hand, dass er es ihnen sagt. Es ist dieselbe Frau, die sie schon drüben in Darbys Hotel gesehen haben, und Eddy und Moe waren gute Freunde von Darby.«

»Natürlich liegt das auf der Hand«, sagte Donnelly.

»Nur ist Pop in Buffalo.«

Nagle bewegte sich kaum wahrnehmbar; er verlagerte sein Gewicht von einem Fuß auf den anderen.

»Vielleicht hat er ihnen einen Brief geschrieben.«

»Er würde niemandem schreiben. Und bei Gogo hat er mich auch nicht gesehen. Er ist schon letzten Donnerstag nach Buffalo gefahren. Du bist ein Lügner, Carlie.«

»Jetzt sieh doch mal, Martin ...«

»Wenn Eddy und Moe darüber geredet haben, dann wissen sie es von dir, Carlie.«

Plötzlich tat sich etwas. An den beiden Männern, die sich nicht rührten, vollzog sich eine Veränderung.

»Ich habe es ihnen nicht gesagt«, beharrte Nagle.

»Du bist ein Lügner«, sagte Donnelly noch einmal. »Wenn sie darüber geredet haben, dann hast du sie darauf gebracht. Das verzeihe ich dir nie.«

»Also gut. Sie haben nicht darüber geredet. Das habe ich nur gesagt, damit du begreifst, was du getan hast. Du kannst diese Geschichte nicht geheim halten. Sie werden es herausfinden und dann werden sie sich Sorgen machen. Du amüsierst dich mit dieser feinen Dame und sie bringt dich zum Reden. Schön und gut. Und eines Tages redest du zu viel und sie lässt dich auffliegen. Und den Rest von uns auch. Um Gottes willen, Martin, lass sie sausen! Du hast dich doch noch nie von einer Frau aus der Bahn werfen lassen. Um Himmels willen, komm zur Besinnung!«

»Du spielst wohl mit dem Gedanken, die anderen auf sie anzusetzen«, sagte Donnelly.

»Verdammt noch mal, dann sieh doch zu, dass sie von hier verschwindet. Wir ...«

Donnelly schlug ohne jede Vorwarnung zu. Sein Arm schoss direkt aus dem Schultergelenk heraus und seine Faust versetzte Nagle einen gut gezielten Kinnhaken, der ihn mit kleinen Trippelschritten rückwärts taumeln ließ. Er knallte gegen einen Sessel und fiel mit einem dumpfen Schlag, der das ganze Haus erschütterte, auf den Boden. So flink wie eine Katze war Donnelly an seiner Seite und hatte sich neben ihn gekniet.

»Ist er verletzt?«, fragte Lucia mit ausdrucksloser Stimme.

»Nein«, sagte Donnelly. »Gehen Sie ins Haus zurück.«

Er beugte sich über Nagle und sie kam näher, um zu sehen, was er tat.

»Martin!«, rief sie entsetzt aus. Sie versuchte zu schreien, doch ihre Kehle zog sich zusammen. »Martin …«, brachte sie flüsternd heraus.

»Sei still!«, sagte er durch zusammengebissene Zähne. »Geh jetzt nach Hause.«

Sie umklammerte seinen Arm, doch er war wie Stahl, wie Stein. Seine Finger hatten sich um Nagles Kehle geschlossen und Nagles bleiche Augen traten hervor, die Zunge streckte sich durch seine keuchenden Lippen und sein Gesicht lief dunkel an.

»Martin …«, sagte sie und zog mit beiden Händen an seinem Arm. »Hör auf … ich bitte dich … ich bitte dich …«

Sie war selbst am Ersticken. Ihr Blick war starr auf Nagles grässliches Gesicht gerichtet, als sie die Hände zu ihrer Kehle hob. Sie war am Ersticken und jetzt war sie auch noch blind und sah nur noch undurchdringliche Schwärze vor sich.

Donnelly legte sie auf das durchgesessene Sofa. Er hob ihren Kopf und hielt ihr ein Glas an die Lippen.

»Trink einen Schluck«, sagte er. »Das wird dir helfen.«

Der Whiskey hatte einen widerlichen, beißenden Geruch. Sie nippte daran, dann stieß sie das Glas so heftig von sich, dass es ihm aus der Hand fiel und auf dem Boden landete.

»Sein Glas …«, sagte sie.

Sie ließ sich einen Moment zurücksinken und setzte sich dann auf. Donnelly stand neben ihr und rauchte eine Zigarette.

»Sobald du es schaffst«, sagte er, »solltest du nach Hause gehen. Versuch es am besten gleich. Kannst du aufstehen?«

»Nagle …?«, brachte sie mit Mühe heraus.

»Ich werde mich um ihn kümmern.«

»Du hast ihn getötet«, sagte sie. »Du hast ihn umgebracht. Du hast ihn erwürgt.«

»Ich musste es tun«, sagte er.

»Du hast ihn umgebracht. Du hast ihn erwürgt.«

»Geh jetzt nach Hause«, sagte er.

»Du hast ihn umgebracht. Du hast ihn erwürgt.«

»Sag das nicht, Liebling«, sagte er.

»Wie konntest du das tun? Wie konntest du das bloß tun?«, sagte sie vorwurfsvoll und begann zu weinen.

»Ich musste es tun. Er hat mit dem Gedanken gespielt, die beiden auf dich anzusetzen.«

»Besser«, sagte sie. »Viel besser …« Inzwischen schluchzte sie. »Alles andere … wäre besser … als das. Als das.«

»Sieh mal«, sagte er und setzte sich zu ihr auf das Sofa. »Es ist sehr schwer für dich, das ist mir schon klar, aber du brauchst jetzt Mut. Du musst aufhören zu weinen. Stell dir vor, jemand käme zu Besuch und du müsstest diese Person empfangen?«

»O Gott!«, rief sie in ihrer Verzweiflung aus.

Ganz gleich, was ihr zustieß und wie ihr zu Mute war, sie musste immer daran denken, wie sie ihrer Welt gegenübertreten konnte. Ihrer kleinen Welt – ihren Kindern und ihrem Vater. Das war das Einzige, was zählte.

»Ich hätte gern noch einen Schluck Whiskey«, sagte sie. »Könnte ich bitte aus der Flasche trinken?«

»Sicher«, sagte er. »Solange du es nicht übertreibst.«

Sie setzte die Flasche an.

»Hast du eine Zigarette?«, fragte sie.

Er gab ihr eine Zigarette und Feuer.

»Danke«, sagte sie.

»Gern geschehen«, sagte er.

Ihr Umgang miteinander war wieder so förmlich wie bisher. Sie rauchte ein paar Züge, nahm eine aufrechtere Haltung an und wurde ruhiger. Sie spürte ihre Kraft zurückkehren.

»Was wirst du mit ihm anfangen?«

»Überlass das ruhig mir«, sagte er. »Geh jetzt zurück in dein Haus und wenn sie dir Fragen stellen, wirst du ihnen Folgendes erzählen. Sag ihnen, du hast mich auf eine Tasse Tee eingeladen, ehe ich nach Montreal aufbreche. Und während du heute Morgen draußen warst, ist dir Nagle begegnet und hat nach mir gefragt, und du hast ihn ins Bootshaus geschickt, damit er dort auf mich wartet. Nach einer Weile fragst du dich dann, ob er wohl noch da ist. Also läufst du zum Bootshaus und hörst uns beide heftig miteinander streiten. Du wartest ein Weilchen und dann machst du dich auf den Rückweg.«

»Also gut«, sagte sie stirnrunzelnd. »Aber was wirst du mit ihm anfangen?«

»Sprich es mir nach, ja?«, sagte er. »Ich meine, sag mir, was du ihnen erzählen wirst, falls sie dir Fragen stellen.«

»Nein. Ich werde es mir merken.«

»Sag es mir, bitte. Sei so gut.«

»Von mir aus. Ich werde sagen, ich hätte dich zum Tee eingeladen und Nagle hätte nach dir gefragt und ich hätte ihm gesagt, er soll im Bootshaus warten, und ich hätte euch miteinander streiten gehört. Und jetzt will ich wissen, was du mit ihm anfangen wirst.«

»Ich werde ihn in dein Boot legen und mit ihm raus rudern.«

»Das ist doch lächerlich«, sagte sie. »Um diese Tageszeit sind immer viele Leute mit ihren Booten draußen.«

»Ich werde es schon schaffen«, sagte er.

»So nicht. Du könntest ihn nirgendwo abladen.«

»Dann lasse ich ihn eben hier, wo ihn keiner sehen kann, und hole ihn später.«

»Hier? Nein. Fällt dir denn nichts Besseres ein?«

»Nein«, sagte er.

»Dann werde ich mir eben etwas einfallen lassen. Die …« Sie blickte zu ihm auf und stellte erschrocken fest, dass er wieder unscharf und verschwommen war. »Ist dir denn nicht klar, in welcher Gefahr du schwebst?«

»Ich werde es schon schaffen.«

»Deine Pläne sind … die reinste Idiotie. Wenn sie dich bei ihm finden, dann hast du nicht die geringste Chance. Ich bin ganz sicher, dass jeder Arzt die Todesart bestimmen könnte. Ich soll verbreiten, du hättest eine Auseinandersetzung mit ihm gehabt. Vermutlich hast du vor zu schwören, du hättest ihn in Notwehr getötet. Das würde dir kein Mensch abkaufen. Nicht, nachdem du ihn erwürgt hast.«

»Ich kriege das schon hin«, sagte er.

Da stand er jetzt, so groß, so begriffsstutzig und so konturlos.

»Du bist ein Volltrottel!«, schrie sie ihn an. »Du musst ihn von hier fortschaffen. Ich fahre meinen Wagen vor die Tür, und du …«

»Ich kann nicht fahren«, sagte er.

»Oh, doch, das kannst du wohl. Ich bin selbst schon mit dir gefahren.«

»Im Moment kann ich nicht fahren«, sagte er. »Mein Arm ist vollkommen gefühllos.«

»Was soll das heißen?«

»Mein Arm«, erklärte er. »Ich kann ihn nicht bewegen.«

Jetzt fiel ihr auf, dass sein rechter Arm schlaff an seiner Seite hing.

»Du musst ihn bewegen«, sagte sie. »Das ist alles nur psychisch.«

»Wie meinst du das?«, fragte er besorgt.

»Das ist alles nur Einbildung. Du kannst deinen Arm benutzen.«

»Es ist eine göttliche Strafe, die über mich verhängt worden ist«, sagte er.

»So ein Blödsinn!«, schrie sie. »So ignorant und dumm kannst du einfach nicht sein. Ich werde den Wagen herbringen und du musst sehen, dass du ihn in den Wagen packst und ihn fortschaffst. Du musst ihn irgendwo abladen und dann nach Hause gehen. Kein Mensch braucht jemals zu erfahren, was aus ihm geworden ist. Sei nicht so rückgratlos! Bist du etwa nicht Manns genug, um zu kämpfen, wenn dein Leben auf dem Spiel steht?«

»Ich kann meinen Arm überhaupt nicht bewegen«, sagte er. »Das ist über mich verhängt worden, damit ich mich nicht aus der Affäre ziehen kann. Geh jetzt zurück in dein Haus.«

»Du Dummkopf! Du Idiot! Du Feigling!«, schrie sie. »Komm endlich wieder zur Besinnung!«

Er gab ihr keine Antwort.

»Wenn das so ist, dann werde ich dich eben wieder zur Besinnung bringen«, sagte sie. »Und ich sage dir eins: Ich hole dich hier raus.«

18.

»Hör mir genau zu«, sagte sie. »Ich werde den Wagen vorfahren, und wir …«

»Nein«, sagte er. »Ich werde dich nicht in diese Geschichte hineinziehen.«

»Wenn du mir nicht hilfst«, sagte sie, »dann tue ich es eben allein. Ich zerre ihn allein die Stufen hinunter und packe ihn in den Wagen.«

»Geh jetzt zurück nach Hause«, sagte Donnelly. »Überlass es mir, die Geschichte auf meine Art zu regeln.«

»Das kommt gar nicht infrage. Du hast eine Chance und die wirst du dir nicht entgehen lassen. Ich hole den Wagen und du siehst dich solange nach etwas Geeignetem um, vielleicht einer Decke, in die wir ihn wickeln können.«

»Um Gottes willen, würdest du mich jetzt endlich allein lassen?«, rief er aus.

»Nein. Ganz bestimmt nicht. Wenn du nicht stark genug bist, um mir zu helfen, erledige ich das alles ganz allein.«

»Ich werde dir helfen«, sagte er, obwohl es ihn sichtlich Mühe kostete. Er seufzte tief und hob den Kopf. »Hast du vielleicht einen großen Koffer?«, fragte er.

»Nicht hier. Nein, warte, da ist diese Truhe.«

Er sah in die Richtung, in die sie deutete. Unter dem Fenster stand eine Truhe, die als Sitzgelegenheit diente und mit ausgeblichenem, modrigem Chintz überzogen war. Er trat ans Fenster, blieb vor der Truhe stehen und hob den Deckel hoch.

»Das ließe sich machen«, sagte er. »Aber in der Truhe ist allerlei Gerümpel.«

»Hol es raus«, sagte sie. »Jetzt versuch doch wenigstens, deine rechte Hand zu benutzen! Rück zur Seite!«

Sie beugte sich über die Truhe und holte einen Pflanzenheber, zwei Taschenlampen und ein Gewirr aus Draht und Schnur heraus und warf alles auf den Boden; sie war so flink und er so langsam.

»Jetzt heben wir ihn rein«, sagte sie.

»Das kannst du nicht tun!«, sagte Donnelly voller Entsetzen.

»Oh, doch, das kann ich wohl!«, sagte sie.

»Du machst dir keine Vorstellung davon, wie …«

»Ich habe Rex – das war Davids Hund – ich habe Rex zum Haus getragen, nachdem er überfahren worden ist«, sagte sie voller Stolz. »Wenn es sein muss, bin ich allem gewachsen.«

»Dem hier nicht«, sagte er.

Sie drehte sich um und sah Nagle an. Er war nichts weiter als eine Erhebung auf dem Fußboden, bedeckt mit einem dunkelgrünen Tischtuch aus Chenille.

»Mach schon!«, sagte sie. »Wir müssen uns beeilen.«

Donnelly drehte die Truhe auf die Seite.

»Halte den Deckel auf«, sagte er.

Er benutzte nur seinen linken Arm, um Nagle zu der Truhe zu schleifen; er packte ihn hinein und legte ihn mit angezogenen Knien auf den Rücken; die Knie standen hoch, weil die Truhe zu kurz war. Dann stellte er die Truhe wieder aufrecht hin und Nagles Gewicht verlagerte sich mit einem dumpfen Schlag.

»Während ich den Wagen hole«, sagte Lucia, »räumst du das Tablett und die Whiskeyflasche weg. Und das Werkzeug. Alles muss aufgeräumt und ordentlich wirken.«

»Okay«, sagte er.

Sie rannte die Treppe hinunter und öffnete die Tür. Und draußen im strahlenden Sonnenschein packte sie das Entsetzen. Jemand wird mich sehen, dachte sie. Was dann? Was kann ich bloß sagen?

Sie durfte nicht rennen. Sie durfte sich nicht umsehen. Denk nach! Lass dir etwas einfallen, was du ihnen sagen kannst. Du musst dringend nachdenken.

Sie öffnete die Garagentür und stieg in den Wagen. Denk nach! So leicht kommst du nicht davon. Jemand wird dich fragen, wohin du fährst. Jemand wird zum Bootshaus gelaufen kommen und sehen, wie du mit Martin diese Truhe zum Wagen schleifst. Was wirst du dann sagen?

Sie fuhr den Wagen zum Bootshaus und ließ den Motor laufen, als sie ausstieg. Ich wusste doch gleich, dass wir Benzin sparen müssen, dachte sie. Ich wusste, dass wir es noch brauchen werden.

Sie öffnete die Tür und sah Donnelly auf der Treppe. Er hatte die Truhe in die Chenilledecke gewickelt und das Tuch an einem Ende wie einen Sack zugebunden; dieses Ende hielt er jetzt in der linken Hand und ließ die Truhe vor sich her von einer Stufe auf die andere poltern.

»Das war ein guter Einfall«, sagte sie erfreut. »Und jetzt packen wir sie in den Wagen.«

Sie schafften es nicht. Die Truhe war viel zu schwer für sie allein, und ohne seine rechte Hand war er ihr keine große Hilfe.

»Kannst du es denn nicht wenigstens versuchen?«, schrie sie ihn an.

»Ich täte es weiß Gott gern«, sagte er.

Sie standen mit der Truhe vor ihren Füßen auf dem Gras vor dem Bootshaus und konnten sie nicht in den Wagen heben.

»Warte hier!«, sagte sie. »Ich hole Sibyl.«

Sibyl saß in ihrer sauberen, ordentlich aufgeräumten Küche und las eine Zeitschrift. Die Sonne schien herein und die schäbige Küchenuhr tickte laut.

»Sibyl«, sagte Lucia, »hilf mir, bitte. Ich muss eine Kiste in den Wagen heben, aber sie ist zu schwer. Allein schaffe ich es nicht.«

»Ja, Ma'am«, sagte Sibyl.

Sie liefen gemeinsam zum Bootshaus.

»Mr. Donnelly hat sich am Arm verletzt«, sagte Lucia. »Aber ich glaube, dass wir beide es schaffen können, Sibyl.«

Es war kaum zu bewältigen, aber schließlich gelang es ihnen. Die Truhe stand endlich hinten im Wagen.

»Danke, Sibyl«, sagte Lucia. »Sie setzen sich am besten zu mir auf den Vordersitz, Mr. Donnelly.«

»*Mutter!*«

Jetzt war es soweit. Bee kam angerannt und blieb neben dem Wagen stehen. Ihr frisch gewaschenes Haar schimmerte in der Sonne wie Seide.

»Mr. Donnelly möchte sich einen alten Motor ausleihen, den ich im Bootshaus gefunden habe«, sagte Lucia. »Er glaubt, dass er ihn reparieren kann.«

Diese Erklärung bereitete ihr keine Mühe. Sie brauchte überhaupt nicht nachzudenken. Die Worte kamen ihr von selbst über die Lippen, wenn es nötig war.

»Aber, wohin fährst du?«

»Zum Bahnhof«, sagte Lucia.

»Aber, Mrs. Lloyd kann jeden Moment kommen.«

»Bis dahin bin ich wieder zurück«, sagte Lucia unbekümmert.

»Aber, wir könnten Mr. Donnelly doch ein Taxi rufen.«

»Nein, Liebes«, sagte Lucia. Sie ließ den Motor an. Dann fuhren sie die Auffahrt hinunter und bogen auf die Schnellstraße ein.

»Heilige Mutter Gottes!«, sagte Donnelly. »Eine Frau wie dich gibt es kein zweites Mal auf Erden!«

»Fällt dir etwas dazu ein, wo wir die Truhe abladen können?«

»Ich kenne mich hier überhaupt nicht aus.«

»Ich mich auch nicht«, sagte sie. »Ich bin hier nie durch die Gegend gefahren. Vermutlich sollten wir es auf gut Glück probieren?«

»Ja. Ich werde die Augen nach einem Feldweg oder einer Seitenstraße offen halten.«

Das hätten wir geschafft, dachte sie. Ich habe ihn heil herausgeholt. Sie fuhr in gleich bleibendem Tempo, seelenruhig und unbesorgt. Die laue Luft wehte in ihr Gesicht. Personenwagen und Lastwagen rollten auf der Schnellstraße dahin, jeder in seiner Spur, sauber und ordentlich. Wie eine Prozession, dachte sie.

Es ist geschafft. Ich habe ihn heil raus geholt, diesen Idioten. Sibyl wird nie ein Wort darüber verlieren. Sie würde selbst dann nichts sagen, wenn sie Bescheid wüsste. Vielleicht weiß sie ja Bescheid. Ich weiß es nicht. Es spielt auch keine Rolle. Jedenfalls ist er jetzt hier.

Hier saß er jetzt, neben ihr, während sie an dieser Prozession teilnahmen. Ein festlicher Umzug, sagte sie sich. Ich habe ihn heil raus geholt.

»Du solltest am besten wirklich gleich nach Montreal fahren«, sagte sie.

»Genau das werde ich tun«, sagte er.

Sie warf einen Seitenblick auf ihn – sie traute ihm nicht.

»Das ist nicht dein Ernst«, sagte sie. »Du hast nicht die leiseste Absicht, nach Montreal zu fahren.«

»Ich habe mir gerade Gedanken gemacht«, sagte er leise.

Gewaltiges Mitleid regte sich in ihr. Er war so hilflos und er hatte sich offensichtlich von ihr zurückgezogen, war für sie unerreichbar. Er darf nicht ins Grübeln kommen, dachte sie. Ich muss ihn dazu bringen, dass er mit mir redet.

Es gab nur ein einziges Thema auf Erden, über das sie miteinander reden konnten.

»Warum bist du heute hergekommen?«, fragte sie.

»Sibyl hat mich angerufen, um mir zu sagen, dass Nagle hier ist.«

»Warum setzt du so großes Vertrauen in Sibyl?«, fragte sie. »Du kennst sie doch kaum.«

»Sie hat einfach einen ganz bestimmten Eindruck auf mich gemacht«, sagte er vorsichtig. »Sie besitzt eine gewisse Weisheit.« Er unterbrach sich. »Sie ist durch und durch realistisch.«

Aus seinem Munde ein seltsames Wort, dachte sie. Jetzt schwieg er wieder und das gefiel ihr gar nicht.

»Wenn du mit mir reden würdest …«, sagte sie. »Wenn wir darüber reden könnten …«

»Ich kann nicht reden«, sagte er. »Es tut mir Leid, aber das ist ganz unmöglich.«

»So geht es doch nicht weiter. Wir können doch nicht einfach so tun, als sei nichts gewesen.«

»Ich hoffe, du wirst es vergessen«, sagte er. »Du wirst es doch versuchen, oder nicht?«

»Es vergessen?«, sagte sie höhnisch. »Bis ans Ende meiner Tage nicht.«

»Ich musste es tun«, sagte er. »Verstehst du, Carlie war ein eigenartiger Mensch. Denen, die er mochte, war er ein wunderbarer Freund, aber von der Sorte gab es nicht viele. Und wenn ihm jemand ein Unrecht zugefügt hat, dann hat er es ihm nie vergessen. Er hat jetzt noch von einer Lehrerin gesprochen, die er als kleiner Junge drüben in Brooklyn hatte. Sie ist inzwischen über achtzig, aber er hat immer noch versucht, einen Weg zu finden, wie er es ihr heimzahlen kann. Er hätte nicht locker gelassen und du hättest nie mehr deine Ruhe gehabt.«

»Aber ich habe ihm doch nichts getan!«

»Er hat es sich aber eingebildet. Er hat geglaubt, du wolltest die Freundschaft zerstören, die zwischen ihm und mir bestanden hat.«

Eine Zeit lang herrschte Schweigen.

»Es haben aber auch noch andere Faktoren mitgespielt«, fuhr er fort. »Als er das erste Mal hier war, ist er erbittert zurückgekehrt. Er war zutiefst verletzt.«

»Verletzt? Dieser Mann soll verletzt gewesen sein?«

»Er hat mir erzählt, ihr hättet auf ihn herabgesehen, du und deine Tochter. Er hat berichtet, ihr hättet ihn hochmütig behandelt. Wie den Schmutz unter euren Füßen, hat er gesagt.«

»Ich habe mich vor ihm gefürchtet.«

»Das hast du dir offenbar nicht anmerken lassen. Und auf feine Damen hatte er ohnehin einen enormen Hass.«

»Wie kannst du mich als ›feine Dame‹ bezeichnen? Du solltest es doch wirklich besser wissen.«

»Eine andere Bezeichnung kannte er nicht«, sagte Donnelly sanft und doch sehr ernst. »Für das, was sie in der alten Heimat ›die Oberschicht‹ genannt haben. Er meinte damit eine Frau von gutem Ansehen, eine Frau aus guter Familie und mit einem guten Namen. Er war der Überzeugung, dass solche Frauen einen Mann jederzeit verraten, wenn ihre Familie und ihr guter Name auf dem Spiel stehen.«

»Er war rachsüchtig und er war ein Ignorant.«

»Das mag schon sein«, sagte Donnelly. »Er hat seinen Eltern bis zum Schluss vorgeworfen, dass sie ihm eine gute Schulbildung vorenthalten und ihn nicht aufs College geschickt haben. Schon mit vierzehn Jahren musste er für seinen Vater arbeiten, der Metzger war, und das hat ihn erbittert. Er war gescheit. Es ist ein Jammer, dass er nie eine gute Erziehung genossen hat.«

»Mochtest du ihn?«

»Ja«, sagte er.

»Aber ...«

»Ich musste es tun«, sagte er. »Wenn er sich einmal etwas in den Kopf gesetzt hatte, war er nicht mehr davon abzubringen. Außerdem hat er sich verraten. Er hat mir zu erkennen gegeben, was er vorhatte. Wenn er Eddy und Moe auf dich angesetzt hätte, dann wäre es das Schlimmste gewesen, was dir jemals zustoßen könnte.«

»Wieso? Was hätten sie mir denn tun können?«

»Das würdest du nicht verstehen. Jemanden wie die beiden hast du nie kennen gelernt und solche Menschen wirst du auch nie kennen lernen.«

»Sind das ... Revolverhelden?«, fragte sie zaghaft, denn sie fürchtete, seine Gefühle zu verletzen, aber andererseits war ihre Neugier zu groß.

»Nein, das sind sie nicht«, sagte er.

»Aber was sind sie dann?«

»Das würdest du nicht verstehen.«

»Du könntest es mir erklären«, sagte sie.

»Ich habe nicht die Absicht«, sagte er.

Kurz darauf richtete er wieder das Wort an sie.

»Da zweigt eine Seitenstraße nach links ab«, sagte er. »Was hältst du davon?«

Sie fuhr langsamer und warf einen Blick auf die Seitenstraße, die von der Schnellstraße aus bergab führte, ein reizendes Sträßchen, über dem sich die Baumkronen schlossen. Von Gebäuden oder anderen Fahrzeugen war nirgends etwas zu sehen.

»Wir könnten es versuchen«, sagte sie.

»Wir wollen keine Zeit verlieren«, sagte er.

»Warum nicht? Weshalb sagst du das?«

»Du solltest dich so schnell wie möglich wieder auf den Heimweg machen«, sagte er.

Eine seltsame Bemerkung, dachte sie verblüfft. Wie kann er an so etwas denken, wenn wir erst noch diese andere Geschichte hinter uns bringen müssen?

Nagle ist hier, erkannte sie schockiert. Hier in diesem Wagen. In der Truhe.

Sie fuhr dieses lauschige Sträßchen entlang und hatte einen Toten im Wagen, einen Ermordeten. Wenn auch nur das Geringste schief ging, dann hieß das … dann hieß das weiß Gott was. Das können wir doch nicht tun, dachte sie. Das ist Irrsinn! Es ist ganz ausgeschlossen, dass wir ungestraft davonkommen.

Sie warf einen Seitenblick auf ihn. Er hatte den Kopf abgewandt und sah in das Wäldchen, durch das der Weg führte. Wenn sie sich vorstellte, was ihm zustoßen könnte …

»Wir müssen unbedingt darüber reden«, sagte sie, und ihre Stimme war etwas zu laut. »Wir brauchen einen Plan und eine konkrete Geschichte. Es muss auf Notwehr hinauslaufen.«

»Ich werde mir schon etwas ausdenken«, sagte er.

»Wir müssen uns auf eine und dieselbe Geschichte einigen, verstehst du das denn nicht?«

»Du brauchst dir gar keine Geschichte auszudenken«, sagte er. »Niemand wird dich zur Rede stellen.«

»Das ist doch albern. Es könnte etwas schief gehen. Jeden Moment könnte etwas schief gehen. Wir müssen uns das sorgsam überlegen.«

»Ich werde mir Gedanken darüber machen.«

»Ja, und zwar auf der Stelle! Lieutenant Levy hat mich bereits aufgesucht – wegen Ted Darby. Er könnte ohne weiteres wieder vor der Tür stehen und Fragen stellen. Er ... ich halte ihn für sehr klug.«

»Lieutenant Levy? Du meinst, jemand von der Polizei?«

»Von der Polizeidienststelle Horton County. Angenommen, er sieht sich im Bootshaus um? Er könnte dort etwas finden – etwas, woran wir nicht gedacht haben.«

»Sieh mal!«, sagte Donnelly. »Dort ist ein kleiner Teich, gleich hinter der nächsten Kurve. Du kannst ihn von hier aus sehen.«

Die Straße war jetzt eben und führte durch ein kleines Tal. Lucia beschleunigte.

»Fahr langsamer«, sagte er sanft. »Gleich kommt eine Kurve.«

Und um eben diese Kurve bog in dem Moment ein Wagen, ein kleiner offener Sportzweisitzer mit zwei Soldaten.

»Sie haben uns gesehen!«, sagte sie. »Sie könnten uns identifizieren!«

»Sei nicht so nervös«, sagte Donnelly. »Du zitterst ja.«

»Wir müssen uns beeilen!«

Der Motor hatte eine Fehlzündung und sie stieß einen kleinen Schrei aus.

»Lass das!«, sagte er verärgert.

Der Motor stotterte erneut, ging aus und sprang wieder an. Donnelly beugte sich vor.

»Deine Benzinanzeige ist kaputt«, sagte er.

»Ich weiß.«

Der Wagen blieb stehen. Sie drückte auf den Anlasser, doch es geschah nichts.

»Ich steige aus und kurbele den Motor an«, sagte sie.

»Das wird dir nichts nutzen«, sagte er. »Dir ist das Benzin ausgegangen.«

»Verdammt noch mal!«, schrie sie.

»Lass das!«, sagte er erneut. »Das sieht dir gar nicht ähnlich.«

»Was können wir jetzt tun? Was in Gottes Namen können wir jetzt tun?«

»Es hat sich doch blendend ergeben«, sagte er. »Einen besseren Ort hätten wir gar nicht finden können. Und jetzt beruhige dich. Hier. Rauch erst mal eine Zigarette.«

»Da kommt ein Wagen!«

»Lass ihn ruhig kommen. Sie werden nichts weiter sehen als uns beide, während wir gerade eine kleine Zigarettenpause einlegen.«

»Die Truhe!«

»Heutzutage befördern die Leute die seltsamsten Gegenstände in ihren Privatfahrzeugen.«

»Begreifst du es denn nicht? All diese Leute können aussagen, dass sie uns hier gesehen haben. Nachdem … das da … gefunden worden ist.«

»Das wird niemand finden. Rauch jetzt deine Zigarette und dann sage ich dir, was wir tun werden.«

Ich zittere von Kopf bis Fuß, dachte sie. Vorhin habe ich noch nicht gezittert. Aber einfach still dazusitzen, bis uns jemand schnappt, das ist das Schlimmste.

»Damit kommen wir niemals ungestraft davon«, sagte sie.

»Jetzt warte doch erst mal«, sagte er. »Hör mir in Ruhe zu, ja? Wir können es schaffen, wenn du deine Sache richtig machst. Du musst dich zusammenreißen.«

»Was könnte ich schon tun? Was gibt es überhaupt noch zu …«

»Komm!«, sagte er. »Wir machen jetzt einen kleinen Spaziergang am Straßenrand.«

»Und lassen … das da … hier?«

Er stieg aus dem Wagen und reichte ihr seine Hand, seine linke Hand. Sie nahm sie und stieg ebenfalls aus. Er ließ ihre Hand nicht los, als er sich in Bewegung setzte.

»Hör mir gut zu«, sagte er. »Ich werde dir jetzt ganz genau sagen, was du zu tun hast. Du musst deine Sache richtig machen. Wenn du einen Fehler machst, ist das unser Untergang. Dann sind wir beide erledigt. Du musst sehen, dass du so schnell wie möglich nach Hause kommst.«

»Und dich soll ich einfach hier stehen lassen?«, sagte sie. »Das kommt gar nicht infrage.«

»Sei so gut und hör mir zu. Deine Tochter hat gesagt, dass du Besuch erwartest. Eine Mrs. …« Er unterbrach sich einen Moment. »Mrs. Lloyd.«

»Wieso kannst du dich an ihren Namen erinnern?«

»Ich habe ein gutes Gedächtnis. Wenn du nicht nach Hause kommst, wird sich deine Familie Sorgen um dich machen. Wenn du zu lange fort bleibst, werden sie dich von der Polizei suchen lassen.«

»Mist!«, rief sie zornig aus.

»Das willst du doch bestimmt nicht«, sagte er. »Also musst du sehen, dass du so schnell wie möglich nach Hause kommst. Und zwar wirst du das folgendermaßen anstellen. Wir sind auf der Schnellstraße an einer Tankstelle vorbeigefahren, kurz vor der Abzweigung, in die wir eingebogen sind. Es ist kein weiter Fußweg. Dort wirst du hingehen und darum bitten, dass man dir ein Taxi ruft, das dich zum Bahnhof bringt. Erwähne mit keinem Wort, dass dir das Benzin ausgegangen ist. Du könntest den Eindruck vermitteln, der Mann, mit dem du eine Spazierfahrt unternommen hast, wäre zudringlich geworden.«

»Das bringe ich niemals fertig!«

»Aber sicher, das bringst du fertig«, sagte er. »Denk nur daran, wie blitzschnell du deiner Tochter geantwortet hast. Und dann, wenn du nach Hause kommst – hörst du mir überhaupt zu?«

»Ja.«

»Vergiss die ganze Geschichte mit der Auseinandersetzung. Damit ist uns jetzt nicht mehr gedient. Du wirst zu Hause folgende Geschichte erzählen. Hörst du mir zu, meine Liebe?«

»Ja.«

»Sibyl hat dir gesagt, Nagle sei da und sie hätte ihn ins

Bootshaus geschickt, damit er dort wartet. Nagles Bekanntschaft hattest du ja schon gemacht und du hattest keinen guten Eindruck von ihm. Du dachtest dir, er hätte etwas mit dem Schwarzmarkt zu tun. Daher hattest du es überhaupt nicht eilig, ihn zu sehen. Du hast ihn warten lassen, in der Hoffnung, vielleicht würde er von selbst wieder verschwinden. Kannst du mir soweit folgen?«

»Ja.«

»Dann kommen wir jetzt zu meiner Person. Hat es im Bootshaus jemals einen alten Motor gegeben?«

»Ja.«

»Sieh zu, dass du ihn los wirst, sowie sich eine Gelegenheit ergibt. Wirf ihn ins Wasser. Mir hast du also gesagt, ich könnte den Motor mitnehmen, um zu sehen, ob ich ihn reparieren kann. Daher bist du nach dem Mittagessen, als du geglaubt hast, Nagle sei inzwischen bestimmt fortgegangen, zum Bootshaus gelaufen, um nach dem Motor zu sehen. Und Nagle war natürlich längst fort. Du hast ihn überhaupt nicht gesehen. Und dann tauche ich auf und du bietest mir an, mich zum Bahnhof zu fahren. Auf der Fahrt fragst du mich, wohin ich den Motor bringen will und ich erzähle dir, dass ein Freund von mir ihn in einer kleinen Bootswerkstatt auseinander nehmen wird. Kannst du dir das alles merken?«

»Ja«, sagte sie, obwohl sie sich innerlich gegen jedes einzelne Wort dieser Geschichte sträubte.

»Da ich mir den Arm verletzt habe, sagst du in deiner Herzensgüte, dass du mich zu dieser Bootswerkstatt fahren wirst. Die Benzinanzeige des Wagens ist kaputt und dir ist nicht klar, dass du kaum noch Benzin im Tank hast. Du merkst es erst, als dir der Wagen auf der Straße stehen bleibt. Als das passiert, wird dir klar, dass du sehen musst, wie du schleunigst wieder nach Hause kommst, weil sie sich sonst Sorgen um dich machen. Du lässt mir den Wagen hier, damit ich zur Bootswerkstatt fahren kann und du fährst mit dem Zug nach Hause.«

»Und was ist mit dir?«

»Ich warte noch ein Weilchen, bis du im Zug sitzt und nichts mehr damit zu tun hast. Dann laufe ich zur Tankstelle und rufe einen Freund von mir in New York an. Er wird herkommen und mir Benzin mitbringen. Er wird mir mit der Truhe helfen, und dann fahren wir nach New York zurück. Dort nehme ich dann einen Spätzug nach Montreal.«

»Nein«, sagte sie.

»Was soll denn das heißen?«, fragte er.

»Das kann ich nicht tun. Wie geht es deinem Arm?«

»Es wird schon besser.«

»Kannst du ihn jetzt bewegen?«

»Ein wenig.«

»Das will ich sehen«, sagte sie.

Zu ihrer Verblüffung hörte sie ihn lachen.

»Was findest du so komisch?«, fragte sie barsch.

»Wie du mit mir redest.«

»Tut mir Leid«, sagte sie kühl.

»Mir gefällt es«, sagte er. »Aber mach dir bloß keine Sorgen um mich. Ich passe schon seit ziemlich langer Zeit auf mich selbst auf.«

»Ich weiß«, sagte sie, »aber ...«

Sie erinnerte sich wieder an seinen Anblick im Bootshaus, so hilflos und verschwommen. Es ist eine göttliche Strafe, die über mich verhängt worden ist, hatte er gesagt.

»Ich möchte sehen, wie du deinen Arm bewegst«, sagte sie.

»Vielleicht kann ich es im Moment gerade nicht«, sagte er. »Was auch immer es ist, es kommt und geht. Aber es ist am Nachlassen.«

»Angenommen, der Freund, den du anrufen willst, ist nicht zu Hause?«

»Ich habe jede Menge Freunde.«

»Es wird lange Zeit dauern, wahrscheinlich Stunden, bis jemand aus New York hier ankommt.«

»Hier kann ich wenigstens an einem netten, schattigen Plätzchen warten. Die Zigaretten werden mir nicht ausgehen, und ich habe eine Flasche Whiskey in der Tasche.«

»Du darfst unter gar keinen Umständen etwas trinken!«, rief sie erschrocken aus. »Das führt nur dazu, dass du Fehler machst oder Dummheiten begehst. Du darfst das Zeug nicht anrühren!«

»Zu viel würde ich ohnehin nicht trinken«, sagte er. »Aber ein Schluck von einem guten Whiskey … du bist so blass, dass du selbst etwas trinken solltest.«

Ein Wagen kam von der Schnellstraße her auf sie zu.

»O Gott! Er wird direkt an meinem Wagen vorbeifahren!«, rief sie aus.

»Soll er doch«, sagte Donnelly.

»Aber wenn er den Wagen dort stehen sieht und niemand drinsitzt, könnte er anhalten. Er könnte aussteigen und in die Truhe schauen …«

»Und weshalb sollte er das tun, meine Liebe? Er hält bestimmt nicht an. Eines musst du dir gut merken. Außer uns beiden weiß niemand auf Erden, was sich in dieser Truhe befindet und wenn du deine Sache richtig machst, braucht kein Mensch je etwas davon zu erfahren.«

Sie wollte stehen bleiben, bis der Wagen an ihnen vorbeigefahren war, doch er nahm ihre Hand und führte sie weiter, in Richtung Schnellstraße. Als der Wagen vorbeigefahren war, ließ er ihre Hand los und griff in seine Brusttasche.

»Ich habe hier etwas, was dir gut tun könnte«, sagte er und hielt ihr drei kleine, leuchtend gelbe Kapseln hin.

»Was ist das?«

»Das sind Schlaftabletten«, sagte er. »Eine genügt. Wenn du eine von denen schluckst, kannst du sicher sein, dass du gut schläfst.«

»Nimmst du etwa solche Tabletten ein?«

»Durchaus, ja«, sagte er.

»Das ist eine schrecklich schlechte Angewohnheit.«

»Ich liege nachts nicht gern wach«, sagte er.

Sie ließ die Kapseln in die Tasche ihres Kleides fallen und er zog aus einer anderen Brusttasche ein Portemonnaie. Er klappte die Geldbörse auf, klemmte sie an seine Brust und nahm ein paar Scheine heraus.

»Du benutzt deinen rechten Arm nicht«, sagte sie.
»Du hast kein Geld bei dir«, sagte er. »Nimm das.«
Sie steckte die Scheine ein, ohne sie anzusehen. Es war nicht mehr weit bis zur Schnellstraße.
»Schick mir ein Telegramm aus Montreal«, sagte sie.
»Ganz bestimmt«, sagte er. »Und mach dir keine Sorgen. Niemand sonst auf Erden weiß etwas von Nagle. So, wie der sich gewöhnlich herumgetrieben hat, wird es ein oder zwei Tage dauern, bis er vermisst wird. Und es wird noch viel mehr Zeit vergehen, bis sie ihn finden. Wenn er gefunden wird – und dazu wird es vielleicht nie kommen –, wird er nicht mehr in dieser Truhe sein. Niemand wird wissen, wo ihn sein Ende ereilt hat.«
Jetzt konnte sie einen großen grünen Lastwagen auf der Schnellstraße sehen.
»Bis zur Tankstelle ist es nicht weit«, sagte er. »Du siehst jetzt zu, dass du nach Hause kommst – und merk dir die Geschichte gut, ja?«
»Ich kann es nicht tun«, sagte sie und blieb abrupt stehen. »Ich bringe es einfach nicht fertig. Ich bin … ich glaube, ich bin müde. Ich kann nicht mehr.«
Aus einer Seitentasche zog er die Flasche Whiskey hervor.
»Du musst nach Hause«, sagte er. »Das weißt du doch, nicht wahr, mein Liebling?«
»Ja«, sagte sie.
»Ich habe keinen Schluck getrunken«, sagte er. »Niemand hat die Flasche angerührt seit du daraus getrunken hast.«
Sie trank einen Schluck und der Whiskey schien nach nichts zu schmecken. Sie trank noch einen Schluck und dann noch einen.
»Ich würde nicht noch mehr davon trinken«, sagte er. »Sonst könntest du dich benommen fühlen. Es ist ein echter Scotch, vom Allerfeinsten. Du scheinst dich wirklich auszukennen und zu wissen, worauf du beim Kauf achten musst.«

»Es ist der Whiskey meines Vaters«, sagte sie.

Und als sie von ihm sprach, überwältigte sie das Erstaunen. Es kann nicht sein, dass ich hier stehe und Vaters Whiskey trinke, dachte sie. Das darf doch nicht wahr sein! Es ist unmöglich. Absolut ausgeschlossen.

»Und jetzt gehst du nach Hause, nicht wahr?«, fragte er.

»Ja.«

»Du hast mir heute das Leben gerettet«, sagte er. »Ich war vollständig von Sinnen. Ich hätte ihn niemals von dort fortschaffen können. Du warst meine Rettung.«

Du hast ihn für mich getötet, dachte sie. Du hast es getan, damit ich in Sicherheit bin.

»Du musst nach links laufen«, sagte er. »Es ist nicht mehr weit.«

»Ja«, sagte sie. »Auf Wiedersehen. Du wirst doch auf dich aufpassen?«

»Ganz bestimmt«, sagte er. »Auf Wiedersehen und Gott segne dich.«

19.

Jetzt konnte sie durch das Fenster des Taxis das Haus sehen. Sie kam so zurück, wie sie gegangen war, in ihrem rotweiß karierten Kattunkleid und ohne Hut; sie hatte keine Handtasche bei sich, keinen Puder, keinen Spiegel, keinen Kamm. Sie konnte nicht abschätzen, ob sie einen seltsamen oder gar schrecklichen Anblick bot.

Es schien ihre Kräfte restlos zu überschreiten, die wenigen Stufen zur Veranda hinaufzusteigen. Das Taxi fuhr ab und sie rührte sich nicht vom Fleck.

Die Tür ging auf und Bee kam auf sie zugerannt.

»Mutter!«, rief sie mit zitternder Stimme. »Ich habe mir wahnsinnige Sorgen um dich gemacht. Was hast du dir bloß dabei gedacht? Mrs. Lloyd hat fast eine Stunde auf dich gewartet.«

»Uns ist das Benzin ausgegangen«, sagte Lucia.

»Aber warum bist du überhaupt weggefahren? Warum bist du mit diesem Mann weggefahren?«

»Ich habe nicht die Absicht, weitere Fragen zu beantworten«, sagte Lucia.

»Also gut! Aber überleg dir mal, wie mir zu Mute ist! Ich habe Mrs. Lloyd Tee angeboten und ich habe mich bemüht, mit ihr zu reden.« Bee weinte inzwischen hemmungslos. »Immer wieder habe ich ihr gesagt, du kämest jeden Moment zurück. Ich habe gesagt, es müsste etwas passiert sein, mit dem Wagen. Und genau das dachte ich mir die ganze Zeit. Ein Unfall …«

»Es tut mir Leid, dass du dir Sorgen gemacht hast«, sagte Lucia und trat einen Schritt vor. »Aber jetzt bin ich müde. Ich wasche mir erst mal …«

»Mutter, dein Atem riecht nach Schnaps! Mutter, du hast getrunken!«

Sie stand ihrer Mutter mit weit aufgerissenen Augen und Tränen auf den Wangen gegenüber.

»Wage es bloß nicht, so mit mir zu reden«, sagte Lucia mit fester Stimme. »Wenn ich mir ab und zu einen Cocktail genehmige, dann ist das einzig und allein meine Angelegenheit. Und du wirst es nicht wagen, das als ›Trinken‹ zu bezeichnen.«

Ich habe aus der Flasche getrunken, auf einem Feldweg, dachte sie. Ich brauche dringend meine Ruhe.

»Lass mich bitte vorbei«, sagte sie. »Ich möchte mich vor dem Abendessen ein Weilchen ausruhen.«

»Lieutenant Levy ist hier«, sagte Bee.

Lasst mich in Ruhe! Lasst mich alle in Ruhe!, schrie Lucia innerlich auf. Sie wartete einen Moment.

»Ich bin jetzt zu müde«, sagte sie. »Bitte ihn, morgen wiederzukommen.«

»Du musst mit ihm sprechen«, sagte Bee. »Er ist Polizist. Du kannst ihn nicht einfach wegschicken.«

»Gewiss kann ich das«, sagte Lucia. »Es kann ohnehin nichts Wichtiges sein.«

»Mutter«, sagte Bee, »du hast mich sowieso schon in eine peinliche Lage gebracht. Als Lieutenant Levy mich gefragt hat, wann du nach Hause kommst, konnte ich es ihm nicht sagen. Ich wusste nicht mal, wo du bist!«

»Und weshalb solltest du immer wissen, wo ich bin?«

»*Mutter!*«

Dieses Wort war wie eine Woge, wie eine Flut, die sie aushöhlen wollte. Mutter! Wo warst du? Was hast du getan? Mach die Tür auf, wenn ich anklopfe. Antworte mir, wenn ich dir Fragen stelle. Sei stets da, wenn ich etwas von dir will, und wage es nicht, dir ein paar Minuten für dich selbst zu nehmen. Das ist unmenschlich, dachte sie.

»Ich werde mit Lieutenant Levy reden«, sagte sie kurz angebunden. »Sag ihm, ich komme gleich.«

Ihr Vater kam in die Eingangshalle, als sie das Haus betrat.

»Da bist du ja, meine Liebe«, sagte er. »Wir haben uns ziemliche Sorgen gemacht.«

»Hallo, Vater!«, sagte sie laut und bemühte sich, ihre Stimme munter klingen zu lassen. Sie ging an ihm vorbei und stieg die Stufen zu ihrem Zimmer hinauf, drehte den Schlüssel im Schloss um und stellte sich vor den Spiegel.

Sie hatte sich vorgestellt, ihre Erscheinung sei ungepflegt und auffällig; sie war davon ausgegangen, dass sie blass und reichlich mitgenommen wirkte. Dem war aber nicht so. Ihr Haar war ein wenig zerzaust, das Rouge auf den Wangenknochen ein wenig verschmiert, aber alles in allem machte sie einen recht ordentlichen Eindruck – eine Hausfrau auf dem Lande in einem Kattunkleid.

Sie wusch sich das Gesicht und die Hände und bürstete ihr Haar, dann schlüpfte sie in ein Kleid aus brauner Kunstseide mit Rüschenvolants und Rüschenmanschetten. Ein ganz schön protziger Fummel, hatte David missbilligend geäußert. Ihr gefiel das Kleid selbst nicht, aber was machte das schon aus? Sie trug ihren Lippenstift dicker als sonst auf und aus unerfindlichen Gründen hängte sie sich eine grüne Perlenkette um den Hals.

Es geht ja doch nur wieder um Ted Darby, dachte sie. Ich muss es über mich ergehen lassen. Nur schien es ihr, als läge diese Episode weit zurück und sei vollkommen unwesentlich. Wenn Vater nicht wäre, überlegte sie, würde ich Lieutenant Levy jetzt sofort die Wahrheit sagen. So schrecklich ist es eigentlich gar nicht; es ist doch kein Verbrechen.

Levy erhob sich, als sie das Zimmer betrat. Hoch aufgeschossen und ein wenig unbeholfen stand er mit seinen großen Füßen, seiner großen Nase und seinen großen Ohren vor ihr, und doch strahlte er diese sanfte, fast schon melancholische Würde aus, die ihn immer umgab.

»Es tut mir Leid, Sie schon wieder belästigen zu müssen, Mrs. Holley«, sagte er. »Aber das gehört zu meinem Job. Ich bin im Allgemeinen ein unwillkommener Besucher.«

»Aber, nein« sagte Lucia freundlich. »Hier doch nicht! Von mir aus können Sie gern rauchen, Lieutenant.«

»Nein, danke«, sagte er, und nachdem sie Platz genommen hatte, setzte er sich wieder. »Meine Haushälterin vermittelt mir eine klare Vorstellung davon, wie schwer es die Damen heutzutage haben«, sagte er. »Schon allein das Beschaffen der Lebensmittel muss den größten Teil ihres Tages in Anspruch nehmen.«

»Ach, wissen Sie, ich habe schließlich Sibyl«, sagte Lucia. »Sie ist einfach wunderbar.«

»Nimmt sie Ihnen sämtliche Einkäufe ab?«

»Manchmal gehe ich auch selbst einkaufen«, sagte Lucia. »Aber sie stellt sich wesentlich geschickter an als ich.«

»Meine Haushälterin sagt, man sollte immer in denselben Laden gehen, wo sie einen kennen, damit man bekommt, was man braucht.«

»Ja, das ist richtig«, stimmte Lucia zu.

Ich wünschte, er würde mir endlich seine Fragen stellen, dachte Lucia. Er langweilt mich.

Dennoch wusste sie zu würdigen, dass er sich bemühte, eine freundliche und lockere Atmosphäre zu schaffen. Etwas Vernünftigeres könnte er gar nicht tun, dachte sie, um mich zum Reden zu bringen. Und um mich zu ertappen, wenn ich gerade nicht auf der Hut bin. Sie fand, seine Persönlichkeit sei sehr gut dazu geeignet, Leute zu entwaffnen. Er sprach langsam und hatte eine ruhige Stimme, ein sanftes Lächeln und eine äußerst zuvorkommende Art, jedem Wort, das sein Gegenüber sagte, bedächtig zu lauschen. Trotzdem sah sie sich vor und würde auch weiterhin nicht in ihrer Wachsamkeit nachlassen; nicht die geringste Veränderung seines Tonfalls würde ihr entgehen und sie würde sofort merken, wenn er dem Gespräch eine andere Wendung gab.

Er redete immer noch über seine Haushälterin, eine Tschechin, ein Prachtstück. Mit fünfundzwanzig Jahren war sie in einem fremden Land als Mutter von drei Kindern verwitwet; sie hatte sie allein aufgezogen und dafür gesorgt, dass alle eine gute Schulbildung bekamen. Die beiden Söhne waren jetzt bei der Marine; die Tochter war verheiratet.

»Aber sie arbeitet immer noch so hart wie eh und je«, sagte er. »Das Einzige, womit sie wirklich nicht zurechtkommt, das ist die Seifenknappheit. Sie hat sich zwar mehrfach dafür entschuldigt, aber sie hat mich doch darum gebeten, ihr bei jeder Gelegenheit ein Paket Seifenflocken mitzubringen. Bisher ist es mir allerdings trotz meiner gehobenen Position noch nicht gelungen, eine der drei Marken aufzutreiben, die sie gern haben möchte.« Er lächelte matt. »In einem der Geschäfte hat man mir einen Artikel angeboten, der sich ›Silverglo‹ nennt. Glauben Sie, damit wäre ihr gedient?«

»Nun«, sagte Lucia. »Ich glaube zwar nicht, dass dieses Mittel echte Seife enthält, aber den Schmutz kriegt man damit halbwegs raus und es ist mit Sicherheit wesentlich leichter zu bekommen.«

»Silverglo«, wiederholte er und steckte eine Hand in seine Tasche.

Er wird es sich notieren, dachte Lucia belustigt.

»Stammt das von Ihnen, Mrs. Holley?«, fragte er und hielt ihr einen schmutzigen kleinen Zettel hin.

Sie wollte den Zettel nicht in die Hand nehmen. Sie sah ihn an, konnte jedoch nichts in seinem Gesicht lesen.

»Würden Sie sich das bitte ansehen, Mrs. Holley?«, forderte er sie auf.

Sie wollte es sich nicht ansehen. Sie fürchtete sich davor. Aber das wäre der schlimmste Fehler, der mir unterlaufen könnte, dachte sie. Wenn ich jetzt sage, dass ich es mir nicht ansehen will.

Sie nahm ihm den Zettel aus der Hand und sah ihm dabei weiterhin fest ins Gesicht. Dann faltete sie den Zettel äußerst widerstrebend auseinander. Es war eine ihrer alten Einkaufslisten. Mrs. Lloyd hatte ihr von einem Einkaufszettel erzählt, den man bei Ted Darbys Leiche gefunden hatte. *Ist er das?*, dachte sie.

Oder war es nur eine Falle, eine subtile und vertrackte List, um sie zum Reden zu bringen? Aber er kann mich nicht zum Reden bringen, dachte sie, und lügen werde ich auch nicht. Genau das will er nämlich. Er will, dass ich lüge und mich in meinem eigenen Lügengespinst verstricke.

»Ja, sicher!«, sagte sie und tat überrascht. »Das ist einer meiner alten Einkaufszettel. Wo um alles in der Welt haben Sie den gefunden, Lieutenant?«

»Er ist unter Darbys Leiche gefunden worden«, sagte er.

Das sollte mich schockieren, dachte sie.

»Gütiger Himmel! Auf der Insel?«, fragte sie. »Wir haben dort ein Picknick veranstaltet und er muss mir aus der Tasche gefallen sein.«

»Das glaube ich nicht, Mrs. Holley. Das Picknick haben Sie schon vor knapp zwei Wochen veranstaltet und dieser Zettel hat nicht draußen im Regen gelegen.«

»Er sieht aber ganz so aus«, sagte sie. »Er ist schrecklich schmutzig.«

»Mrs. Holley, könnten Sie mir sagen, an welchem Tag Sie diesen Einkaufszettel geschrieben haben?«

»Das ist ganz ausgeschlossen«, sagte sie. »Es stehen Dinge darauf, die auf fast jedem meiner Einkaufszettel zu finden sind. Orangen, Vollkornbrot …«

»Ihnen wird auffallen, dass auf der Liste steht: ›Silverglo ausprobieren?‹ Gibt Ihnen das vielleicht einen Hinweis auf das Datum, Mrs. Holley?«

»Nein, ganz und gar nicht«, sagte sie. »Solche Notizen mache ich häufig.«

»Ich habe die Information erhalten, dass die erste Zeitungsanzeige für Silverglo am sechzehnten erschienen ist. Frischt das möglicherweise Ihr Gedächtnis auf, Mrs. Holley?«

»Nein. Es tut mir Leid, aber das hilft mir auch nicht auf die Sprünge.«

Sie begriff, was das zu bedeuten hatte. Der Einkaufszettel konnte nicht vor dem sechzehnten geschrieben worden sein, und Ted Darbys Leiche war am achtzehnten gefunden worden.

»Fällt Ihnen vielleicht etwas dazu ein, wie dieser Zettel auf die Insel gelangt sein könnte, Mrs. Holley?«

»Nein, absolut nichts, Lieutenant. Nach dem Einkauf haben sich diese Zettel in meinen Augen erledigt und ich werfe sie achtlos weg. Der Wind könnte den Zettel fortgeweht haben.«

Mehr als eine Meile weit über das Meer und schnurstracks zu Ted Darbys Leiche?

»Oder irgendjemand – jeder beliebige – könnte ihn vom Boden aufgehoben haben«, sagte sie.

»Ja, sicher«, stimmte er ihr höflich zu und wartete. Aber sie sagte nichts.

»Mrs. Holley«, sagte er, »nach allem, was ich gehört habe, sind Sie am frühen Morgen des siebzehnten mit Ihrem Motorboot rausgefahren.«

»An Daten kann ich mich nicht erinnern, Lieutenant, aber es ist durchaus möglich. Ich stehe oft sehr früh auf. Es macht mir Spaß.«

»Haben Sie bei dieser Gelegenheit jemanden auf der Insel gesehen?«

»Ich habe nicht darauf geachtet«, sagte sie leichthin. »Ich bin sehr schnell an der Insel vorbeigefahren.«

»Mrs. Lloyd hat eine Aussage gemacht«, sagte er. »Sie sagt aus, in den frühen Morgenstunden des siebzehnten, zwischen fünf und sechs Uhr, hätte sie in der Bucht ein Motorboot gesehen, in dem zwei Frauen waren. Sie hat den Eindruck gewonnen, dass die beiden Frauen miteinander gerungen haben. Haben Sie dieses Boot mit den beiden Frauen gesehen, Mrs. Holley?«

Lucia schwieg einen Moment lang verblüfft. Vielleicht sollte ich besser behaupten, ich hätte zwei Frauen in einem Boot gesehen, dachte sie. Es könnte mir nützen.

Aber sie brachte es nicht über sich. Ihr Erstaunen schlug in eine seltsame Wut um. So etwas kann man den Leuten doch nicht durchgehen lassen, dachte sie. Mrs. Lloyd sagt einfach das, was ihr gerade in den Sinn kommt. Das kann man doch nicht *tun*!

»Wenn ein anderes Boot draußen auf dem Wasser gewesen wäre«, sagte sie, »hätte ich es zwangsläufig gesehen oder zumindest gehört. Aber da war kein anderes Boot. Möglicherweise ist Mrs. Lloyd kurzsichtig. Einmal bin ich für einen Moment aufgestanden, um meine Jacke zuzuknöpfen. Vielleicht hat sie in genau diesem Augenblick hingeschaut.«

»Sie scheint sehr genau zu wissen, was sie gesehen hat, Mrs. Holley.«

»Aber sie irrt sich«, sagte Lucia. »Ich weiß, dass kein Boot mit zwei Frauen unterwegs war. Nicht zwischen fünf und sechs Uhr morgens. Ich weiß es ganz genau.«

Als sie Levy ins Gesicht sah, verspürte sie eine seltsame Furcht. Er war ernst und geduldig, aber sie hatte ihn nicht überzeugen können. Durchschaute er denn nicht selbst, was für ein Mensch Mrs. Lloyd ist?, dachte sie. Sie ist eine ganz reizende Person, aber sie ist wirr im Kopf. Ich wage zu behaupten, sie glaubt tatsächlich, dass sie in einem Boot zwei Frauen gesehen hat, die miteinander gerungen haben – aber sie hat sie nicht gesehen. Ich weiß es ganz genau.

Ihr ging plötzlich auf, dass sich solche Dinge wohl manchmal auch während einer Gerichtsverhandlung zutragen mussten. Angenommen, dir wird ein Kapitalverbrechen angelastet, das dir lebenslänglich einträgt, und jemand steht auf und macht eine solche Aussage? Angenommen, jemand behauptet – und glaubt tatsächlich daran –, dich an einem Ort gesehen zu haben, an dem du noch nie warst? Und vielleicht kannst du nicht beweisen, dass du nicht dort gewesen bist. Vielleicht bleibt dir nichts anderes übrig, als es abzustreiten und zu hoffen, dass man dir glaubt.

Ihr fiel wieder ein, wie David als kleiner Junge einmal von der Schule nach Hause gekommen war.

»Miss Jesser hat gesagt, ich hätte etwas in Peteys Erdkundebuch gekritzelt«, hatte er ihr blass und mit zusammengekniffenen Augen berichtet. »Und dabei war ich es gar nicht. Aber sie wollte mir nicht glauben. Ich hasse sie! Sie ist ein altes Stinktier!«

Lucia war zu Miss Jesser gegangen, doch es war ihr nicht gelungen, sie zu überzeugen.

»Ich möchte diesen Vorfall nicht aufbauschen, Mrs. Holley«, hatte sie gesagt. »Schließlich dreht es sich nicht um etwas Ernstes. Ein Kind in Davids Alter ist sich kaum über den Unterschied zwischen Wahrheit und Lüge bewusst.«

Lucia war es nicht gelungen, David zu seinem Recht zu verhelfen. Er war zu Unrecht beschuldigt worden und hatte nie die Möglichkeit gehabt, sich zu entlasten. Vielleicht hatte er es längst vergessen, vielleicht aber auch nicht. Vielleicht stieß das früher oder später jedem Kind zu und ließ in der Vorstellung eines jeden Erwachsenen die Furcht zurück, die sie jetzt verspürte, die Furcht vor einer vollkommen unbegründeten Anschuldigung, die einen traf wie ein Blitz aus heiterem Himmel und die unmöglich zu widerlegen war.

»Da war nirgends ein Boot mit zwei Frauen«, sagte sie.

»Mrs. Holley«, sagte er, »Ihnen ist doch klar, dass es, wenn es mir auch noch so sehr widerstrebt, meine Pflicht ist, dem Gesetz Geltung zu verschaffen.«

»Allen Gesetzen?«, fragte sie. »Ganz gleich, ob sie gut oder böse sind?«

»In diesem Land werden die Gesetze in Übereinkunft mit dem Volk erlassen. Sie können nicht ›böse‹ sein. Was das Volk einmütig für richtig befindet, ist, durch eben diesen Beschluss, richtig.«

All das lief auf etwas hinaus, so viel stand für sie fest. Er hatte ein klares Ziel vor Augen; unaufhaltsam trieb er sie diesem Ziel entgegen, das sie nicht kannte, und sie musste sich ihm widersetzen.

»Ihnen ist vollkommen gleichgültig, wie ungerecht sich ein Gesetz im individuellen Fall auswirken könnte, stimmt's?«, fragte sie provozierend.

»Das Gesetz ist nicht notwendigerweise ein Synonym

für Gerechtigkeit, Mrs. Holley. Was wissen wir schon über die Gerechtigkeit? Und wir bräuchten weisere Männer als jene, die uns zur Verfügung stehen, um jedem Einzelnen gegenüber Gerechtigkeit walten zu lassen. Was wir haben, ist nichts weiter als ein Gesetzbuch, das in schriftlicher Form vorliegt und jedem zugänglich ist.«

»Und das halten Sie für eine großartige Errungenschaft?«, fragte sie schroff.

»Ja«, sagte er. »Man würde selbst Gott nicht das Recht einräumen, zu bestrafen und zu belohnen, wenn *Er* niemanden wissen ließe, wie die Gesetze lauten.«

Seine Worte jagten ihr Angst ein und ließen sie verstummen.

»Mrs. Holley«, sagte er, »meiner Ansicht nach hat sich Ihre Tochter am Morgen des siebzehnten gemeinsam mit Ihnen in dem Boot aufgehalten.«

»Meine Tochter?«

»Darby ist nicht an dem Ort getötet worden, an dem seine Leiche gefunden wurde, Mrs. Holley. Das steht für uns fest. Wir wissen auch, dass Darby in Ihrem Bootshaus war. Wir haben auf etlichen Gegenständen seine Fingerabdrücke gefunden.«

»Das Bootshaus steht immer offen. Jeder käme hinein. Absolut jeder. Aber Sie sagten doch … Sie sagten, Murray …«

»Wir haben Murray laufen lassen, Mrs. Holley. Einer der gerissensten Strafverteidiger aus New York war gestern Abend hier, um seinen Fall zu übernehmen – und wir hatten ohnehin nicht viel gegen ihn vorliegen. Jetzt ist er wieder auf freiem Fuß.«

»Aber meine Tochter … weshalb wollen Sie meine Tochter in diese Geschichte hineinziehen?«

»Ihre Tochter bemüht sich, Sie zu decken, Mrs. Holley. Das ist ganz offensichtlich. Ich habe sie vernommen und ihre Antworten waren außergewöhnlich ausweichend.«

»Und wovor sollte sie mich bewahren wollen?«, fragte Lucia.

»Mrs. Holley, ich muss Sie jetzt über Ihre Rechte belehren. Sie sind nicht verpflichtet, meine Fragen zu beantworten. Ferner ist es meine Pflicht, Ihnen mitzuteilen, dass alles, was Sie von nun an sagen …«

»Reden Sie nicht so mit mir!«, schrie sie ihn an.

Er stand auf, blieb vor ihr stehen und ragte so unbeschreiblich riesig vor ihr auf, dass sie sein Gesicht nicht sehen konnte.

»Mrs. Holley. Ich habe Beweismaterial, um zu belegen, dass Darby in Ihrem Bootshaus war. Ich habe gute Gründe für die Annahme, dass er dort getötet wurde und dass man seine Leiche erst später auf die Insel transportiert hat. Ich habe Grund zu der Annahme, dass Donnelly Ihnen heute Nachmittag dabei behilflich war, einen oder mehrere Gegenstände aus dem Bootshaus zu entfernen, da Sie fürchten mussten, diese Gegenstände könnten dazu beitragen, Sie zu belasten.«

»Nein«, sagte Lucia. »Nein, das ist nicht wahr.«

»Ich habe den Haftbefehl noch nicht beantragt, Mrs. Holley …«

»Einen Haftbefehl?«, rief sie aus. »Für mich?«

»Es liegt genug gegen Sie vor, um Sie, Mrs. Holley, und Ihre Tochter mit gutem Recht zur weiteren Befragung festzunehmen. Sie und Ihre Tochter halten Informationen zurück.«

»Meine Tochter?«

»Ihre Tochter verstrickt sich in Ausflüchten, Mrs. Holley. Sie hat mir erzählt, dieser Donnelly sei hergekommen, weil er sie treffen wollte. Sie hat versucht, mir den Eindruck zu vermitteln, dass er in sie vernarrt ist und sich aus diesem Grund bemüht hat, Ihre Sympathie zu gewinnen. Weitere Fragen haben deutlich erwiesen, dass sie überhaupt nichts über diesen Mann weiß. So kennt sie beispielsweise weder seinen Vornamen noch seine Adresse. Sie kann sich ›nicht erinnern‹, wo oder wann sie ihm zum ersten Mal begegnet ist. Dann hat sie mir dieselbe Geschichte über Darby erzählt. Nämlich dass er, wäre er jemals hier gewesen – was sie übrigens nicht zugegeben hat –, ihretwegen gekommen wäre.« Er unterbrach sich. »Wie lange kennen Sie Donnelly schon, Mrs. Holley?«

»Ach, noch nicht lange. Er ist nichts weiter als ein flüchtiger Bekannter.«

»Wie haben Sie seine Bekanntschaft gemacht, Mrs. Holley?«

»Ich glaube mich zu erinnern, dass uns ein Vertreter einer Lebensversicherung miteinander bekannt gemacht hat.«

»Wissen Sie, was Donnelly beruflich tut, Mrs. Holley?«

»Nein«, sagte sie. »Nein, ich habe keine Ahnung.«

»Während der Prohibition ist er fünf Mal in Zusammenhang mit Schwarzbrennerei und Alkoholschmuggel verhaftet worden. Derzeit interessiert sich das neugegründete Office of Price Administration für ihn. Es gibt guten Grund zu der Annahme, dass er auf dem Schwarzmarkt tätig ist, insbesondere auf dem Fleischsektor.«

»Aber er hat sich doch nichts wirklich ... Kriminelles zuschulden kommen lassen, oder? Ich meine Raub oder ...«

»Mrs. Holley«, sagte Levy, »Ihre Einstellung überrascht mich wirklich. Wenn Sie Schwarzmarktaktivitäten in Kriegszeiten nicht als ein Delikt ansehen ...«

»Doch, doch!«, sagte sie eilig. »Natürlich sehe ich das so.«

»Mrs. Holley«, sagte Levy, »ich werde Sie jetzt fragen müssen, was Sie und Donnelly heute Nachmittag aus dem Bootshaus entfernt haben.«

Sie saß stocksteif da. Sie merkte erst, dass sie den Atem angehalten hatte, als er ihr keuchend entwich.

»Einen Motor«, sagte sie. »Einen Außenbordmotor.«

»Das hat mir Ihre Tochter auch erzählt«, sagte er. »Als ich sie gefragt habe, wo Sie sind, hat sie mir berichtet, Sie hätten Donnelly zum Bahnhof gefahren und einen Außenbordmotor mitgenommen. Ich habe mir einen Vorwand einfallen lassen, um das Bootshaus aufzusuchen und der Motor ist noch da.«

»Es gab zwei Motoren.«

»Hat Ihnen der Hausbesitzer eine Inventarliste des Bootshauses überlassen, Mrs. Holley?«

»Ja. Ja, ich glaube schon. Aber ich kann mich im Moment nicht entsinnen, wo sie ist. Natürlich kann ich sie später für Sie heraussuchen.«

»Warum haben Sie den Motor in einer Truhe untergebracht, Mrs. Holley?«

»Ich mag es eben, wenn alles ordentlich verpackt ist.«

Jetzt bin ich mit meiner Weisheit am Ende. Der Spielraum ist ausgeschöpft, sagte sie sich. Eine längere Leine lässt er mir nicht. Man geht, soweit man kann, und dann ist der Strick straff gespannt und man kommt keinen Schritt weiter.

»Wohin haben Sie diese Truhe gebracht, Mrs. Holley?«

»Wir wollten sie zu einer Bootswerkstatt bringen, aber dann ist uns das Benzin ausgegangen und ich bin mit dem Zug nach Hause gefahren.«

»Wo haben Sie Donnelly zurückgelassen?«

»Mitten auf dem Lande. Auf einem Feldweg.«

»In welcher Gegend?«

»Genau weiß ich das nicht.«

»In welchem Bahnhof sind Sie in den Zug gestiegen?«

»Das war … ich glaube, die Ortschaft hieß West Whitehills.«

»Wann wird Donnelly Ihren Wagen zurückbringen, Mrs. Holley?«

»Möglichst bald, vermute ich.«

»Ich werde Donnelly vernehmen müssen, Mrs. Holley. Würden Sie mir bitte seine Adresse geben?«

»Ich habe seine Adresse nicht.«

»Wie setzen Sie sich mit Donnelly in Verbindung, Mrs. Holley?«

»Gar nicht.«

»Hat ein anderes Familienmitglied seine Adresse?«

»Nein, tut mir Leid.«

»Mrs. Holley, ich bin der Auffassung, dass Sie und Donnelly Beweisstücke entfernt haben, die im Zusammenhang mit Darbys Tod stehen.«

»Nein! Das haben wir wirklich nicht getan. Ich versichere es Ihnen.«

Man gelangt ans Ende des Stricks, aber nichts passiert. Der Strick reißt nicht, er erwürgt einen aber auch nicht.

»Die Geschichte mit diesem Motor nehme ich Ihnen nicht ab, Mrs. Holley. Sie konnten mir auch keine befriedigende Erklärung dafür geben, dass Ihr Einkaufszettel unter Darbys Leiche lag. Weder Sie noch Ihre Tochter haben für Darbys Anwesenheit in Ihrem Bootshaus eine plausible Erklärung. Ich muss Sie bitten, sich mit mir zum Büro des Staatsanwalts zu begeben.«

»Ja, aber wann?«

»Augenblicklich.«

»Aber das Abendessen ist gleich fertig!«

»Tut mir Leid.«

»Aber wann bin ich wieder zu Hause? Ich meine, ich muss Sibyl doch sagen, um welche Zeit sie das Abendessen servieren soll.«

»Ich weiß es nicht, Mrs. Holley.«

»In einer Stunde?«

»Darauf sollten Sie sich lieber nicht verlassen, Mrs. Holley.«

»Sie meinen … Sie meinen doch nicht etwa, dass man mich dort festhalten könnte?«

»Diese Möglichkeit ist nicht auszuschließen, Mrs. Holley.«

»Sie meinen, ich werde … verhaftet?«

»Ich halte es für möglich, dass es dem Staatsanwalt ratsam erscheinen wird, Sie für weitere Befragungen festzunehmen.«

»Sie meinen, man will mich dort behalten? Im Gefängnis?«

»Die Möglichkeit besteht, Mrs. Holley.«

»Das geht nicht«, sagte sie mit ausdrucksloser Stimme. »Das ist ganz ausgeschlossen. Ich kann nicht einfach aus dem Haus gehen und mich ins Gefängnis sperren lassen. Ihnen ist wohl nicht klar … ich habe Kinder … und meinen Vater … Vielleicht wissen Sie nicht, dass mein Mann in Übersee ist, bei der Marine?«

»Das ist mir bekannt, Mrs. Holley.«

»Sehen Sie es denn nicht ein? Begreifen Sie nicht, was ihnen allen damit angetan würde? Ich kann nicht mitkommen. Verstehen Sie das denn nicht? Es geht nicht. Meine Familie kann sich doch nicht einfach … zum Essen an den Tisch setzen …«

Sie stand auf und umklammerte ihre eigenen Hände, um sich nicht an seinen Ärmel zu klammern.

»Bitte!«, sagte sie. »Sie kennen doch die menschliche Natur. Sie wissen, dass ich Ted Darby nicht umgebracht habe. Sie wollen doch nicht eine solche Schande und ein solches Elend über uns alle bringen.«

»Mrs. Holley«, sagte er, »Sie haben mit einem aktenkundigen Verbrecher verkehrt.«

»›Verkehrt‹?«, wiederholte sie und sah ihm ins Gesicht.

»Das ist der übliche Ausdruck«, sagte er, ohne sie aus den Augen zu lassen.

Er hält uns für ein Liebespaar, sagte sie sich. Alle werden uns dafür halten. Die Polizei wird von diesem Mittagessen erfahren. Sie werden alles in Erfahrung bringen.

Aber niemand weiß etwas über Nagle; vielleicht werden sie es nie herausfinden. Vielleicht ist alles ausgestanden, wenn ich ihm jetzt die Wahrheit über Ted Darby erzähle. Nur muss ich vorher Vater warnen.

»Lieutenant Levy«, sagte sie. »Geben Sie mir Zeit bis morgen früh. Ich bitte Sie inständig darum.«

»Das ist unmöglich, Mrs. Holley.«

»Ich bin … so müde«, sagte sie. »Ich kann mich nicht allzu klar ausdrücken. Wenn ich eine Nacht ungestört schlafen könnte … Morgen werde ich Ihnen dann alles erzählen.«

»Was wollen Sie mir erzählen, Mrs. Holley?«

»Über Ted Darby«, sagte sie.

»Sie geben zu, dass Sie etwas über die näheren Umstände seines Todes wissen?«

»Bitte«, sagte sie. »Ich bitte Sie, geben Sie mir Zeit bis morgen früh.«

»Das ist unmöglich, Mrs. Holley.«

»Es muss gehen«, sagte sie.

Weil ich nicht zulasse, dass sie Vater überrumpeln, dachte sie. Es wird ohnehin schon schlimm genug für ihn sein, ganz gleich, wie schonend ich es ihm beibringe. Er weiß nicht einmal, dass der Mann, den er im Bootshaus getroffen hat, dieser abscheuliche Darby war, über den er Berichte in den Zeitungen gelesen hat. Er wird …

»Mrs. Holley«, sagte Levy, »ich glaube nicht, dass Sie sich über Ihre Lage im Klaren sind. Ihre Situation ist außerordentlich ernst. Sie haben zugegeben, Näheres über den Mord an Darby zu wissen …«

»Es war kein Mord.«

»Über Darbys Tod. Ihr Eingeständnis dieses Wissens hat zur Folge, dass ich Sie festnehmen muss.«

»Hören Sie, Lieutenant«, sagte sie mit verzweifelter Ernsthaftigkeit, »lassen Sie uns doch miteinander reden, wie … normale Menschen. Sie wissen, dass ich keine Mörderin bin. Ich hätte Ihnen die ganze Geschichte schon eher erzählen sollen, aber ich hatte einen Grund dafür, es nicht zu tun – und es schien mir ein guter Grund zu sein. Morgen früh werde ich Ihnen alles erzählen. So früh Sie wollen.«

»Und warum nicht jetzt?«

»Ich muss dringend schlafen. Ich bin so schrecklich … müde.«

Er trat zurück und verschränkte die Hände hinter dem Rücken.

»Mrs. Holley«, sagte er nach einem Moment, »ich werde jede weitere Befragung Ihrer Person auf morgen verschieben, wenn Sie dafür sorgen, dass Donnelly noch heute Abend hier auftaucht.«

20.

Sie trat ans Fenster und stellte verblüfft fest, wie es dort draußen in der weiten Welt aussah. Alles war in ein klares zitronengelbes Licht getaucht; das struppige Gras wirkte gelblich, das Laub an den jungen Bäumen hatte ein durchscheinendes Grün angenommen und zitterte ganz eigentümlich in diesem seltsamen Licht.

Jetzt ist er fort, sagte sie sich. Er sitzt im Zug nach Montreal.

Aber in ihrer Vorstellung konnte sie ihn nur so vor sich sehen, wie sie ihn auf dem Feldweg zurückgelassen hatte, eine große, gepflegte Gestalt, deren rechter Arm unbrauchbar an der Seite herunterhing. So sieht dieser Handel also aus, dachte sie. Ich soll ihn verraten. Ich soll dafür sorgen, dass er herkommt. Ich soll ihn an die Polizei ausliefern.

Sie hörte Schritte über ihrem Kopf; eine Tür wurde geschlossen. Das ist Vater, dachte sie. Ich nehme an, Bee ist auch oben. Und David? Gleich ist es Zeit für das Abendessen.

»Mrs. Holley?«

Levys Tonfall war liebenswürdig und geduldig – zu geduldig. Es ist lächerlich, dass er in aller Ruhe abwartet, obwohl er mich zu einer Antwort zwingen könnte, dachte sie, und plötzlich regte sich Wut in ihr.

»Ich weiß nicht, wo Mr. Donnelly ist«, sagte sie mit ruhiger Stimme.

»Ich fürchte, in dem Fall müssen wir uns jetzt auf den Weg machen, Mrs. Holley«

»Bis nach dem Abendessen können Sie wohl nicht warten?«

»Ich fürchte, das geht nicht.«

Sie wandte sich zu ihm um. Das Zimmer war jetzt in ein

düsteres Licht getaucht, das ihn sehr blass wirken ließ; daher erschien sein Haar besonders schwarz.

»Ein solches Benehmen hätte ich von Ihnen nicht erwartet«, sagte sie.

Er antwortete ihr nicht.

»Wenn Sie es kaum erwarten können, ihn zu sehen, warum versuchen Sie dann nicht selbst, Donnelly zu finden?«, fragte sie grob.

»Ich habe es versucht. Aber die New Yorker Polizei hat seine Spur vorübergehend verloren. Natürlich werden sie ihn wieder aufspüren, aber ich sähe ihn gern heute noch.«

»Sie werden ihn verhaften, nicht wahr?«

»Ich möchte ihn vernehmen, Mrs. Holley. Wenn seine Antworten zufrieden stellend sind, wird er keine weiteren Schwierigkeiten bekommen.«

Sie hatten ihn schon fünf Mal verhaftet, dachte Lucia. Aber sie konnten ihn nie überführen. Er versteht es wirklich, gut auf sich aufzupassen. Und sie werden ihn nicht nach Nagle fragen. Weshalb sollten sie das auch tun? Noch kann niemand wissen, dass Nagle etwas zugestoßen ist. Alles andere stellt keine Gefahr für ihn dar. Lieutenant Levy wird ihm nur Fragen zu Ted Darby stellen und von diesem Verdacht kann er sich mühelos reinwaschen. Er hat doch bestimmt ein Alibi für den fraglichen Abend: Hier war er jedenfalls nicht.

Und was ist mit der Truhe? Die hat er sich gewiss längst vom Hals geschafft. Und es ist ganz unmöglich, dass Nagles Verschwinden schon bemerkt worden ist. Nein. Martin wird dasselbe aussagen, was ich bereits ausgesagt habe. Dass es um einen Außenbordmotor ging. Er wird Lieutenant Levy sämtliche Fragen beantworten können – viel besser, als ich es kann. Er ist schon fünf Mal verhaftet worden und sie konnten ihn nie festhalten. Er weiß sehr wohl, wie er auf sich aufpasst.

Sie hörte die Hintertür zur Küche zuschlagen und dann Davids Stimme, laut und kräftig.

»Hallo, Sibyl. Warum gibt es noch kein Abendessen?«

»Lieutenant Levy unterhält sich gerade mit deiner Mutter«, antwortete ihm Sibyls sanfte Stimme.

»Aha!«, sagte David erfreut. »Ein gescheiter Kerl. Ich wette, er knackt den Fall. Haben wir Cola im Kühlschrank, Sibyl?«

»Nein, Master David. Cola verkauft man mir im Moment nirgends.«

»Tja, da kann man wohl nichts machen«, sagte David. »Vielleicht rühre ich mir eine Malzmilch mit Ei an.«

»Verdirb dir bloß nicht den Appetit!«

»Den kann mir nichts verderben«, sagte David.

»Ich rühre sie dir an«, sagte Sibyl.

Lucia konnte jedes der kleinen Geräusche, die nun zu hören waren, verblüffend klar zuordnen. Das war das Schälchen, das auf die Anrichte gestellt wurde; jetzt klapperte der Schneebesen. David saß bestimmt auf der Kante des Küchentischs und war froh, wieder zu Hause zu sein.

Ich kann David nicht seinen Spaß verderben. Und den anderen auch nicht. Ich werde mich nicht ins Büro des Staatsanwalts bringen lassen, nicht ausgerechnet jetzt, zur Essenszeit. Ich werde nicht mitgehen und möglicherweise heute Abend nicht zurückkommen – vielleicht sogar tagelang fortbleiben. Und zulassen, dass meine Familie hört – dass alle Welt hört –, ich hätte mit einem aktenkundigen Verbrecher verkehrt …

Ich täte alles, um das zu verhindern.

Er würde es zu verhindern wissen, wenn er käme. Er würde wissen, wie er Lieutenant Levy und dem Staatsanwalt antworten musste. Wenn er hier wäre, wüsste er, wie er mir aus dieser Lage helfen könnte. Das wäre ihm das Wichtigste.

»Mrs. Holley, Sie müssen mir Ihre Entscheidung jetzt mitteilen«, sagte Levy.

Der Schneebesen war nicht mehr zu hören; Lucia vernahm, wie die Ofentür geöffnet und geschlossen wurde.

»Ja«, sagte sie und ging in die Küche.

»Hallo, David, mein Schatz!«, sagte sie. »Sibyl, würdest du bitte einen Moment ins Wohnzimmer kommen?«

»Sibyl soll wohl ausgequetscht werden, was?«, fragte David. »Sieh dich vor, was du sagst, Sibyl!«

Sibyl lächelte ihn liebevoll an und folgte Lucia ins Wohnzimmer.

»Sibyl«, sagte Lucia, »hast du zufällig Mr. Donnellys Telefonnummer?«

Sibyl sah sie an; ihre Blicke trafen sich. Wenn Sibyl nein sagte, war Lucias Schicksal besiegelt.

»Ja, Ma'am«, sagte Sibyl.

»Vielleicht sollten Sie ihn am besten gleich anrufen«, sagte Levy. »Sagen Sie ihm, Mrs. Holley möchte, dass er heute Abend so früh wie möglich zu ihr kommt. Erwähnen Sie mich mit keinem Wort.«

»Ja, Sir«, sagt Sibyl.

Das Telefon stand auf einem kleinen Tisch im Flur, direkt neben der Wohnzimmertür. Sie konnten Sibyl sehen, als sie sich auf den Stuhl setzte und wählte. Ihr Gesicht wirkte gefasst und bekümmert und sie hatte die Augen gesenkt. Sie wählt eine falsche Nummer, dachte Lucia. Sie mag Martin, und sie weiß, dass er in eine Falle gelockt werden soll.

»Hallo?«, sagte Sibyl. »Könnte ich bitte Mr. Donnelly sprechen? Sie erwarten ihn demnächst zurück? Dann sagen Sie ihm doch bitte, Sibyl lässt ihm ausrichten, dass er heute Abend so früh wie möglich zu ihr kommen soll. Vielen Dank, Sir.«

»Er ist nicht zu Hause, Ma'am«, sagte sie, als sie aufstand. »Aber ich habe eine Nachricht für ihn hinterlassen.«

»Bei wem?«, fragte Levy.

»Ich weiß nicht, wer das war, Sir.«

»Seien Sie doch bitte so nett, mir die Telefonnummer zu geben«, sagte Levy, und Sibyl nannte ihm eine Nummer, die er in sein Notizbuch schrieb.

Es ist eine falsche Nummer, dachte Lucia. Das täte Sibyl Martin nicht an.

Und außerdem ist er ohnehin schon unterwegs. Er sitzt jetzt im Zug nach Montreal. Er wird nicht kommen. Er ist fort.

»Danke«, sagte Levy und steckte das Büchlein wieder in seine Tasche. »Wir sehen uns dann morgen, Mrs. Holley. Gute Nacht.«

»Gute Nacht«, antwortete Lucia.

Sowie sich die Küchentür hinter ihm geschlossen hatte, eilte Lucia in die Küche, atemlos vor Ungeduld, denn sie konnte es kaum erwarten, zu hören, was Sibyl ihr zu sagen hatte.

»Sibyl?«

»Ja, Ma'am?«

Ihre Blicke trafen sich und Sibyls Augen waren unergründlich, dunkel und betrübt, doch sie sah Lucia fest ins Gesicht.

»Sibyl ... glaubst du, dass er kommen wird?«

»Ich habe eine Nachricht für ihn hinterlassen, Ma'am.«

Wirklich?, dachte Lucia. Oder hast du nur so getan? Du magst ihn doch. Würdest du ihn wirklich bitten herzukommen, obwohl ihn hier die Polizei erwartet?

Sie stand lange Zeit da, sah Sibyl an und brachte es nicht über sich, diese Frage zu stellen.

Er ist ohnehin fort. Er sitzt im Zug nach Montreal.

»Soll ich jetzt zum Essen läuten, Ma'am?«

»Ich vermute, das wäre das Beste«, sagte Lucia.

Sie hatte den Eindruck, dass es Sibyl Spaß machte, die Gongs im Flur ertönen zu lassen, vier verschiedene, die auf einer roten Seidenschnur aufgereiht waren, ein alter Schnickschnack, der früher Lucias Mutter gehört hatte. David und Bee hatten die Klänge als Kinder geliebt. Sie waren ein fester Bestandteil des Familienlebens, daher war es ganz selbstverständlich gewesen, sie aufs Land mitzunehmen.

Die untergehende Sonne warf ihren goldenen Schein auf die Glasscheibe in der Haustür, doch ihr Glanz erreichte Sibyl nicht; sie stand mit dem kleinen Klöppel in der

Hand im Schatten. Sie schlug auf den untersten Gong mit dem tiefsten Ton, ließ die Klänge bis zum vierten Gong ansteigen und wieder bis zum tiefsten sinken und spielte dann wieder die Skala hinauf; die Klänge schwangen durch das Haus. Und es war wie Magie: der alte Mr. Harper kam augenblicklich aus seinem Zimmer, dann öffnete David seine Tür und ehe die beiden die Eingangshalle erreicht hatten, kam Bee die Treppe hinunter.

Ich will Tom an meiner Seite haben!, sagte sich Lucia in leidenschaftlicher Auflehnung. Ich will sie alle um mich haben, sie alle in Sicherheit wissen. Es war ein hoffnungsloser Wunsch, eine Auflehnung gegen den Himmel, gegen das Leben an sich. Das wusste sie. Dennoch würde sie nichts unversucht lassen und darum kämpfen, die Flut von ihrer Türschwelle fern zu halten.

Sie hatte das Gefühl, nichts sei ihr unmöglich. Sie konnte sich mit ihrer Familie an den Tisch setzen und sie brachte sogar ein paar Bissen herunter. Es lag daran, dass sie ihrer Zerreißprobe eine zeitliche Begrenzung gesetzt hatte.

Um neun Uhr, sagte sie sich, werde ich behaupten, ich sei müde, und ich werde nach oben gehen. Und eine von seinen Tabletten nehmen und mich schlafen legen.

Bee und David benahmen sich ganz seltsam; das fiel ihr sofort auf. Sie verhielten sich ungewöhnlich still, um ihrer Missbilligung Ausdruck zu verleihen. Sollten sie ruhig schmollen. Sie würden schon darüber hinwegkommen. Ihr Vater sprach, und sie ging auf ihn ein. Seine freundlichen, nichts sagenden Bemerkungen beschwichtigten sie. Er hatte ihr nie Vorhaltungen gemacht. Falls er von ihrem merkwürdigen Treiben in der letzten Zeit etwas wahrgenommen hatte oder falls ihm jemand von noch seltsameren Vorgängen berichtet haben sollte, würde er all das als Unsinn abtun. Sie war seine Tochter, sie war die untadelige Ehefrau und Mutter, die kluge und besonnene Hausfrau. Das Schlimmste, was er ihr jemals zur Last legen würde, war nur, dass es ihr vielleicht ein wenig am Urteilsvermögen mangelte.

Aber ihr Mann und ihre Kinder waren nicht der Meinung, sie sei über jegliche Kritik erhaben. Sie beanspruchten sie für sich. Von allem, was sie tat, waren sie unmittelbar betroffen; ihr Stolz und ihr guter Name lagen in ihren Händen. Sie waren bereit, ihr Liebe und Schutz zu geben und ihr sogar eine gewisse Anerkennung zu zollen, aber dafür verlangten sie von ihr, dass sie all das war, was sie von ihr wollten und brauchten.

Nach dem Abendessen begaben sie sich ins Wohnzimmer. Bee setzte sich an den kleinen Schreibtisch, um einen Brief zu schreiben, David vertiefte sich in eine wissenschaftliche Zeitschrift und der alte Mr. Harper schlug vor, sie sollten eine Partie Cribbage spielen. Es war erst kurz nach acht, aber Lucia hielt nicht bis zu ihrem selbstauferlegten zeitlichen Limit durch.

»Vater«, sagte sie, »ich glaube – wenn du nichts dagegen hast, schreibe ich nur noch schnell an Tom und gehe dann ins Bett.«

»Eine sehr gute Idee!«, sagte er. »Hast du etwas zu lesen, meine Liebe? Sonst hätte ich dieses äußerst amüsante Buch von der Leihbücherei für dich, eine leichte Lektüre. Da geht es um diese Familie in einer englischen Domstadt ...«

»Das gefiele mir bestimmt, Vater, aber ich glaube nicht, dass ich heute Abend noch etwas lesen werde. Ich glaube, ich lege mich gleich schlafen. Gute Nacht, Vater. Gute Nacht, Kinder.«

David stand auf und drückte ihr einen Kuss auf die Wange. Es war nicht gerade ein besonders liebevoller Kuss, aber wenigstens zeigte er ihr, dass er sie akzeptierte.

»Gute Nacht, Mutter«, sagte Bee, ohne auch nur von ihrem Brief aufzublicken.

Du bist herzlos, dachte Lucia. Aber das liegt nur daran, dass es für dich viel, viel schwerer ist als für David. Er findet mich einfach nur albern und anstrengend, aber du ahnst, dass mehr dahintersteckt, etwas Grässliches, und du bist verängstigt. Es tut mir Leid ...

Sie musste Tom sofort einen Brief schreiben, solange sie noch dazu in der Lage war. Im Lampenschein wirkte ihr Zimmer behaglich; eine laue, salzige Brise wehte durch die offenen Fenster herein.

›Lieber Tom.‹

Ihr war, als rührte sich etwas hinter einer der Gardinen.

Lieber Tom. Das Wetter. Lieber Tom. Ach Tom, komm lebend zurück! Sei real vorhanden. Lass in mir die Erinnerung daran erwachen, wie du warst. Lass mich dich sehen. Lass mich etwas für dich empfinden. Ganz gleich, was. Du darfst nicht soweit weg sein, du kannst gar nicht soweit weg sein, dass du für mich nicht real bist, nicht mehr wirklich vorhanden bist.

Aber sie empfand nicht das Geringste. Sie empfand für niemanden etwas. Sie hatte es eilig, sich schlafen zu legen, das war alles. Ganz hinten in einer Schublade fand sie einen zusammengefalteten alten Brief an Tom, der ihr nicht gut genug erschienen war, um ihn abzuschicken. Diesen Brief schrieb sie jetzt nahezu unverändert ab. Er enthielt die Schilderung alltäglicher Kleinigkeiten und eine Erinnerung an einen Tag vor langer Zeit, den sie gemeinsam in Jones Beach verbracht hatten, als die Kinder noch klein waren. Es war ein ganz besonderer Tag gewesen, ein besonders glücklicher Tag, doch jetzt rief er keine Gefühle in ihr wach. Tom und Lucia, dieses glückliche junge Paar, waren für sie jetzt nichts weiter als zwei muntere kleine Püppchen.

Sie adressierte den Umschlag und lehnte ihn an Toms Fotografie, an der jeden Abend ein Umschlag lehnte. Sie hatte die gelben Kapseln in ein Papiertaschentuch gewickelt und in einer Schreibtischschublade verstaut. Jetzt holte sie eine heraus und spülte sie mit einem Glas Wasser hinunter. Ich weiß noch nicht mal, was für ein Zeug das ist, dachte sie. Ich habe keine Ahnung, was es anrichten wird.

Sie wusste nur, dass es ihr nicht schaden würde. Nichts,

was aus seinen Händen kam, gab ihr Anlass zur Sorge. Sie zog sich aus und nahm eilig ein Bad, da sie fürchtete, der Schlaf könnte sie plötzlich überwältigen. Ich könnte hinfallen, dachte sie, ich könnte Gott weiß wo einschlafen und am Morgen fänden sie mich dann auf dem Fußboden. Ich frage mich, wie lange diese Tablette wirkt. So lange, dass sie Schwierigkeiten haben werden, mich morgen früh zu wecken?

Die Vorstellung, sie könnte am Morgen benommen und ›seltsam‹ sein, bereitete ihr Sorgen. Vor allem, da ich Vater morgen früh die Sache mit Ted beibringen muss, dachte sie. Aber all das spielte jetzt keine Rolle. Das Einzige, was wirklich zählte, war, diese Nacht zu überstehen, die ganze Nacht in tiefer Bewusstlosigkeit durchzuschlafen. Es gibt keinen Grund, wach zu bleiben, dachte sie. Jetzt liegt nichts mehr in meiner Hand. Ich habe nicht verhindert, dass Sibyl diese Nachricht hinterlässt. Aber er wird nicht kommen. Er ist jetzt auf dem Weg nach Montreal.

Sie legte sich ins Bett und ließ sich auf zwei Kissen zurücksinken, ohne das Licht zu löschen. Sie nahm ein Buch zur Hand, aber das führte zu nichts. Was ist nur mit dieser Tablette los?, dachte sie ungeduldig. Warum setzt die Wirkung nicht ein? Ich gebe ihr noch zwanzig Minuten und wenn bis dahin immer noch nichts passiert, nehme ich eine zweite.

Sie schloss die Augen, und ein Gesicht nahm Gestalt an und sie beobachtete es besorgt. Es war ein vertrautes knochiges Gesicht mit einem Kneifer und einem affektierten Lächeln. Wer ist denn das?, dachte sie. Ich sollte es eigentlich wissen. Ach ja, das ist Miss Priest, unsere Englischlehrerin. Aber hat mir nicht jemand erzählt, sie sei gestorben? Ob sie wohl gekommen ist, um mir eine Nachricht zu übermitteln?

»Miss Priest?«, fragte sie kleinlaut.

Keine Antwort. Lucia seufzte und streckte sich aus, um sich zu entspannen. Miss Priest, dachte sie und versuchte, sich an etwas zu erinnern. Es hatte doch mit der Schule zu tun, oder nicht? Mir ist ganz gleich, ob ich tatsächlich schlafe oder nicht, dachte sie, solange ich derart entspannt sein kann. Und mir keine Sorgen machen muss.

Sibyls Stimme zischte in ihr Ohr.

»Ich schlafe«, sagte Lucia verärgert. »Lass mich in Ruhe.«

Zisch, zisch, zisch. Miss-ess Holley!

»Lass mich in Ruhe, Sibyl.«

»Mrs. Holley, er ist da, Ma'am. Sie müssen sich beeilen.«

Holley. Da. Beeilen. Zisch, zisch, zisch.

Sibyl legte ihr einen nassen, kalten Waschlappen auf die Stirn und zog ihn ihr über die Augen.

»Noch mal!«, sagte Lucia.

Sie öffnete die Augen und setzte sich auf.

»Sie müssen sich beeilen, Ma'am. Er ist da.«

»Ich kann mich nicht beeilen, Sibyl. Ich habe eine Tablette genommen. Ich habe tief und fest geschlafen.«

»Ich helfe Ihnen, Ma'am.«

Sie fühlte sich grauenhaft schlecht, bleischwer und verwirrt. Und vollkommen anders als sonst. Sie saß auf ihrem Stuhl, während Sibyl ihr die Schuhe und Strümpfe anzog und ihr Haar aufsteckte.

»Wie viel Uhr ist es, Sibyl?«

»Kurz vor zwei, Ma'am.«

Lucia begann zu wimmern.

»Ich bin erst nach neun eingeschlafen«, jammerte sie. »Das ist nicht lange genug. Ich brauche mehr Schlaf.«

»Sie können sich später wieder schlafen legen, Ma'am.«

Der schwach erleuchtete Flur jagte ihr Angst ein. Sie wich zurück, weil ihr davor graute, dass sich eine dieser Türen öffnen könnte. Aber Sibyl nahm sie an der Hand und führte sie die Treppe hinunter; behutsam setzte sie ihre Füße in den Holzpantinen voreinander, ohne Sibyls Hand loszulassen. Sie liefen durch die dunkle Küche und auf die Veranda hinter dem Haus und alles um sie herum war pechschwarz.

»Es regnet«, flüsterte sie.

»Nur ein paar Tropfen, Ma'am«, gab Sibyl flüsternd zurück. »Sie müssen jetzt ganz still sein, Ma'am.«

Ein Mann lief die Auffahrt hinunter. Lucia sah den matten Schimmer seines Regenmantels, als er dicht an ihnen vorbeikam.

»Jetzt«, flüsterte Sibyl.

Sie rannten fast, als sie den Weg zum Bootshaus zurücklegten. Sibyl öffnete die Tür und sie traten ein, und auch drinnen war alles pechschwarz und in der Luft hing ein kalter, modriger Geruch.

»Hier entlang, Ma'am«, sagte Sibyl.

Sie öffnete eine Tür, die in eine kleine fensterlose Speisekammer führte, und das Licht der nackten Glühbirne, die von der Decke hing, blendete sie. Er war da.

»Es ist sehr nett von dir, dass du gekommen bist«, sagte er förmlich.

Es war kein Traum und jetzt fühlte sie sich auch nicht mehr bleischwer und benommen. Er war eine tadellos gepflegte Erscheinung in seinem dunklen Anzug, der dunklen Krawatte und dem Arm in einer schwarzen Schlinge. Jetzt war er nicht verschwommen, sondern hatte klare, scharf umrissene Konturen. Er war ihr absolut fremd, sein Anblick ließ sie vor Furcht frösteln.

Dieser hell erleuchtete, fensterlose Raum war eine Falle, in die sie ihn gelockt hatte. Und jetzt saß sie gemeinsam mit ihm in dieser Falle. Das war die Zusammenkunft, vor der ihr so sehr wie vor nichts anderem auf Erden gegraut hatte.

»Ich wäre dir nicht zur Last gefallen«, sagte er, »aber ich habe mir den Arm gebrochen.«

»Gebrochen?«, rief sie aus.

»Gebrochen«, wiederholte er, als wollte er sich dafür entschuldigen. »Andernfalls hätte ich dir die Sachen mit einer kurzen Erklärung zugeschickt. Nur kann ich so, wie die Dinge stehen, im Moment nicht schreiben.«

»Hast du deinen Arm richten lassen?«

»Noch nicht, das hat Zeit. Siehst du dir bitte an, was auf dem Regal liegt?«

»Du musst etwas tun! Du musst schreckliche Schmerzen haben.«

»Wenn ich nicht daran denke, spüre ich es nicht«, sagte er. »Mach dir keine Sorgen. Das wird sich später von selbst erledigen. Und jetzt sieh dir an, was auf dem Regal liegt.«

Aber sie löste ihren Blick nicht von seinem Gesicht, das so seltsam unbeschwert wirkte.

»Jetzt sieh es dir schon an!«, sagte er. »Es sind die Briefe deiner Tochter, komplett bis auf den letzten.«

Er nahm vom Abtropfbrett ein Bündel Briefumschläge, die von einem Gummiband zusammengehalten wurden.

»Das braucht dir jetzt keine Sorgen mehr zu bereiten«, sagte er. »Und hier ... willst du es dir denn nicht ansehen? Hier ist dein Schmuck.« Er lächelte matt. »So prachtvoll, wie ich dachte, ist er nicht.«

»Martin ...«, sagte sie.

Der Damm brach und die große Woge schwoll an, um sie zu verschlingen.

»Martin«, sagte sie, »dein Arm ist gebrochen. Martin, du musst von hier verschwinden, und zwar schnell.«

»Ich habe keinen Grund zur Eile.«

»Oh, doch! Den hast du! Draußen läuft ein Polizist umher.«

»Er ist auf Patrouille. Ich habe ihn vorhin schon gesehen und bin ihm aus dem Weg gegangen, als ich ans Küchenfenster geklopft habe und Sibyl rausgekommen ist.«

»Martin ... ich bringe dich im Ruderboot ein Stück weit die Küste hinunter. Beeil dich! Du musst dich beeilen! Der Polizist könnte herkommen.«

»Von mir würde er ja doch nichts wollen.«

»Aber er ist doch nur deinetwegen hier! Ich bringe dich im Ruderboot fort. Irgendwie werde ich es schon schaffen, dich von hier fortzubringen.«

»Der Bulle hat es nicht auf mich abgesehen.«

»Aber Martin! Lieutenant Levy weiß von der Nachricht …«

»Von welcher Nachricht?«

Er weiß von nichts, dachte sie. Und wenn er es herausfindet …

»Von was für einer Nachricht sprichst du?«, wiederholte er. »Ich will die Wahrheit hören.«

Er musterte sie nachdenklich mit zusammengekniffenen Augen, als wollte er sich selbst ein Urteil bilden. Sie brachte kein Wort heraus; sie konnte den Blick nicht von ihm abwenden.

»Du hast mir eine Nachricht hinterlassen?«, fragte er. »Was wolltest du mir mitteilen?«

Er wartete einen Moment.

»So ist das also?«, sagte er dann. »Du hast mich der Polizei ausgeliefert.«

»Martin …«, sagte sie.

Er stieß einen tiefen Seufzer aus.

»Siehst du«, sagte er, »genau das hat der arme alte Nagle gemeint.«

21.

Sie verstand die Worte nicht, nur den Tonfall, in dem keine Spur von Bitterkeit und auch kein Vorwurf anklangen.

»Dir ist nichts anderes übrig geblieben«, sagte er. »Levy hat sich dich vorgeknöpft, stimmt's?«

»Es ging nur um Ted Darby«, sagte sie. »Im übrigen weiß er von nichts. Er glaubt nur, wir hätten Beweismaterial fortgeschafft, das sich auf Ted bezieht. Sonst nichts. Nichts, was dir ernsthaft schaden könnte. Ich würde doch nicht ... du weißt doch, dass ich es niemals täte ... kein Wort, über die ... andere Geschichte. Niemals!«

»Mein armes Mädchen«, sagte er, »du wusstest dir überhaupt nicht mehr zu helfen. Genau das hat Nagle gemeint, verstehst du. Eine Frau wie du wird immer in allererster Linie an ihre Familie und an ihren guten Namen denken müssen.«

»Nein. Nicht, was die ... andere Geschichte angeht. Ich würde dich niemals verraten. Niemals!«

»Gewiss nicht. Ich glaube dir«, sagte er.

»Du glaubst mir nicht. Ich kann es dir ansehen. Du glaubst ...«

»Hör mir mal zu! Glaubst du etwa, ich würde dir vergessen, wie du mir geholfen hast, ihn in dieser Truhe fortzuschaffen? Glaubst du etwa, ich würde deinen Mut und die Tatkraft vergessen, die du an den Tag gelegt hast? Oder dass du deiner Tochter blitzschnell geantwortet hast? Du warst sehr gut zu mir.«

»Nein«, sagte sie, »ich war nicht gut zu dir.«

»Ich bin es jedenfalls zufrieden«, sagte er, und wieder flackerte diese seltsame Munterkeit in ihm auf. »Und jetzt setz dich, bitte. Es gibt noch ein paar Dinge ...«

»Nein! Du musst von hier verschwinden … auf der Stelle … mit dem Ruderboot.«

»Du musst mir zuhören, mein armes Mädchen«, sagte er, »denn mein Entschluss steht fest.«

»Du musst jetzt gehen!«, sagte sie.

»Hier gibt es keinen Stuhl«, sagte er, als er sich in der Speisekammer umgesehen hatte. »Dann werde ich mich eben kurz fassen. Niemand braucht jemals zu erfahren, dass Nagle in der Truhe war, und die Truhe selbst ist zu Asche verbrannt. Du brauchst nur zu sagen, du hättest keine Ahnung, was in der Truhe war und wohin ich damit wollte.«

»Wo ist Nagle?«

»Es ist besser, wenn du das nicht weißt. Jedenfalls ist er weit weg von hier und außer uns beiden und Sibyl weiß kein Mensch, dass er jemals in dem Bootshaus war. Dein Wagen steht an der Tankstelle am Bahnhof. Ich habe ihn von einem jungen Kerl dort abliefern lassen. Es gibt nichts, was dich mit Nagle in Verbindung bringen könnte.«

»Und was ist mit *dir*? Was hast *du* jetzt vor?«

»Ich kann kaum davonkommen«, sagte er, »wenn die Bullen mich schon hier suchen.«

»Doch, das kannst du! Ich bringe dich im Ruderboot fort.«

»Nein«, sagte er, »ich komme nicht ungestraft davon. Und das wusste ich nur zu gut, von Anfang an.«

»Martin, selbst wenn sie dich heute Nacht schnappen würden, würden sie dir nur Fragen zu Darby stellen. Sie wissen nichts von Nagle.«

Er zog ein Päckchen Zigaretten heraus und schüttelte eine in seine Hand.

»Würdest du mir bitte Feuer geben?«, fragte er. »Es geht so schlecht mit einer.«

»Willst du etwa nicht von hier fort?«

»Ein paar Züge«, sagte er zu seiner Rechtfertigung. »Das beruhigt.«

Sie zündete ein Streichholz an und hielt es ihm hin.

»Martin«, sagte sie, »du bist unvernünftig. Du kannst es schaffen. Wenn ich dich im Boot rausrudere…«

»Ich setze mich nicht mit dir in das Boot«, sagte er.

»Dann nimm eben die Straße. Sibyl und ich werden Ausschau halten, bis der Polizist auf der anderen Seite des Hauses ist, und dann kannst du von hier verschwinden.«

»Ja, sicher«, sagte er geistesabwesend und zog an der Zigarette.

»Martin!«, rief sie aus. »Du heckst etwas aus! Einen albernen Plan.«

»Für ein Menschenleben bezahlt man mit einem Menschenleben«, sagte er. »So ist es nun mal.«

»Es muss nicht so kommen – es sei denn, du gibst einfach auf. Martin, bist du etwa nicht Manns genug, um zu kämpfen, wenn dein Leben auf dem Spiel steht?«

»Es gibt Dinge, gegen die man nicht ankämpfen kann«, sagte er. »Carlie und ich, wir waren fast zwanzig Jahre miteinander befreundet. Er wäre nie auf den Gedanken gekommen, dass ich ihm so etwas antun könnte. Überrascht hat er gewirkt, wie …«

»Sei still! Sag so etwas nicht! Du …« Sie unterbrach sich einen Moment lang, entsetzt über die vollkommene Ausdruckslosigkeit seines Gesichts. »Sei kein Narr! Reiß dich zusammen. Du musst um dein Leben kämpfen.«

»Und was für ein Leben wäre das, wenn ich Tag und Nacht keinen Moment Frieden fände? Nie könnte ich meinen Kopf auf mein Kissen legen, ohne Carlie zu sehen.«

»Sei still!«, rief sie wutentbrannt. »Du hast es für mich getan.«

»Ob ich es für dich oder für mich getan habe, läuft auf dasselbe hinaus«, sagte er. »Es ist so oder so kein Verdienst.«

»Reiß dich zusammen! Du kannst es schaffen – wenn du aufhörst, dich wie ein Trottel zu gebärden.« Er sah lächelnd auf sie hinunter.

»Hör auf zu lächeln!«, sagte sie. »Es gibt keinen Grund

dafür. Um Gottes willen, wirst du dich jetzt endlich zusammenreißen und klar denken?«

»Ja«, sagte er bereitwillig.

»Und du wirst nach Montreal gehen?«

»Ich werde es versuchen.«

»Sag das nicht. So darfst du nicht denken. Sag, dass du nach Montreal gehen *wirst*.«

»Ja«, sagte er.

»Ich traue dir nicht! Du hast etwas vor! Du bildest dir ein, bloß weil ich dir diese Nachricht übermittelt habe – sie dir übermitteln musste –, sei es dein Schicksal oder irgend so etwas.«

»Das Schicksal ist nicht das, woran ich glaube«, sagte er.

Sie verstummte in ihrem rasenden Bemühen, die richtigen Worte zu finden, um ihn zu erreichen, zu ihm durchzudringen und ihn aufzurütteln.

»Martin«, sagte sie, »du hast deine Sache bisher so gut gemacht. Du hast die Truhe verbrannt. Du hast alles bewerkstelligt und es ist dir rundum gelungen. Du wirst doch nicht jetzt zusammenklappen, nachdem das Schlimmste vorüber ist?«

»Nein, nein, ich schaffe das schon«, sagte er. »Mach dir bloß keine Sorgen, mein Liebes.«

»Martin, du glaubst doch nicht etwa … du kannst doch nicht im Ernst glauben, was Nagle gesagt hat?«

»Nein«, sagte er.

Sie lehnte am Abtropfbrett und stützte sich mit einer ausgestreckten Hand darauf. Er legte seine Hand auf ihre.

»Ich verabschiede mich jetzt«, sagte er. »Auf Wiedersehen.«

»Martin …«

Aber er hatte bereits die Tür geöffnet und war in dem dunklen Raum verschwunden. Sie lief hinter ihm her und tastete sich hilflos durch die Schwärze voran. Die Haustür wurde leise geschlossen.

»Sibyl?«, rief sie mit scharfer Stimme.

»Ja, Ma'am?«

»Wir sollten ...«

Ja, aber was sollten sie tun? Sie tastete sich zur Tür voran und öffnete sie. Draußen war es heller und sie sah, dass sich Donnelly flink über das Gras bewegte und auf die Schnellstraße zulief. Dann beschrieb der Strahl einer Taschenlampe einen Halbkreis und sie wich an die Hausmauer zurück.

Jetzt würde ein Schrei ertönen. Jetzt würde ein Schuss fallen.

Der Strahl der Taschenlampe schwang wieder herum und sie erhaschte einen Blick auf verkümmerte Sträucher, die am Rande des Lichtstrahls entlang zu gleiten schienen. Das Wasser schwappte sachte gegen das Bootshaus, der Regen gab ein flüsterndes Geräusch von sich.

»Jetzt, Ma'am?«, sagte Sibyls Stimme dicht neben ihrem Ohr.

Es war einfach grässlich, diese dunkle, weit offene Fläche zu überqueren. Der Strahl der Taschenlampe würde auf sie fallen und sie lähmen – sie würden erstarrt stehen bleiben.

Es war einfach grässlich, die Treppe hinaufzusteigen. Eine Tür würde sich öffnen und eine Stimme würde ihr etwas zurufen.

»Ich helfe Ihnen ins Bett, Ma'am.«

»Nein. Danke, Sibyl. Nein. Danke.«

In ihrem eigenen hellen Zimmer, in dem die Lampe brannte, war sie nicht sicher. Jemand konnte anklopfen, jemand konnte die Tür öffnen. Sie zog sich in rasender Eile aus und warf all ihre feuchten Kleidungsstücke in den Kleiderschrank. Sie zog ihren Schlafanzug an und legte sich ins Bett.

Ganz still lag sie da und wartete darauf, den Schuss zu hören, wartete auf das Geräusch von Schritten, die die Treppe hinaufgerannt kamen.

22.

Lucia erwachte in einem grauen Halbdunkel und sah auf ihre Armbanduhr. Es war halb fünf. Das ist noch zu früh, sagte sie sich und runzelte die Stirn, denn diese Worte beunruhigten sie. Was hatte es mit ›zu früh‹ auf sich? Irgendetwas Wichtiges. Zu früh …

Kommen Sie morgen, so früh Sie wollen, hatte sie zu Levy gesagt, und jetzt war ›morgen früh‹. Ich muss vorher mit Vater reden, dachte sie, aber jetzt noch nicht. Ich kann noch ein Weilchen schlafen.

Sie hatte einen Traum, der sich um Sibyl drehte. Sibyl lebte in einer kleinen Hütte am Rande eines Sumpfes und der Sheriff kam mit seinen Männern, um ihren Mann zu holen. Aber das machte nichts, denn sie wusste, dass es nur ein Traum war. Der Sumpf war ein Traumsumpf, ein Dschungel aus hohen dunklen Bäumen, mit Girlanden aus einem seltsamen weißen Moos behangen, die wie Papier raschelten. Der Sheriff und seine Männer hatten Bluthunde mitgebracht, die sich in den sumpfigen Dschungel stürzten und durch das Wasser stoben. Sie konnte sie jetzt nicht mehr sehen, doch die Hunde begannen laut zu bellen, und das Blut gefror ihr in den Adern.

Sie hörte ein schrilles, durchdringendes Pfeifen. Das ist eine Bazooka!, dachte sie. O Tom, pass bloß auf dich auf! Jetzt wusste sie, dass Tom derjenige war, der mit einem gebrochenen Bein durch den finsteren Sumpf floh und von Hunden gehetzt wurde. Sie wollte zu ihm rennen, doch sie konnte sich nicht rühren, sie wollte ihn rufen, doch ihre Stimme versagte. Ein kleiner, keuchender Laut kam näher und weckte sie.

Im Zimmer herrschte immer noch dasselbe graue Halbdunkel, und es war sehr still im Haus. Aber auf ihrer Armbanduhr war es nach sieben. Ich muss mit Vater reden, dachte sie und stand auf. Ein fürchterlicher Schwindelanfall, verbunden mit Übelkeit, überkam sie, und stieg in Wogen von ihren Füßen empor bis zu ihrem Kopf. Sie fiel auf das Bett zurück, das Bett erhob sich vom Boden, drehte sich im Kreis und stürzte wieder herab.

Als der Anfall vorüber war, hatte sie Angst, sich von der Stelle zu rühren, weil sie fürchten musste, das Schwindelgefühl würde sofort wieder einsetzen. Ihr war immer noch übel und sie war zu müde und zu schwach, um ihren Kopf zu heben. Ich kann nicht mit Vater reden, dachte sie. Ich kann nicht aufstehen. Sie werden mich eine Zeit lang in Ruhe lassen müssen, bis dieses Schwindelgefühl vergeht.

Sie hörte ein Klopfen an der Tür und Sibyl kam mit einem Tablett herein. Sie stellte das Tablett ab, trat ans Bett und half Lucia, sich an die Kissen zu lehnen, und dann zog sie das Betttuch ordentlich über ihre Brust.

»Ich dachte mir, Sie wollen sicher frühstücken, Ma'am.«

»Sibyl ... hast du etwas gehört?«

»Nein, Ma'am.«

»Hast du in die Zeitungen geschaut?«

»Ja, Ma'am. Es steht nichts drin.«

»Sibyl, ich würde mich gern ein Weilchen ausruhen.«

Sibyl schenkte ihr eine Tasse Kaffee ein.

»Wenn du den anderen einfach sagen könntest, dass ich müde bin und bis zum Mittagessen liegen bleiben möchte ... wenn du dafür sorgen könntest, dass mich niemand stört, Sibyl ...«

»Ich werde es ihnen sagen, Ma'am«, sagte Sibyl ohne jede Spur von Hoffnung.

»Kannst du das wirklich nicht für mich tun?«, fragte Lucia, die kurz vor den Tränen stand.

»Ich werde es ihnen sagen, Ma'am. Mehr kann ich nicht tun«, sagte Sibyl.

Aus ihrem Tonfall war kein Mitgefühl herauszuhören und ihr Gesicht war vollkommen ausdruckslos. Tränen rannen über Lucias Wangen, als sie ihren Kaffee trank. Sibyl ist absolut herzlos, sagte sie sich. Wenn sie es wollte, könnte sie dafür sorgen, dass ich eine Zeit lang meine Ruhe und meinen Frieden habe.

Der Kaffee tat ihr gut. Nein, dachte sie, Sibyl ist nicht herzlos. Sie ist durch und durch realistisch, das ist alles. Sie weiß, dass man manche Dinge tun muss. Ich bleibe liegen, bis Lieutenant Levy kommt. Dann kann er unten warten, bis ich mit Vater gesprochen habe. Soll er ruhig warten. Das wird ihm gut tun.

Sie trank zwei Tassen Kaffee und zündete sich eine Zigarette an. Aber die Zigarette schmeckte seltsam bitter und sie drückte sie aus. Mir geht es eigentlich überhaupt nicht gut, dachte sie. Ich glaube, ich stehe kurz vor dem Zusammenbruch. Was genau war ein Zusammenbruch überhaupt? Tante Agnes hatte einen Nervenzusammenbruch gehabt. Das passierte vielen Leuten. Vielleicht war alles nur darauf zurückzuführen – diese physische Schwäche und Ermattung, diese psychische Weigerung, zu denken oder zu fühlen. So ist kranken Tieren zu Mute, dachte sie. Als Toms Collie krank geworden war, hatte er immer mit dem Schwanz gewedelt, wenn Tom mit ihm sprach. Damals habe ich geglaubt, es sei ihm ein Gräuel, mit dem Schwanz wedeln zu müssen. Gegen Ende öffnete er nicht einmal mehr die Augen, sondern pochte nur matt mit dem Schwanz auf den Boden. Er hat es nur getan, weil er das Gefühl hatte, es für Tom tun zu müssen. Ich habe mir immer wieder eingebildet, dass er es nicht leiden kann, wenn Tom seinen Kopf tätschelt und sagt: »Ein braver alter Pfadfinder bist du, stimmt's, Max? Ein braver alter Pfadfinder, das bist du doch?« Das konnte einen in den Wahnsinn treiben, wenn man im Sterben lag.

Sie blieb mit geschlossenen Augen liegen und dachte erst über Hunde und dann über Katzen nach. An Katzen stellen die Leute keine derart unverschämten Forderungen, dachte sie. Niemand erwartet von ihnen, dass sie winseln und hecheln, mit dem Schwanz wedeln und jedes Mal, wenn man das Wort an sie richtet, vor Freude außer sich sind.

Nein ... die Leute fühlen sich bereits geschmeichelt, wenn sie einer Katze ein Schnurren entlocken können.

Vögel, dachte sie. Weshalb glaubt eigentlich alle Welt, Lerchen lebten in einem anhaltenden Begeisterungstaumel? Ich halte Vögel für furchtbar hektisch und stets besorgt. Man sagt Katzen Nervosität nach, ich würde meinen, Vögel sind weitaus nervöser. Wenn man sich überlegt, dass Vögel ständig herumhopsen und zwitschern und auf Nahrungssuche sind ... und sie schubsen einander, ich habe selbst gesehen, wie einer den anderen zur Seite drängt. Vögel können ziemlich grob sein.

Es wurde an die Tür geklopft und sie fing an zu weinen.

»Herein!«, rief sie und trocknete ihre Augen unsanft mit dem Bettuch.

Es war David. Er blieb in der Tür stehen und wirkte in einer legeren Freizeithose und einem blauen Hemd schlaksig, zu schlaksig, und er lächelte nicht.

»Ich habe gehört, es geht dir nicht so gut«, sagte er. »Was fehlt dir?«

»Ich bin müde, das ist alles«, erwiderte Lucia.

»Also, ich hatte eigentlich nicht den Eindruck, dass du dich in der letzten Zeit übermäßig angestrengt hast«, sagte er.

»Jeder ist mal müde«, sagte Lucia aufgebracht, denn sein Tonfall erboste sie. »Schließlich bin ich nicht mehr fünfzehn, David.«

»Irgendwie siehst du komisch aus«, meinte er. »Ich glaube, wir sollten besser einen Arzt holen.«

»Nein!«, sagte Lucia. »Ich will keinen Arzt. Ich brauche nichts weiter als ein wenig Ruhe.«

»Also, ich finde schon, dass du komisch aussiehst«, sagte David.

Sie kämpfte gegen ihre Wut an, sie redete sich selbst gut zu. So ist es doch immer, dachte sie. Sogar Tom reagiert irgendwie wütend, wenn ich krank werde. Was hast du bloß angestellt? Wie konntest du dir eine so schlimme Erkältung holen?

»Wenn ich mich noch ein Weilchen ausruhe, wird es mir wieder gut gehen, David«, sagte sie.

»Wenn das *so* ist«, sagte David. »Ich will dich ja nicht beunruhigen, aber eines würde ich dich schon gern fragen. Was ist eigentlich aus unserem Wagen geworden?«

»Er steht an der Tankstelle am Bahnhof.«

»Ich hoffe, du hast Recht«, sagte David.

»Ich weiß, dass er dort steht«, sagte Lucia.

»Ich hoffe es sehr«, sagte David.

Lucia schloss die Augen, damit sie sich nicht noch länger über seinen Gesichtsausdruck ärgern musste.

»Mutter?«, sagte er, als sie nicht antwortete. »Mutter?«, wiederholte er in einem veränderten Tonfall. Seine Panik war ihm deutlich anzuhören.

»Was ist denn jetzt schon wieder, David?«

»Als du die Augen zugemacht hast ... ich dachte, dir ist vielleicht schwindlig oder so was.«

Sie erinnerte sich daran, wie er sie als kleiner Junge an den Schultern gepackt und aus dem Tiefschlaf wachgerüttelt und in demselben Tonfall »Mutter!«, gerufen hatte. »Was ist, David?«, hatte sie ihn daraufhin gefragt.

Sie erinnerte sich noch deutlich an den Anblick, den er geboten hatte, mager und drahtig in seinem gestreiften Schlafanzug und mit dem zerzausten schwarzen Haar. »Ich dachte, du bist tot«, hatte er gesagt.

»Es tut mir Leid, dass du dir meinetwegen Sorgen gemacht hast, Schatz«, sagte sie. »Mach dir jetzt keine Sorgen mehr. Ich ruhe mich noch ein Weilchen aus und dann geht es mir wieder bestens.«

Sie lächelte ihn an und sein Gesicht entspannte sich.

»In Ordnung«, sagte er. »Möchtest du etwas aus dem Dorf mitgebracht haben? Vielleicht Medizin oder so?«

»Nein, danke, Schatz. Aber frag Sibyl, was sie braucht.«

Für David wird es grauenhaft werden, dachte sie, wenn die Geschichte ans Licht kommt. Er hat sich immer gewünscht, seine Mutter wäre nicht nur konventionell und über alle Maßen ehrbar, sondern noch dazu so gut wie unsichtbar. Ihn hatte ja schon beunruhigt, dass sie zu einer früheren Morgenstunde, als es bei Müttern Sitte war, mit dem Motorboot rausfuhr. Was würde erst sein, wenn er dahinter kam, was sie mit dem Boot angestellt hatte? Und wenn er von Donnelly erfuhr?

Er hatte ihr Zimmer inzwischen verlassen, da sie ihm die Sorge um ihre Gesundheit genommen hatte, aber sie war entsetzlich aufgewühlt. Ihre undefinierbare Ruhe war verflogen. Gleich kommt Bee, dachte sie. Bee hat gestern große Angst gehabt. Ich weiß, wie ihr zumute war. Wenn meine Mutter, als ich siebzehn war, mit einem Fremden fortgefahren wäre und einen geladenen Gast versetzt hätte, erst sehr viel später wieder zurückgekommen wäre und dann nach Whiskey gerochen hätte ... ich hätte mir eingebildet, das sei das Ende der Welt. Und ich habe Bee keine Erklärung dafür gegeben.

Eine Erklärung? Eine Erklärung? Aber habe ich das wirklich getan? Habe ich wirklich dabei geholfen, Nagle in diese Truhe zu hieven?

Die Truhe, das ist das Schlimmste! Bei weitem das Schlimmste. Ich habe den Wagen gefahren und ich habe keinen Moment an die Truhe gedacht. Er hat in dieser Truhe gelegen und er hat mir nicht einmal Leid getan. Angenommen, er war gar nicht wirklich tot? O Gott!

Schweißtropfen bildeten sich auf ihrer Stirn. Woher soll ich wissen, dass er tot war, als wir ihn in die ...

Es klopfte.

»Darf ich hereinkommen, meine Liebe?«

»Gewiss, Vater.«

»Du ruhst dich wohl aus, was?«

»Ja, genau das tue ich, Vater.«

»Eine sehr gute Idee. In Zeiten wie diesen ist es eine enorme Strapaze, einen Haushalt zu führen. Ab und zu muss man sich ausruhen.«

»Nun ...«

»Da wäre eine Kleinigkeit, meine Liebe«, sagte er und trat an ihr Bett. »Ich möchte deine Ruhe nicht stören, aber ich wage zu behaupten, dass du dieses Rätsel mit einem einzigen Wort lösen kannst.«

»Welches Rätsel, Vater?«

»Die Sache ist die«, begann er und senkte die Stimme, »dass ich eine Flasche Scotch im Büfett stehen hatte. Sie war noch nicht geöffnet. Also, der Teufel soll mich holen, wenn sie nicht spurlos verschwunden ist!«

»Du hast doch noch eine andere Flasche, nicht wahr, Vater?«

»Ja, sicher. Ja. Jede Menge. Aber darum geht es nicht, Liebes. Ich habe diese Flasche vorgestern persönlich ins Büfett gestellt. Und jetzt ist sie weg. Sibyl möchte ich nicht danach fragen. Farbige sind empfindlich – und das kann man ihnen weiß Gott nicht vorwerfen. Es wäre mir gar nicht lieb, wenn sie auf den Gedanken käme, dass ich sie bezichtige.«

»Das dächte sie bestimmt nicht, Vater. Sie weiß doch, wie wir zu ihr stehen.«

Aber Sibyl hat sich tatsächlich an seinem Whiskey vergriffen!, dachte sie, als es ihr wieder einfiel. Und ich habe aus der Flasche getrunken. Und Nagle …

»Ich bin auf den Gedanken gekommen, es könnte vielleicht …«, sagte er. »Hältst du für möglich, Bee könnte ihren Freunden einen Drink angeboten haben?«

»Sie würde deinen Whiskey niemals anrühren, ohne dich vorher zu fragen, Vater. Außerdem trinkt sie keinen Whiskey. Nur ab und zu ein kleines Gläschen Sherry, in großen zeitlichen Abständen. Ich versichere dir, Vater, so etwas täte Bee nicht.«

»Nein, nein. Natürlich nicht. Mach dir bloß keine Sorgen. Ruh dich aus. Tu etwas, was dir Spaß macht. Du brauchst dir überhaupt keine Sorgen zu machen.«

Er legte seine Hand auf ihre Stirn.

»Hast du Kopfschmerzen?«, fragte er. »Irgendwelche Schmerzen oder Wehwehchen, meine Liebe? Man fährt am besten damit, diese Dinge, sowie sie auftreten, im Keim zu ersticken.«

Sie blickte zu ihm auf und sah in seine blauen Augen, in denen sie immer nur Zuneigung und Vertrauen gelesen hatte, wenn er sie ansah, und ihre eigenen Augen füllten sich mit Tränen.

»Ich bin einfach nur müde«, sagte sie, und ihre Stimme überschlug sich fast.

»Aber, aber!«, sagte er alarmiert. »Das sieht dir gar nicht ähnlich, Liebes, dass du so nervös bist.«

Sie zwang sich zu einem Lächeln, sie konnte selbst spüren, wie steif und gequält es war, doch ihn stellte es zufrieden.

»So ist es besser«, sagte er. »Ich werde heute einen Brief an Tom schreiben. Ich werde ihm berichten, wie tapfer du dich hältst.«

Als er gegangen war, weinte sie. Sie hätte gern heftig und wüst geschluchzt, doch ihr rannen nur vereinzelte Tränen über das Gesicht. Warum kommt Bee nicht?, dachte sie. Ich will, dass Bee zu mir kommt.

Sie schlief immer noch, als Sibyl ihr das Mittagessen brachte.

»Ist Miss Bee zu Hause?«, fragte sie.

»Ja, Ma'am. Sie war mit David im Dorf und die beiden sind mit dem Wagen zurückgekommen.«

»Sibyl … Hast du etwas gehört?«

»Sie haben eine Abendzeitung mitgebracht, Ma'am. In der steht es drin.«

»Was schreiben sie? Hat man ihn geschnappt?«

»Ich bringe Ihnen die Zeitung, Ma'am, sowie die anderen zu Mittag essen.«

»Erzähl es mir.«

»Ich bringe Ihnen die Zeitung, Ma'am.«

Sie wartete endlos und ewig und würdigte das Tablett mit ihrem Mittagessen in der Zwischenzeit keines Blickes.

»Können Sie nicht wenigstens einen Happen essen, Ma'am?«

»Nein. Gib mir die Zeitung, Sibyl.«

MÖRDER GESTEHT UNVERMUTETES VERBRECHEN VERDÄCHTIGER GESTEHT WÄHREND DES VERHÖRS IM FALLE DARBY EINEN BISHER UNENTDECKTEN MORD

In den frühen Morgenstunden hat die Polizei von Horton County nicht nur einen vollständigen Bericht über den Unfalltod Ted Darbys am 17. dieses Monats erhalten, sondern auch das überraschende Geständnis eines Mordes, von dem die Polizei bis dahin nichts geahnt hat.

Um drei Uhr morgens griff ein Polizeifahrzeug Martin Donnelly, 42, auf, der als seinen Wohnsitz das Hotel De Vrees in New York City angibt, und brachte ihn ins Präsidium, um ihn zu dem Fall Darby zu vernehmen.

DARBYS TOD EIN UNFALLTOD

In einer Presseerklärung gab Lieutenant Levy von der Polizeidienststelle Horton County bekannt, Donnellys Bericht über Darbys Tod stimme mit den medizinischen Befunden und anderen Fakten überein. Donnellys Schilderung zufolge kam es am Glendale Beach auf dem privaten Anlegesteg eines von mehreren luxuriösen Anwesen, zu dem Donnelly keine näheren Angaben machen kann, zu einem Streit zwischen den beiden Männern. Donnelly sagt aus, Darby im Verlauf dieses Streits vom Anlegesteg gestoßen zu haben, woraufhin er sich wieder in seinen Wagen legte und bis zum Morgen schlief.

Beim Erwachen durch Darbys Abwesenheit alarmiert, kehrte Donnelly nach eigenen Angaben zum Anlegesteg zurück, wo er Darbys Leiche fand, aufgespießt auf dem Anker eines Motorboots. Daraufhin fuhr er mit dem Boot zu Simm's Island, etwa vier Meilen vor der Küste gelegen, und verbarg den Leichnam in einem Sumpfgebiet.

»Wir waren gänzlich unvorbereitet«, berichtete Lieutenant Levy der Presse, »auf das darauf folgende Geständnis. Donnelly sagte aus freien Stücken aus, am Vortag Anton Karl Nagle, 57, den die New Yorker Polizei für Donnellys Partner bei seinen Schwarzmarktaktivitäten hält, erwürgt zu haben.

Die Polizei überprüfte Donnellys Angaben und stieß dabei in einem See auf Nagles Leiche …

»Sibyl!«, rief Lucia aus.

Aber Sibyl hatte sich längst zurückgezogen und sie war allein.

Martin, du Narr! Du gemeiner, niederträchtiger Narr! Du kannst nicht ungestraft davonkommen. Und du willst es auch gar nicht. Du wolltest verhaftet werden. Du wolltest ein Geständnis ablegen. Du wolltest sterben – auf dem elektrischen Stuhl.

Aber das werde ich nicht zulassen. Ich werde Lieutenant Levy die Wahrheit über Ted Darby berichten.

Das wird nichts nutzen. Ted Darby spielt jetzt keine Rolle mehr. Es geht um Nagle. Das hat er für mich getan. Martin, du Dummkopf! Du warst ein Narr, diesen grausigen Tod zu wählen. Du hast mir nicht vertraut. Du hast geglaubt, ich würde dich verraten. Ein weiteres Mal.

Ich muss mit ihm reden. Ich muss ihn sehen. Und das wird niemals möglich sein. Nie, nie wieder. Aber ich kann doch nicht …

»Lieutenant Levy ist da, Ma'am«, sagte Sibyl. »Soll ich ihn zu Ihnen führen?«

»Nein! Nicht in mein Zimmer! Nein. Bitte ihn zu warten. Ich komme gleich nach unten. Nein … schick meinen Vater bitte zu mir.«

»Mr. Harper macht einen Spaziergang, Ma'am.«

Das gibt es doch nicht. Das gibt es doch einfach nicht,

dachte Lucia. Sie stand auf und versuchte, sich eilig anzuziehen, aber ihre Hände zitterten so sehr und ihr Herz schlug so schnell. Welches Kleid?, dachte sie, als sie die Schranktür öffnete.

Sie nahm das braune Kleid vom Bügel und hängte es wieder auf. Sie holte ein sauberes rosa Baumwollkleid heraus, aber das war auch nicht das Richtige. O Gott, ich muss mich beeilen! Welches Kleid? Sie zog zwei weitere heraus und legte sie auf einen Stuhl, aber keines von beiden war das Richtige. O Gott, was soll ich bloß tun? Ich muss unbedingt das richtige Kleid finden.

Im Schrank hing ein grauer Flanellrock, dessen Saum teilweise aufgerissen war. Das war genau das Richtige. Mit zitternden Händen öffnete sie ihren albernen Nähkorb, in dem Zwirn, Stopfgarn, Schulterpolster und Reste von Bändern wirr ineinander verschlungen waren. Sie fädelte graues Stopfgarn in eine große Stopfnadel und heftete den Saum so erbärmlich, dass er sich kräuselte und Falten bildete. Sie zog den Rock und eine weiße Bluse an und vergaß, einen Blick in den Spiegel zu werfen, ehe sie die Treppe hinunterlief. Sie glaubte, Mrs. Lloyds Stimme zu hören, aber das war ausgeschlossen.

Sie blieb vor dem Wohnzimmer im Flur stehen und dort saß auf einer Stuhlkante tatsächlich Mrs. Lloyd. Heute hatte sie sich elegant herausgeputzt und trug einen hohen schwarzen Hut mit einem blassroten Schleier. Gerade zog sie einen blassroten Handschuh aus. Aber von Lieutenant Levy war nirgends etwas zu sehen.

Er ist bestimmt im Esszimmer, dachte Lucia. Sie wollte gerade nachsehen, als Bee sie rief.

»Mutter!«

»Es tut mir Leid«, sagte Lucia. »Es tut mir wirklich Leid, aber ich muss mit Lieutenant Levy sprechen.«

»Er ist fort, Mutter. Mutter, Mrs. Lloyd ist hier.«

»Ich weiß. Aber ...«

Bee kam durch das Zimmer auf sie zu und nahm sie an der Hand.

»Komm rein und setz dich zu uns, Mutter.«

Es war geradezu unmenschlich, dass Bee von ihr verlangte, sie solle sich setzen und mit Mrs. Lloyd reden. Sie sträubte sich wie ein widerspenstiges Kind, doch Bee zog sie energisch hinter sich her.

»Ich fürchte, ich habe Lieutenant Levy vertrieben«, sagte Mrs. Lloyd.

»Nein, nein!«, wehrte Bee ab. »Er meinte, es sei ohnehin nichts Wichtiges. Er hätte nur reingeschaut, um Mutter zu sagen, dass der Fall Darby abgeschlossen ist.«

»Ich war bei einem Treffen des Krankenhauskomitees«, sagte Mrs. Lloyd, »und alle haben nur über diesen Fall geredet. Dieser Donnelly war absolut verzweifelt. Stundenlang hat er sich wie ein Tiger gegen die Polizei zur Wehr gesetzt und sie mussten ihm ins Bein schießen. Vorher hat er sich nicht geschlagen gegeben. Mrs. Ewing hat die Schüsse gehört.«

»Ich fürchte, Mrs. Ewing hat sich geirrt«, sagte Bee. »Mr. Donnelly hat noch nicht einmal versucht wegzulaufen.«

»Aber diese Revolverhelden scheinen sich der Polizei doch immer zu widersetzen, oder nicht?«

»Mr. Donnelly ist kein Revolverheld«, sagte Bee. »Wir kennen ihn nämlich, verstehen Sie.«

»Sie kennen ihn?«, fragte Mrs. Lloyd fasziniert.

»Ja. Und wir mochten ihn, wir alle – Großpapa und David und ich und Mutter …«

»Waren Sie denn nicht entsetzt, als sie herausgefunden haben, was er verbrochen hat?«

»Nein«, sagte Bee und stand auf. Sie setzte sich neben Lucia auf die Armlehne und legte ihrer Mutter eine Hand auf die Schulter. »Es hat uns nur schrecklich Leid getan.« Ihre Hand lag schwer auf Lucias Schulter.

»Er hatte viele angenehme Eigenschaften«, sagte sie. »Aber der Krieg bringt die Menschen nun einmal dazu, seltsame Dinge zu tun. Furchtbare Dinge.« Ihre Stimme zitterte jetzt ein wenig. »Vor allem Menschen in ihren mittleren Jahren.«

»Ach, meinen Sie?«, fragte Mrs. Lloyd überrascht.

»Ja!«, sagte Bee nachdrücklich. »Das lässt sich psychologisch erklären. Menschen in ihren mittleren Jahren fühlen sich ... gewissermaßen übergangen. Als sei für sie alles zu Ende. Dann erwacht in ihnen die Sehnsucht nach dem Abenteuer ...«

Sie verteidigte nicht etwa Donnelly, sondern ihre Mutter. Sie hatte sich bemüht, Lucias verwirrendes und erschreckendes Benehmen zu verstehen und jetzt versuchte sie, es als den albernen und doch bemitleidenswerten letzten Ausrutscher einer Frau in ihren mittleren Jahren hinzustellen. Lucia sah zu ihr auf und ihre Blicke trafen sich.

»Mutter«, sagte Bee, »es tut mir Leid, dass du derart erschöpft warst, aber ich konnte es dir nicht eher sagen, weil ich dich nicht stören wollte.«

Mrs. Lloyd, die in ihren Zukunftsplänen eine so wichtige Rolle spielte, war vollständig vergessen. Jetzt ging es ihr nur darum, deutlich zu zeigen, dass sie Verständnis für ihre Mutter hatte. Und dass sie Lucia lieb hatte.

»Ich werde mich eine Zeit lang um den Haushalt kümmern«, sagte sie. »Und du brauchst dir um nichts Sorgen zu machen, Mutter. Sei unbesorgt ...«

»Entschuldigen Sie, meine Damen«, sagte Mr. Harper, »aber der junge Mann vom Gaswerk möchte den Vertrag sehen, Lucia.«

»Was für einen Vertrag, Vater?«

»Er sagt, der Hausbesitzer hat einen Wartungsvertrag abgeschlossen. Er muss ihn dir ausgehändigt haben, meine Liebe.«

»Ich kann mich nicht erinnern, diesen Vertrag jemals gesehen zu haben, Vater.«

»Nun denn«, sagte er nachsichtig und resigniert. »Wenn du den Vertrag nicht finden kannst, meine Liebe, dann werden wir für diese ewigen Reparaturen selbst bezahlen müssen und wir werden uns dumm und dämlich zahlen.« Er lächelte Mrs. Lloyd an. »Ich fürchte, die Damen neigen dazu, Verträge nicht besonders ernst zu nehmen«, sagte er.

»Ich verlege auch ständig alles«, sagte Mrs. Lloyd.

Das also ist mein Leben, dachte Lucia. Die Dinge, vor denen mir gegraut hat, werden nicht passieren, die Schmach und die Schande bleiben uns erspart. Ich weiß nicht, ob Lieutenant Levy Martin die Geschichte über Ted Darby geglaubt hat, aber er lässt sie so oder so gelten. Mir wird nichts zustoßen.

Das also ist mein Leben und es geht genauso weiter wie bisher. Ich habe keinem wehgetan, den Kindern nicht und auch nicht Tom oder Vater. Ich habe Menschen wie Mrs. Lloyd nicht schockiert. Der Mann ist endlich gekommen, um den Kühlschrank zu reparieren. Und so wird es weitergehen.

Und alles, was ihr zugestoßen war, würde verdrängt werden, musste verdrängt werden, begraben, bis nichts mehr davon zu sehen war. Die alltäglichen Kleinigkeiten würden wie welkes Laub darauf fallen und alles zudecken. Ich weiß selbst nicht genau, was mir zugestoßen ist, dachte sie verwundert. Ich habe mir nicht die Zeit genommen, darüber nachzudenken.

Vielleicht werde ich nie darüber nachdenken. Vielleicht werde ich es aber doch tun, wenn ich alt bin und jede Menge Zeit und Ruhe habe …

Sibyl kam mit Tee und Zimttoast herein. Die Butter auf dem Toast war gelb gefärbte Margarine, der Zimt war künstlich. Lucia hatte das Etikett auf dem kleinen Döschen mit übermäßigem Interesse gelesen. An einige Inhaltsstoffe konnte sie sich noch erinnern: Zimtaldehyd. Eugenol. Kassiaöl und noch eine ganze Menge anderer Bestandteile.

Aber niemand nimmt den Unterschied wahr, dachte sie. Nur Sibyl und ich.

Nachwort

Der Börsenkrach von 1929 hat das Leben sehr vieler Menschen einschneidend verändert. Elisabeth Sanxay Holding war insofern betroffen, als es ihr nicht weiter möglich war, lange, ernsthafte, von der Kritik hochgelobte Romane zu schreiben, und ihr eine neue Karriere als Verfasserin kürzerer, spannender Kriminalromane aufgezwungen hat. Der Grund lag auf der Hand. In jenen harten Zeiten war es enorm schwierig für Autoren, Bücher von der Sorte, wie sie Mrs. Holding im Laufe der zwanziger Jahre so brillant geschrieben hatte, zu verkaufen, sei es nun an eine Zeitschrift zur Veröffentlichung in Fortsetzungen oder an einen Buchverleger. Dennoch bestand weiterhin rege Nachfrage nach Kriminalromanen. Und Mrs. Holding musste zwei kleine Töchter ernähren.

Das halbe Dutzend Bücher bisher, beginnend im Jahre 1920 mit *Invincible Minnie*, hatte sie stilistisch in einer Weise geschrieben, die ihr für den Rest ihrer schriftstellerischen Laufbahn gut zustatten kam. Diese Laufbahn dauerte wieder fünfundzwanzig Jahre an, in deren Verlauf sie ziemlich genau ein Buch im Jahr schrieb. In der Besprechung eines ihrer frühen Romane (*The Silk Purse*) hieß es in der *New York Times:*

Es ist ihr gelungen, allen ihren Romanfiguren, seien sie auch noch so unwesentlich, Bedeutung zu verleihen. Dieses Sammelsurium von Personen ist so real wie im wirklichen Leben; sie sind wie all jene, die jemals ja gesagt haben, auch wenn sie sich doch von tiefsten Herzen wünschten, nein sagen zu können. Wie echte Menschen reden diese Romanfiguren, wenn sie besser schweigen sollten, sie schweigen, wenn sie dringend etwas sagen sollten, und mit den besten Absichten auf Erden zerstören sie still und leise gegenseitig ihr Leben.

Eben diese ungewöhnliche Begabung, Personen glaubwürdig zu schildern, beseelt jedes einzelne von Mrs. Holdings späteren Werken, und für die Gattung des Thrillers zählte sie, als dieser im Gegensatz zum herkömmlichen Kriminalroman ins Leben gerufen wurde, zu den Vorreitern – höchstwahrscheinlich war sie sogar *die* Vorreiterin schlechthin.

Elisabeth Sanxay Holdings Thriller wurden ausnahmslos erst als Hardcover auf den Markt gebracht, und etwa ein halbes Jahr später folgte dann eine Neuausgabe als Paperback. Die meisten wurden von Buchclubs ins Sortiment genommen, die sich auf Kriminalromane und Detektivgeschichten spezialisiert hatten. Sie wurden ins Ausland verlegt und einige erschienen auch in überregionalen Zeitschriften als Fortsetzungsromane. Doch das Schicksal, das mit der Zeit so gut wie jeden Roman erteilt, blieb auch Mrs. Holdings grandiosem Werk nicht erspart. Vergriffene Titel wurden nicht neu aufgelegt und waren jahrelang in der Versenkung verschwunden.

Zu einer Renaissance kam es in den frühen sechziger Jahren, als unter dem Titel *Raymond Chandler Speaking* sowohl in den Vereinigten Staaten als auch in England eine Sammlung von Briefen Raymond Chandlers veröffentlicht wurde, darunter einen Brief, den Chandler an seinen britischen Verleger Hamish Hamilton geschrieben hatte:

Wird Elisabeth Sanxay Holding eigentlich in England verlegt? Wenn sie mich fragen, ist sie nämlich von allen Thrillerautoren mit Abstand die Nummer eins. Sie trägt nicht zu dick auf und vermeidet es somit, den Leser zu verärgern. Ihre Romanfiguren sind wunderbar; und sie hat eine Form von innerer Ruhe, die ich äußerst attraktiv finde. Falls Sie die Bücher noch nicht gelesen haben sollten, empfehle ich Ihrer Aufmerksamkeit insbesondere die Titel *Net of Cobwebs, The Innocent Mrs. Duff* und *The Blank Wall.*

Inzwischen war Mrs. Holding gestorben und ich, damals selbst Verleger und Mrs. Holdings literarischer Nachlassverwalter, sah eine Gelegenheit gekommen, das Interesse an ihren Büchern wieder aufleben zu lassen, um ihrer beiden Erben willen, meiner Schwägerin und meiner Frau. Demzufolge gelang es mir, ausgerüstet mit Chandlers Brief und einer Anzahl von ausgezeichneten Rezensionen, die ich über all ihre Bücher zusammengetragen hatte, Ace Books, einen Reprintverlag, dafür zu interessieren, mehr als ein Dutzend von Mrs. Holdings Romanen wieder aufzulegen, jeweils zwei in einem Band zusammen gefasst.

Das war äußerst befriedigend, aber nach einer Weile forderte die Zeit erneut ihren Tribut. Wieder waren die Bücher vergriffen und in den vergangenen fünfundzwanzig Jahren waren Mrs. Holdings Werke nicht im Buchhandel erhältlich. Daher erfüllt es meine Schwägerin Skeffington Ardron, meine Frau Antonia und mich mit echter Genugtuung, zwei ihrer besten Thriller jetzt bei Academy Chicago Publishers wieder verlegt zu sehen.

Ihnen wird aufgefallen sein, dass Raymond Chandler den vorliegenden Roman als einen der besten der Autorin anführt, und er war auch Alfred Hitchcocks erste Wahl für seine 1959 erschienene, inzwischen zum Klassiker gewordene Anthologie *Hitchcocks berühmte Kriminalfälle,* die zwanzig Kurzgeschichten von anderen Meistern des Genres umfasste, aber nur einen einzigen kompletten Roman enthielt, nämlich *The Blank Wall.* Dieser Umstand entlockte James Sandoe in seiner ausführlichen Besprechung auf der Titelseite der *Herald Tribune Book Review* die Bemerkung, *The Blank Wall* stamme ›von dieser erstaunlichen Künstlerin, der verstorbenen Elisabeth Sanxay Holding, deren plastische Schilderung des Albtraumhaften einzigartig war und es nach wie vor ist, was sich der eine oder andere Reprintverleger zu seinem eigenen Nutzen ins Gedächtnis rufen könnte.

Nun, bei Academy Chicago hat man sich daran erinnert und einer der vorrangigsten Nutznießer werden sie sein, der Leser.

Peter Schwed
New York City
1991